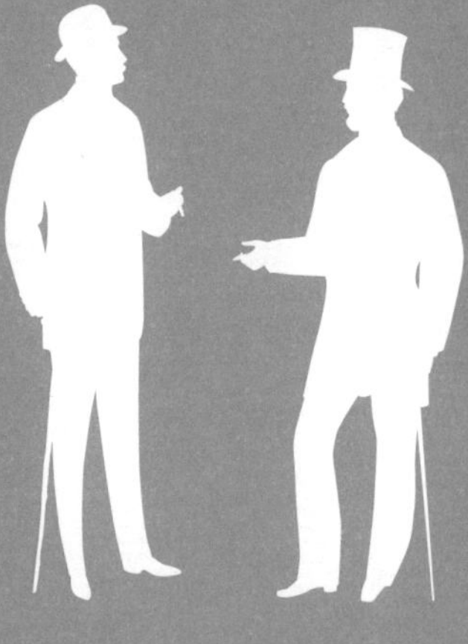

MANESSE

—— 75 JAHRE ——

Philip Dormer Stanhope,
Earl of Chesterfield

ÜBER DIE KUNST, EIN GENTLEMAN ZU SEIN

Briefe an seinen Sohn
in Auswahl

Aus dem Englischen übersetzt
von Gisbert Haefs

Nachwort von Eva Gesine Baur

MANESSE VERLAG

24. Juli 1739

Mein lieber Junge:

Ich habe mich gefreut, dass Du mich bei unserer letzten Begegnung gefragt hast, warum ich zu schreiben aufgehört hätte, denn ich betrachtete dies als ein Zeichen, dass Du meine Briefe magst und beachtest. Sollte dies der Fall sein, wirst Du von mir oft genug hören; und meine Briefe können nützlich sein, wenn Du ihnen Aufmerksamkeit schenkst; andernfalls gäbe ich mir lediglich nutzlose Mühe, denn es bedeutet nichts, etwas einmal zu lesen, wenn man es nicht beachtet und behält. Es ist das untrügliche Zeichen eines minderen Geistes, etwas zu tun und zugleich entweder an etwas anderes oder gar nicht zu denken. Man sollte immer an das denken, womit man sich befasst; wenn man lernt, sollte man nicht ans Spielen denken und beim Spielen nicht ans Lernen. Wenn Du außerdem Deinem Buch keine Beachtung schenkst, während Du Dich ihm widmest, wird es für Dich doppelter Aufwand sein, denn Du musst alles ein zweites Mal lernen.

Einer der wichtigsten Punkte im Leben ist Anstand, das heißt tun, was schicklich und wo es schicklich ist; denn viele Dinge sind zu einer Zeit und an einem Ort schicklich, an einem anderen jedoch äußerst unschicklich; es ist zum Beispiel überaus schicklich und anständig für Dich, einen Teil des Tages zu spielen; aber Du musst begreifen, dass es ganz unschicklich und unanständig wäre, Deinen Drachen steigen zu lassen oder zu kegeln, während Du bei Mr. Maittaire[1] bist. Es ist durchaus schicklich und anständig, gut zu tanzen; aber Du darfst nur auf Bällen und an anderen Orten der Unterhaltung tanzen, denn man würde Dich für einen Narren halten, wolltest Du in der Kirche oder bei einem Begräbnis tanzen. Ich hoffe, anhand dieser Beispiele begreifst Du die Bedeutung des Worts *Anstand*; auf Französisch ist es *Bienséance*, auf Latein *Decorum* und auf Griechisch Πρεπον. Cicero sagt darüber: *Sic hoc decorum, quod elucet in vita, movet approbationem eorum, quibuscum vivitur, ordine et constantia et moderatione dictorum omnium atque factorum.*[2] Daraus kannst Du ersehen,

---

1 Michael Maittaire (1668–1747), Gelehrter, unterrichtete Stanhope ab 1739.

2 Lat. «So erregt auch das Anständige, das im Leben hervorleuchtet, den Beifall derer, mit denen man lebt, durch Ordnung, Beständigkeit und Mäßigung in allen Reden und Handlungen.» (Übersetzung Kühner, 1859) Aus: Marcus Tullius Cicero (103–43 v. Chr.), *De officiis* («Von den Pflichten» / «Vom pflichtgemäßen Handeln»), I, 28, 98.

wie unerlässlich Anstand ist, wenn man die Billigung der Menschen gewinnen will. Und da ich sicher bin, dass Du die Billigung von Mr. Maittaire zu gewinnen wünschst, ohne die Du nie die meine hättest, wirst Du Dir zweifellos alles, was er Dir sagt, merken und es beachten und Dich ernsthaft und anständig benehmen, während Du mit ihm zusammen bist; danach magst Du spielen, rennen und springen, so viel es Dir immer gefällt.

Donnerstag

Lieber Junge:

Du wirst selten von mir hören, ohne dass ich Dich zum Denken mahne. Alles, was Du lernst, und alles, was Du lesen kannst, wird von geringem Nutzen sein, wenn Du es nicht selbst bedenkst und erwägst. Man liest, um die Gedanken anderer Menschen zu erfahren; wenn wir sie aber auf Treu und Glauben hinnehmen, ohne sie zu prüfen und mit unseren eigenen zu vergleichen, leben wir eigentlich von den Brosamen anderer oder verkaufen fremde Waren weiter. Die Gedanken der anderen zu kennen, ist nützlich, weil dies bei einem selbst Gedanken anregt und einem hilft, sich ein Urteil zu bilden; aber die Gedanken anderer zu wiederholen, ohne zu untersuchen, ob sie richtig oder falsch sind, ist nur das Talent eines Papageien oder bestenfalls eines Spielers.

Wenn man Dir *Nacht* als Thema für einen Aufsatz gäbe, tätest Du sehr gut daran, nachzusehen, was die besten Autoren darüber gesagt haben, um Deine eigenen Ideen zu unterstützen; aber danach musst Du selbst darüber nachdenken und es auf Deine eigene Art ausdrücken, sonst wärst Du bestenfalls ein Plagiator. Ein Plagiator ist einer, der die Gedanken anderer stiehlt und sie als die eigenen ausgibt. Du wirst zum Beispiel die folgende Darstellung der Nacht bei Vergil finden:

Nox erat, et placidum carpebant fessa soporem
Corpora per terras, silvaeque et saeva quierant
Aequora: cum medio volvuntur sidera lapsu,
Cum tacet omnis ager, pecudes pictaeque volucres,
Quaeque lacus late liquidos, quaeque aspera dumis
Rura tenent, somno positae sub nocte silenti
Lenibant curas, et corda oblita laborum.[1]

---

1 Lat. «Nacht war's und auf der Welt ringsum im erquickenden Schlummer/Jedes ermüdete Wesen versenkt; die Wälder, das wilde/Meer selbst schlief; inmitten der Bahn hin rollten die Sterne./Alles Gefild ist still, und die Herden, das bunte Geflügel,/Was in spiegelnden Seen und was auf dornenbewachsnen/Angern sich birgt, liegt alles im Schlaf durch die schweigende Nacht hin,/

Hier siehst Du die Wirkung der Nacht: Sie schenkt den Menschen Ruhe, wenn sie von den Mühen des Tages erschöpft sind; die Sterne bewegen sich auf ihrer regelmäßigen Bahn; Herden und Vögel ruhen sich aus und genießen die Stille der Nacht. Wenn Du dies untersuchtest, fändest Du, dass alles wahr ist; bei weiterer Erwägung fändest Du aber auch, dass es nicht alles ist, was man über die Nacht sagen kann; und es würden Dir viele weitere Eigenschaften und Wirkungen der Nacht einfallen. Zum Beispiel ist die Nacht zwar allgemein die Zeit von Stille und Ruhe, doch ist sie oft auch die Zeit für die ungestörte Ausführung von Verbrechen wie etwa Raub, Mord und sonstigen Gewalttaten, die üblicherweise die Vorzüge des Dunkels suchen, da es das Entkommen der Schuldigen begünstigt. Auch bringt die Nacht zwar den Unschuldigen und Tugendhaften Ruhe und Erfrischung, doch bringt sie den Schuldigen auch Unruhe und Entsetzen. Das Bewusstsein ihrer Verbrechen quält sie und versagt ihnen Schlaf und Ruhe. Anhand dieser Überlegungen magst Du erwägen, wel-

Lindert die Sorgen der Brust und lässt sie der Mühen vergessen.» (Übersetzung Hertzberg, 1859) Aus: Publius Vergilius Maro (70–19 v. Chr.), *Aeneis*, 4, 4522 f.

che angemessenen Epitheta[1] der Nacht beizugeben wären; wenn Du zum Beispiel die Nacht in ihrer erfreulichsten Gestalt, als Spenderin der Ruhe und Erholung von Arbeit und Mühe, wiedergeben solltest, könntest Du sie die *freundliche* Nacht, die *stille* Nacht, die *willkommene* Nacht, die *friedliche* Nacht nennen; wenn Du sie hingegen als geeignet schildern wolltest, Verbrechen zu begehen, würdest Du sie die *schuldhafte* Nacht, die *befangene* Nacht, die *schreckliche* Nacht nennen und sie mit vielen weiteren Beiwörtern belegen, welche die Vorstellung von Grauen und Schuld enthalten; denn um treffend zu sein, muss ein Epitheton immer den Umständen der jeweils betroffenen Person oder Sache angepasst (das heißt angemessen) sein. Vergil, der Aeneas gewöhnlich ob seiner Frömmigkeit gegenüber den Göttern und des Pflichtbewusstseins gegenüber seinem Vater das Epitheton *fromm* beigibt, nennt ihn *dux*[2] Aeneas, wenn er seine Liebschaft mit Dido darstellt, denn eine Liebschaft kommt einem General viel eher zu als einem Mann von einzigartiger Frömmigkeit.

---

1 Plural von griech. «*Epitheton*»: das «Hinzugefügte», «Attribut», «Beiwort».

2 Lat. «Heerführer».

Entsage für einige Minuten den Gedanken an Spiel und denke ernsthaft hierüber nach.

Amoto quaeramus seria ludo.[1]

Adieu!

Du kannst am Samstagmorgen zu mir kommen, ehe Du zu Mr. Maittaire gehst.

Spa, 25. Juli 1741 N. K.[2]

Lieber Junge:

In meinen früheren Briefen habe ich Dir oft gesagt (und es ist ganz sicher wahr), dass allein

---

1 Lat. «Scherz beiseite, bemühen wir uns um Ernsthaftes.» Aus: Horaz (eigentlich Quintus Horatius Flaccus; 65–8 v. Chr.), *Sermones (Satiren)*, I, I, 27.

2 A. K. bzw. N. K., alter/neuer Kalender, im Orig. O. S./N. S., old/new system. Der unter Papst Gregor XIII. 1582 erarbeitete gregorianische Kalender löste den 45 v. Chr. von Gaius Iulius Caesar eingeführten julianischen K. ab, der inzwischen um zehn Tage vom astronomischen Sonnenjahr abwich; der 5. Oktober (jul.) wurde zum 15. Oktober (greg.) 1582. Die meisten katholischen Länder übernahmen die Reform sofort oder bald darauf; aus genereller Opposition gegen alles «Päpstliche» folgten protestantische Länder erst später, z. B. Preußen 1612. In England wurde der Kalender erst 1752 umgestellt; bis dahin betrug die Abweichung bereits elf Tage. Lord Chesterfield war an der Umstellung aktiv beteiligt; vgl. Brief vom 28. Februar 1751.

die strengste und gewissenhafteste Ehre und Tugend Dir Achtung und Wertschätzung der Menschen einbringen kann; dass allein Begabungen und Kenntnisse Dir bei ihnen Bewunderung und Ansehen eintragen können; dass über mindere Talente zu verfügen jedoch absolut unerlässlich sei, damit Du Dich im Privatleben geschätzt, geliebt und erwünscht machen kannst. Unter diesen minderen Talenten ist das erste und notwendigste Wohlerzogenheit, und zwar nicht nur, weil sie an sich überaus wichtig ist, sondern auch, weil sie die grundlegenden Vorzüge des Herzens und des Geistes glänzen lässt. Ich habe Dir gegenüber schon oft die Wohlerzogenheit erwähnt, sodass dieser Brief sich mit dem nächsten unerlässlichen Vorzug befassen soll, einer feinen Ungezwungenheit in Betragen und Haltung, gänzlich frei von den alten Winkelzügen, schlechten Gewohnheiten und Plumpheiten, die selbst viele sehr ehrenwerte und vernünftige Leute an den Tag legen. So nebensächlich feines Betragen auch erscheinen mag, hat es doch ungemein große Bedeutung dabei, im privaten Leben zu gefallen, vor allem solchen Frauen, die Du früher oder später hoch genug schätzt, um ihnen gefallen zu wollen; und ich habe manchen Mann gekannt, dessen Unbeholfenheit anderen von Anfang an solches Missfallen einflößte, dass all seine Verdienste es später nicht zu überwinden vermochten. Wogegen feines Betragen die Leute sogleich zu Deinen Gunsten einnimmt, sie Dir geneigt macht und in ihnen den Wunsch weckt, Dich zu mögen.

Unbeholfenheit kann nur aus zwei Gründen entstehen; entweder daraus, dass man keine gute Gesellschaft hatte, oder daraus, dass man dieser gegenüber nicht aufmerksam war. Was gute Gesellschaft für Dich angeht, so werde ich dafür sorgen; sieh Du zu, dass Du ihr Verhalten und Betragen beobachtest und Dein eigenes daran bildest. Hierfür wie übrigens für fast alles ist Aufmerksamkeit absolut unerlässlich; und ein Mann, dem es daran mangelt, ist für das Leben in der Welt untauglich. Wenn ein unbeholfener Bursche einen Raum betritt, ist es recht wahrscheinlich, dass ihm der Degen zwischen die Beine gerät und er hinfällt oder zumindest stolpert; wenn er sich von diesem Unfall erholt hat, begibt er sich an die einzige Stelle im ganzen Raum, wo er nichts zu suchen hat; dort lässt er alsbald den Hut fallen, und beim Versuch, ihn wieder aufzuheben, verliert er den Stock; beim Versuch, diesen aufzuheben, fällt sein Hut ein zweites Mal zu Boden, sodass er eine Viertelstunde benötigt, um wieder in ordentlichem Zustand zu sein. Wenn er Tee oder Kaffee trinkt, verbrüht er sich gewiss den Mund, lässt entweder Tasse oder Untertasse fallen und schüttet sich Tee oder Kaffee auf die Hose. Beim Essen wirkt sich seine Unbeholfenheit besonders aus, da er dabei mehr zu tun hat; hier hält er Messer, Gabel und Löffel anders als die anderen, isst mit dem Messer, was seinen Mund in große Gefahr bringt, reinigt sich mit der Gabel die Zähne und steckt seinen Löffel, den er zwanzigmal im Rachen hatte, abermals in die Schüsseln. Wenn er tranchieren soll, kann er nie das Gelenk treffen, und im vergeblichen Bemühen, den Knochen zu zerschneiden, spritzt er allen Sauce ins Gesicht. Ganz allgemein besudelt er sich mit Suppe und Fett, wenngleich er gewöhnlich die Serviette in einem Knopfloch befestigt, sodass sie ihm das Kinn kitzelt. Wenn er trinkt, hustet er unweigerlich ins Glas und besprüht die Gesellschaft. Zu alledem hat er seltsame Eigenarten und Gebärden, zieht etwa die Nase hoch, schneidet Grimassen, bohrt in der Nase oder schnäuzt sich, worauf er in sein Taschentuch blickt, was die Tischgesellschaft anwidert. Seine Hände sind ihm ein Ärgernis, wenn er nichts in ihnen hat, und er weiß nicht, wohin mit ihnen; sie sind jedoch unausgesetzt zwischen seiner Brust und seiner Hose in Bewegung; kurz gesagt, er trägt die Kleidung nicht wie die anderen und tut überhaupt nichts wie sie. All dies, wie ich einräumen will, ist keineswegs ungesetzlich; in Gesellschaft ist es jedoch äußerst unangenehm und lächerlich und sollte von einem, der zu gefallen wünscht, sorgsamst vermieden werden.

Aus dieser Darlegung dessen, was Du zu unterlassen hast, kannst Du leicht auf das schließen, was Du tun solltest; und geziemende Beachtung des Betragens vornehmer Leute, die die Welt gesehen haben, wird es Dir zur vertrauten Gewohnheit machen.

Desgleichen gibt es eine Unbeholfenheit in Ausdruck und Worten, die sorgsamst zu meiden ist; etwa falsches Englisch, schlechte Aussprache, abgedroschene Redensarten und vulgäre Sprichwörter – allesamt Hinweise darauf, dass man sich in schlechter, niedriger Gesellschaft aufgehalten hat. Wenn Du zum Beispiel, statt zu sagen, dass die Geschmäcker verschieden sind und jeder seinen ganz eigenen hat, etwa ein Sprichwort absonderst und sagst: «Des einen Fleisch ist des anderen Gift», oder: «Jedem, wie er es mag, wie der brave Mann sagte, als er seine Kuh küsste»; dann wird jeder davon überzeugt sein, dass Du nie mit Besseren Umgang hattest als mit Lakaien und Hausmädchen.

Aufmerksamkeit wird all dies bewirken, und ohne Aufmerksamkeit ist nichts auszurichten; Mangel an Aufmerksamkeit, tatsächlich Gedankenlosigkeit, ist entweder Torheit oder Wahnsinn. Du solltest nicht nur auf alles Deine Aufmerksamkeit richten, sondern dies auch sehr schnell tun, sodass Du zugleich alle Leute im Raum, ihre Bewegungen, ihr Aussehen und ihre Worte beobachtest, ohne sie dabei anzustarren und als Beobachter zu erscheinen. Dies schnelle, unbemerkte Beobachten ist im Leben ein unendlicher Vorteil und muss sorgsam erworben werden; was man hingegen Geistesabwesenheit nennt, ist Gedankenlosigkeit und mangelnde Aufmerksamkeit für das, was man gerade tut, und dies macht einen so sehr einem Narren oder Wahnsinnigen ähnlich, dass ich für meinen Teil keinen echten Unterschied sehe. Ein Narr hat nie Gedanken, ein Wahnsinniger hat sie verloren, und ein Geistesabwesender ist für den Moment gedankenlos.

Adieu! Sende Deinen nächsten Brief an mich *chez Monsieur Chabert, Banquier, à Paris*; und sieh zu, dass ich bei meiner Rückkehr die erwarteten Verbesserungen vorfinde.

Dublin Castle[1], *10. März 1746*

Sir:

Mit großem Dank bestätige ich die Ehre zweier oder dreier Briefe von Dir, seit ich Dich mit meinem letzten plagte; und ich bin sehr stolz ob der wiederholten Beweise Deiner Gunst und Protektion, die Du mir gibst und die zu verdienen ich versuchen werde.

Ich bin überaus froh, dass Du Dir ein Verfahren vor dem Königlichen Gerichtshof angehört, und noch mehr darüber, dass Du geziemende Missbilligung hinsichtlich der mangelnden Aufmerksamkeit vieler Leute im Gerichtssaal geäußert hast. Da Du die Unziemlichkeit dieser Unaufmerksamkeit sehr gut beobachtet hast, bin ich mir sicher, dass Du selbst Dich nie eines ähnlichen Betragens schuldig machen wirst. Es gibt auf der Welt kein untrüglicheres Merkmal eines kleinen, schwachen Geistes als Unaufmerksamkeit. Was wert ist,

---

1 Schloss in Dublin; die im 10. Jh. errichtete Festung wurde 1170 von den Normannen erobert und ausgebaut, die heutigen Gebäude stammen größtenteils aus dem 18. Jh. Es war von 1171 bis 1922 Sitz der brit. Verwaltung Irlands. Die Repräsentationsräume («State Apartments»), bis heute zu offiziellen Anlässen genutzt, wurden unter Chesterfield gebaut, als er 1744 Lord Lieutenant of Ireland war.

überhaupt getan zu werden, verdient gut getan zu werden, und nichts kann gut getan werden ohne Aufmerksamkeit. Dass er «nicht darauf geachtet» habe, ist zuverlässig die Antwort eines Narren, wenn Du ihn zu etwas befragst, das in seiner Gegenwart gesagt oder getan wurde. Und warum hat der Narr nicht darauf geachtet? Was hatte er denn sonst da zu tun, als auf das zu achten, was vor sich ging? Ein vernünftiger Mann hört, sieht und behält alles, was um ihn her geschieht. Ich wünsche mir sehr, von Dir niemals zu hören, Du habest auf etwas nicht geachtet, und auch nicht, dass Du Dich, wie es die meisten Narren tun, über ein trügerisches Gedächtnis beklagst. Achte nicht nur auf das, was die Leute sagen, sondern auch darauf, wie sie es tun; und wenn Du über ein wenig Scharfsinn verfügst, wirst Du mit den Augen vielleicht mehr Wahrheit entdecken als mit den Ohren. Die Leute können sagen, was sie wollen, aber sie können nicht genau so dreinblicken, wie sie es wollen; und ihre Blicke enthüllen oft, was ihre Worte verhehlen sollen. Beobachte daher sorgfältig die Mienen der Leute, nicht nur, wenn sie mit Dir, sondern auch, wenn sie miteinander reden. Ich habe oft aus den Gesichtern von Menschen erraten, was sie gerade sagten, obgleich ich kein einziges ihrer Worte hörte. Die wesentlichste Kenntnis von allen, ich meine Kenntnis der Welt, ist niemals ohne große Aufmerksamkeit zu erringen, und ich kenne viele alte Leute, die zwar lange auf der Welt zugebracht haben, hinsichtlich ihrer Weltkenntnis aber noch immer wie Kinder sind ob ihrer Gedankenlosigkeit und Unaufmerksamkeit. Bestimmte Formen, an die sich alle halten, und bestimmte Fertigkeiten, die alle anstreben, verbergen bis zu einem gewissen Grade die Wahrheit und lassen äußerlich beinahe alle einander gleichen. Aufmerksamkeit und Scharfsinn müssen diesen Schleier durchdringen und das eigentliche Wesen entdecken. Du bist nun alt genug, um zu überlegen, zu beobachten, Charaktere zu vergleichen und Dich zumindest gegen die gewöhnlichen Kunstgriffe der Welt zu wappnen. Wenn Dir ein Mann, mit dem Du kaum bekannt bist, dem Du Deine Freundschaft weder angeboten noch auch nur angedeutet hast, plötzlich starke Bekundungen der seinen macht, so solltest Du sie höflich entgegennehmen, aber nicht mit Vertrauen vergelten: Er will Dich sicherlich täuschen, denn zwischen Männern gibt es keine Zuneigung auf einen Blick hin. Wenn einer starke Beteuerungen oder Schwüre nutzt, um Dich etwas glauben zu machen, was von sich aus bereits so wahrscheinlich und glaubhaft ist, dass die bloße Erwähnung genügen würde, so kannst Du Dich darauf verlassen, dass er lügt und sehr daran interessiert ist, es Dich glauben zu machen; sonst gäbe er sich nicht so viel Mühe.

In etwa fünf Wochen gedenke ich die Ehre zu haben, mich Dir zu Füßen zu legen: von denen ich hoffe, sie größer gewachsen zu finden, als sie waren, da ich sie verließ. Adieu.

Dublin Castle, 5. April 1746

Lieber Junge:

Es wird, glaube ich, nicht mehr lange dauern, bis Du über Frauen freundlicher denkst und sprichst als jetzt. Du scheinst zu meinen, dass sie, beginnend bei Eva, viel Unheil angerichtet haben. Was die genannte Dame angeht, magst Du recht haben; aber die Geschichte wird Dich lehren, dass seit ihrer Zeit Männer in der Welt viel mehr Unheil angerichtet haben als Frauen; und um die Wahrheit zu sagen, würde ich Dir nahelegen, beiden nicht mehr als unbedingt nötig zu trauen. Aber dies will ich Dir raten: niemals ganze Gruppen gleich welcher Art anzugreifen, denn abgesehen davon, dass sämtliche allgemeinen Regeln ihre Ausnahmen haben, machst Du Dir ohne Not eine große Menge Feinde, indem Du ein *corps* insgesamt attackierst. Unter Frauen gibt es, wie unter Männern, gute wie schlechte und möglicherweise ebenso viele oder sogar mehr gute als unter Männern. Diese Regel gilt für Advokaten, Soldaten, Pfarrer, Höflinge, Staatsbürger etc. Sie alle sind Männer, den gleichen Leidenschaften und Empfindungen unterworfen, und unterscheiden sich nur in ihrem Betragen gemäß ihrer jeweiligen Erziehung; und es wäre so unklug wie ungerecht, irgendeine dieser Gruppen insgesamt anzugreifen. Individuen vergeben zuweilen, aber Gruppen und Gesellschaften niemals. Viele junge Leute halten es für fein und witzig, die Geistlichkeit zu schmähen, was ein arger Fehler ist, da meiner Meinung nach Pfarrer ganz wie andere Männer sind und weder besser noch schlechter, nur weil sie einen schwarzen Talar tragen. Sämtliche allgemeinen Überlegungen hinsichtlich von Nationen und Gesellschaften sind billige, fadenscheinige Scherze jener, die sich um Witz bemühen, ohne über solchen zu verfügen, und daher ihre Zuflucht zu Allgemeinplätzen nehmen. Du solltest Individuen nach Deinem Wissen über sie beurteilen, nicht nach ihrem Geschlecht, ihrem Beruf oder ihrer Konfession.

Wenn ich auch bei meiner Rückkehr – bald, wie ich hoffe – Deine Füße nicht größer vorfinde, so hoffe ich doch, dass Dein Kopf kräftig gewachsen ist, und dann werden Deine Füße mich nicht sehr bekümmern. Binnen zweier oder dreier Monate nach meiner Rückkehr werden Du und ich uns für einige Zeit trennen; Du musst bereit sein, Menschen ebenso zu lesen wie Bücher aller Sprachen und Nationen. Beobachtung und Überlegung werden dann sehr wichtig für Dich sein. Lass uns diese Angelegenheit gründlich besprechen, wenn wir uns sehen, was, wie ich hoffe, in der letzten Woche dieses Monats der Fall sein wird; bis dahin habe ich die Ehre, Dein überaus getreuer Diener zu sein.

Bath, 4. Oktober 1746 A.K.

Lieber Junge:

Wenngleich ich so viel von meiner Zeit darauf verwende, Dir zu schreiben, muss ich doch gestehen, dass ich oft Zweifel hege, ob dies irgendeinen Sinn hat. Ich weiß, wie unwillkommen Ratschläge allgemein sind; ich weiß, dass jene, die den meisten Rat brauchen, ihn am wenigsten mögen und befolgen; und ich weiß auch, dass besonders der Rat von Eltern der Verdrossenheit, Herrschsucht oder Schwatzhaftigkeit des Alters zugeschrieben wird. Andererseits schmeichle ich mir jedoch, da Dein Verstand (wiewohl noch zu jung, um Dir von sich aus viele Anregungen zu geben) doch stark genug ist, Dich in den Stand zu versetzen, schlichte Wahrheiten sowohl zu beurteilen als auch anzunehmen; ich schmeichle mir (sage ich), dass Dein Verstand, so jung er auch sei, Dir sagen muss, dass ich bei dem Rat, den ich Dir gebe, keine anderen Interessen als die Deinen im Sinn habe und dass Du ihn folglich zumindest erwägen und gut bedenken wirst; in welchem Fall einiges davon, so hoffe ich, Wirkung zeitigen wird. Glaube nicht, dass ich als Vater zu diktieren wünsche; ich möchte nur raten als Freund, als ein nachsichtiger dazu; und versteh dies bitte nicht so, als wollte ich Deinen Vergnügungen Einhalt gebieten – im Gegenteil möchte ich hierbei nur Berater sein, nicht Zensor. Lass meine Erfahrung Deinem Mangel hierin abhelfen und beim Fortschreiten Deiner Jugend Deinen Weg von all dem Gestrüpp und jenen Dornen reinigen, die mich auf dem meinen zerkratzt und entstellt haben. Daher will ich nicht einmal andeuten, wie absolut abhängig Du von mir bist; dass Du auf der Welt keinen Shilling hast noch haben kannst außer von mir; und dass Dein Verdienst das einzige Maß meiner Güte sein muss und sein wird, da ich keine weibische Schwäche für Deine Person empfinde. Ich sage, ich will Dir gegenüber all dies nicht einmal andeuten, da ich überzeugt bin, dass Du aufgrund edlerer und großmütigerer Prinzipien richtig handeln wirst; ich meine: um das Richtige zu tun und aus Zuneigung und Dankbarkeit mir gegenüber.

Ich habe Dir so oft Aufmerksamkeit und Beflissenheit empfohlen in allem, was Du auch erlernst, dass ich sie nun nicht als Pflichten erwähne; ich will Dich nur auf sie hinweisen als förderlich, nein, absolut unerlässlich für Deine Vergnügungen; kann es denn eine größere Freude geben als die Erlaubnis, allenthalben jene des eigenen Alters und Standes zu übertreffen? Und kann denn folglich irgendetwas erniedrigender sein, als von diesen übertroffen zu werden? In diesem letzteren Fall müssen Deine Scham und Reue tiefer sein als die jedes anderen, denn alle kennen die ungewöhnliche Sorgfalt, die auf Deine Erziehung verwendet wurde, und die Möglichkeiten, die Du hattest, mehr zu wissen als andere Deines Alters. Ich will die Hingabe, die ich anempfehle, nicht allein auf das Ziel und Streben beschränken, andere zu übertreffen (wiewohl dies ein sehr vernünftiges Vergnügen und ein überaus zulässiger Stolz ist); sondern ich meine desgleichen, in der Sache selbst vortrefflich zu sein; denn meiner Ansicht nach mag man etwas ebenso gut überhaupt nicht wie nur unvollständig kennen. Von irgendetwas ein wenig zu wissen, verschafft einem weder Befriedigung noch Ansehen, sondern trägt einem oft Schimpf oder Hohn ein.

Mr. Pope sagt sehr zutreffend:

Ein wenig Wissen ist gefährlich;
Trink vom Kastalischen Quell tief oder gar nicht.[1]

Und was man «oberflächliche Kenntnis» von allem heißt, ergibt unweigerlich einen Wichtigtuer. Ich habe in letzter Zeit oft darüber nachgedacht, welch unglücklicher Mann ich jetzt sein müsste, wenn ich nicht in meiner Jugend einiges an Grundlagen und Neigung zur Gelehrsamkeit erworben hätte. Was hätte ich denn ohne sie in diesem Alter mit mir anfangen können? Ich hätte, wie dies viele unwissende Leute tun, sicherlich meine Gesundheit und Gaben durch abend-

---

1 Im Original: *«A little knowledge is a dangerous thing;/ Drink deep or taste not the Castalian spring.»* Aus: Alexander Pope (1688–1744), *An Essay on Criticism*, 215 f.; allerdings lautet es dort «Pierian spring» («Pierische Quelle»). In die Kastalische Quelle (am Fuß des Parnassos bei Delphi) soll sich die Nymphe Kastalia auf der Flucht vor Apollon gestürzt haben; wer aus der Quelle trinke, dem verleihe das Wasser dem Mythos zufolge die Gabe der Dichtkunst; das Wasser der Pierischen Quelle in Makedonien dagegen schenke Wissen.

liche Schwelgerei ruiniert; oder indem ich sie bei leichtfertigem Geschwätz in Gesellschaft von Frauen vergeudet hätte, hätte ich mich eben jenen Frauen gegenüber lächerlich und verächtlich gemacht; oder ich hätte mich schließlich, wie dies einst einer tat, erhängt ob des Überdrusses, jeden Tag seine Schuhe und Strümpfe an- und auszuziehen. Meine Bücher, und nur meine Bücher, sind mir nun verblieben, und jeden Tag stelle ich fest, es ist wahr, was Cicero über die Bildung sagt: *«Haec studiae* (sagt er) *adolescentiam alunt, senectutem oblectant, secundas res ornant, adversis perfugium ac solatium praebent, delectant domi, non impediunt foris, pernoctant nobiscum, peregrinantur, rusticantur.»*[1]

Damit will ich aus den Freuden eines fortgeschrittenen Alters die Konversation nicht ausschließen; sie ist im Gegenteil ein sehr großes und vernünftiges Vergnügen in jedem Lebensalter; aber die Konversation der Unwissenden ist keine Konversation und gereicht selbst ihnen nicht zur

---

1 Lat. «Diese Aufgaben nähren die Jugend, erheitern das Alter, zieren Nebensächlichkeiten, bieten Trost und Zuflucht bei Widrigkeiten, gewähren Wonne daheim, sind außerhalb kein Hindernis, übernachten mit uns, begleiten uns auf Reisen und auf dem Lande.» Aus: Cicero, *Pro Archia poeta* (Verteidigungsrede für den Dichter Aulus Licinius Archias, gehalten 62 v.Chr.), 7, 16.

Freude; sie werden der eigenen Fruchtlosigkeit überdrüssig und besitzen nicht genug Kenntnisse, die ihnen die Worte liefern könnten, um eine Konversation aufrechtzuerhalten.

Lass mich Dir daher ernstlich empfehlen, einen großen Vorrat an Wissen anzulegen, solange Du kannst; denn magst Du auch bei den Zerstreuungen Deiner Jugend keine Gelegenheit finden, viel davon auszugeben, kannst Du Dich doch darauf verlassen, es wird eine Zeit kommen, da Du dessen bedarfst, um Dich zu erhalten. Öffentliche Kornkammern werden in üppigen Jahren gefüllt; nicht weil man wüsste, das nächste oder übernächste oder dritte Jahr werde sich als karg erweisen, sondern weil man weiß, früher oder später kommt solch ein Jahr, in dem man das Getreide braucht.

Ich will Dir nicht mehr zu diesem Thema sagen; Du hast Mr. Harte bei Dir, um dies zu vertiefen; Du hast genug Verstand, um der Wahrheit all dessen zuzustimmen; kurz gesagt: «Du hast Moses und die Propheten; wenn Du ihnen nicht glauben magst, wirst Du auch nicht glauben, und wenn einer von den Toten auferstünde.»[1] Bilde

---

1 Lukas 16, 31: «Er sprach zu ihnen: Hören sie Moses und die Propheten nicht, so werden sie auch nicht glauben, wenn jemand von den Toten aufstünde.»

Dir nicht ein, das Wissen, das ich Dir so sehr anempfehle, sei auf Bücher beschränkt, so angenehm, nützlich und notwendig dieses Wissen auch ist; aber ich fasse es als Teil der großen Kenntnis der Welt auf, die noch viel wichtiger ist als die von Büchern. Wahrlich unterstützen sie einander, und keiner, der nicht beides besitzt, wird eines vollkommen besitzen. Kenntnis der Welt ist nur in der Welt zu erwerben, nicht in einem Schrank. Bücher allein werden sie Dich nie lehren; sie werden aber Deine Aufmerksamkeit auf vieles lenken, was Dir ohne sie entgehen könnte; und Deine eigenen Beobachtungen der Menschheit werden Dir, wenn Du sie mit denen vergleichst, die Du in Büchern findest, bei der Bestimmung des wirklichen Fixpunkts helfen.

Die Menschheit gründlich zu erkennen verlangt durchaus ebenso viel Aufmerksamkeit und Hingabe wie die Kenntnis von Büchern und vielleicht noch mehr Scharfsinn und Unterscheidungsvermögen. Ich bin zu dieser Zeit mit vielen älteren Leuten bekannt, die ihr ganzes Leben in der großen weiten Welt zugebracht haben, dies jedoch so gedankenlos und unaufmerksam, dass sie heute nicht mehr darüber wissen als mit fünfzehn. Schmeichle Dir also nicht mit dem Gedanken, Du könntest dieses Wissen in der frivolen

Plauderei müßiger Gesellschaft erwerben; nein, Du musst viel tiefer eindringen. Du musst die Leute nicht bloß von außen, sondern auch von innen betrachten. So gut wie alle Menschen sind bis zu einem gewissen Grad mit allen Leidenschaften geboren; aber fast jeder hat eine vorherrschende, der die anderen untergeordnet sind. Suche bei jedem diese vorherrschende Leidenschaft; forsche die entlegenen Winkel seines Herzens aus und betrachte die verschiedenen Wirkungsweisen der gleichen Leidenschaft bei verschiedenen Leuten; und wenn Du eines Menschen vorherrschende Leidenschaft gefunden hast, dann denk daran, ihm niemals dort zu vertrauen, wo diese Leidenschaft betroffen ist. Nutze sie, um ihn Dir nutzbar zu machen; sei aber selbst dieser gegenüber auf der Hut, was auch immer er Dir beteuern mag.

Ich wünschte mir wirklich, Du läsest diesen Brief zweimal, doch bezweifle ich sehr, dass Du ihn einmal zu Ende lesen wirst. Ich will Dich nun nicht länger behelligen; wir werden uns aber zu einem späteren Zeitpunkt noch ausführlicher mit diesem Thema befassen. Adieu.

Ich habe eben Deinen Brief aus Schaffhausen bekommen; beim Datum hast Du den Monat vergessen.

Bath, 9. Oktober 1746 A. K.

Lieber Junge:

Die Strapazen auf Deiner Reise von Heidelberg nach Schaffhausen, das Schlafen auf Stroh, das schwarze Brot und die zusammengebrochene *berline*[1] sind geziemende Vorbereitungen auf die größeren Mühsale und Strapazen, die Du im Verlaufe Deiner Reisen noch zu gewärtigen hast; und wäre man geneigt zu moralisieren, so könnte man sie als Exempel jener Unfälle, Hemmnisse und Schwierigkeiten bezeichnen, denen jedermann auf seiner Reise durchs Leben begegnet. Auf dieser Reise ist der Verstand die *voiture*[2], die Dich bergen und befördern muss; und je nachdem, ob sie stärker oder schwächer, in gutem oder schlechtem Zustand ist, wird Deine Reise besser oder schlechter sein; Du wirst jedoch auch im günstigsten Fall hin und wieder schlechte Straßen und einige schlechte Gaststätten finden.

Achte daher bitte darauf, diese notwendige *voiture* im bestmöglichen Zustand zu halten; prüfe, verbessere und kräftige sie täglich; jeder hat die

---

1 Zwei- oder viersitziger voll gefederter Reisewagen.
2 Frz. «Wagen».

Kraft und sollte die Sorgfalt aufbringen, dies zu tun; wer es vernachlässigt, sollte und wird die unheilvollen Auswirkungen dieser Nachlässigkeit spüren müssen.

À propos Nachlässigkeit: Zu diesem Thema muss ich Dir etwas sagen. Wie Du weißt, habe ich Dir oft versichert, dass meine Zuneigung zu Dir keine schwächliche, weibische ist, und sie macht mich keineswegs blind, sondern im Gegenteil besonders scharfsichtig gegenüber Deinen Fehlern.

Es ist nicht nur mein Recht, sondern sogar meine Pflicht, sie Dir gegenüber zu erwähnen, und es ist Deine Pflicht und in Deinem Interesse, sie zu korrigieren. Bei der strengen Prüfung, der ich Dich unterzog, habe ich bisher (Gott sei Dank) kein Laster des Herzens noch eine besondere Schwäche des Kopfes gefunden; ich habe allerdings Trägheit, Unaufmerksamkeit und Gleichgültigkeit entdeckt – Fehler, die nur bei alten Männern verzeihlich sind, bei jenen, die im Niedergang des Lebens, wenn Gesundheit und Geist nachlassen, auf diese Art Ruhe so etwas wie einen Anspruch haben. Ein junger Mann aber sollte den Ehrgeiz haben, zu glänzen und hervorzustechen; er sollte wach, aktiv und unermüdlich in allem sein, was dazu nötig ist; und wie Caesar *Nil ac-*

tum reputans, si quid superesset agendum[1]. Dir scheint jene *vivida vis animi*[2] zu fehlen, die die meisten junge Männer dazu treibt, zu gefallen, zu glänzen, zu übertreffen. Ohne das Bestreben und die erforderlichen Bemühungen, beachtenswert zu sein, kannst Du dies, verlasse Dich darauf, nie werden; wie Du auch ohne das Bestreben und die nötige Aufmerksamkeit zu gefallen niemals gefallen kannst. *Nullum numen abest, si sit prudentia*[3] ist fraglos wahr hinsichtlich von allem, die Dichtung ausgenommen; und ich bin mir ganz sicher, dass jeder Mann gewöhnlichen Verstands durch geziemende Bildung, Sorgfalt, Aufmerksamkeit und Arbeit alles aus sich machen kann, was ihm gefällt, außer einen guten Dichter...

Was man gewöhnlich einen geistesabwesenden Mann nennt, ist gemeinhin entweder ein ungemein schwacher oder sehr leidender Mann;

---

1 Lat. «Nichts für erledigt halten, wenn noch etwas zu tun übrig ist»: Marcus Annaeus Lucanus (39–65), *Pharsalia,* II, 657, dort Caesar in den Mund gelegt, allerdings mit etwas anderem Wortlaut: *«Nil actum credens cum quid superesset agendum.»*

2 Lat. «lebhafte Geisteskraft», aus: Titus Lucretius Carus (99–55 v. Chr.), *De rerum natura,* I, 73.

3 Lat. «Kein Gott fehlt, wo Klugheit ist», aus: Decimus Iulius Iuvenalis (um 60–127), *Satiren,* 10, 365.

aber was auch immer er sein mag, er ist gewiss ein arg unerfreulicher Mann in Gesellschaft. Er versagt in allen gewöhnlichen Bereichen höflichen Umgangs; er scheint heute jene nicht zu kennen, mit denen er gestern innig vertraut zu sein schien. Er beteiligt sich nicht an der allgemeinen Konversation, sondern unterbricht sie im Gegenteil von Zeit zu Zeit mit einem jähen eigenen Ausbruch, als erwachte er aus einem Traum. Dies (wie ich bereits gesagt habe) ist ein sicheres Merkmal entweder eines Geistes, der so schwach ist, dass er nicht mehr als ein Thema gleichzeitig bewältigen kann, oder eines so leidenden, dass er davon völlig umfangen und auf großartige und bedeutende Themen gerichtet wirkt. Sir Isaac Newton[1], Mr. Locke[2] und (vielleicht) fünf oder sechs andere mögen seit Erschaffung der Welt ein Recht auf Absenz gehabt haben ob des intensiven Denkens, das die Gegenstände verlangten, die sie erforschten. Wenn aber ein junger Mann, ein Mann von Welt, der keine solchen Berufungen vorweisen kann, dieses Recht von Absenz in Gesellschaft

1 Bedeutender engl. Naturwissenschaftler (1643–1726), entwickelte das Gravitationsgesetz und die Infinitesimalrechnung u. a.

2 John Locke, engl. Arzt und Philosoph, (1632–1704), einer der wichtigsten Vordenker der Aufklärung.

fordert und ausübt, sollte nach meiner Ansicht dies beanspruchte Recht in eine unfreiwillige Absenz verwandelt werden: durch seinen dauerhaften Ausschluss aus der Gesellschaft. Gleich wie unmaßgeblich eine Gesellschaft auch sein mag, solltest Du ihr doch nie, solange Du in ihr weilst, durch Deine Unaufmerksamkeit zeigen, dass Du sie so empfindest; übernimm lieber ihren Tonfall und passe Dich einigermaßen ihrer Schwäche an, statt Deine Verachtung für sie zu bekunden. Nichts können die Leute weniger ertragen oder vergeben als Verachtung; und eine Verwundung wird viel schneller vergessen als eine Beleidigung. Wenn Du also lieber gefallen als Anstoß erregen möchtest, lieber geschätzt als verleumdet, lieber geliebt als gehasst sein willst, solltest Du nie vergessen, diese unausgesetzte Aufmerksamkeit zu zeigen, die jedermanns kleiner Eitelkeit schmeichelt und deren Ermangelung, da sie seinen Stolz kränkt, unweigerlich seine Abneigung oder zumindest seinen Unwillen erregen wird. So haben zum Beispiel die meisten Menschen (ich könnte sagen, alle Menschen) ihre Schwächen; sie haben ihre Aversionen und Vorlieben für dies oder jenes; solltest Du also einen Mann wegen seiner Abneigung gegen Katzen oder Käse (dies sind ganz verbreitete Aversionen) verlachen oder durch Unaufmerksamkeit und Nachlässigkeit zulassen, dass er auf sie stößt, wenn Du es verhindern könntest, wird er sich im ersten Fall beleidigt und im zweiten missachtet fühlen und sich an beides erinnern. Deine Bemühung hingegen, ihm zu beschaffen, was er schätzt, und von ihm das fernzuhalten, was er hasst, zeigt ihm, dass Du ihm zumindest Aufmerksamkeit widmest; es schmeichelt seiner Eitelkeit und macht ihn Dir möglicherweise eher zum Freund, als dies ein bedeutenderer Dienst getan hätte. Im Hinblick auf Frauen sind noch geringere Aufmerksamkeiten als diese nötig und den Gepflogenheiten der Welt gemäß in gewisser Weise verpflichtend, nach den Gesetzen der Wohlerzogenheit.

Meine langen und häufigen Briefe, die ich Dir mit großen Zweifeln hinsichtlich ihrer Wirksamkeit schicke, lassen mich an gewisse Papiere denken, die Du in letzter Zeit – und ich früher – an der Schnur zu Drachen hast hochsteigen lassen und die wir Botschafter nannten; einige von ihnen hat der Wind immer verweht, andere wurden von der Schnur zerrissen, aber einige wenige gelangten hinauf und hefteten sich an den Drachen. Ich will mich jedoch jetzt wie damals damit zufriedengeben, wenn nur einige meiner derzeitigen Botschafter sich an Dich heften. Adieu!

London, 9. Oktober 1747 A. K.

Lieber Junge:

Leute Deines Alters haben gewöhnlich eine arglose Freimütigkeit an sich, die sie zur leichten Beute und zum Spielball der Verschlagenen und Erfahrenen macht; sie betrachten jeden Schurken oder Narren, der sich als ihr Freund ausgibt, als wäre er dies wirklich; und sie vergelten diese Bekundung vorgeblicher Freundschaft mit unvorsichtigem, rückhaltlosem Vertrauen, immer zu ihrem Verlust, oft zu ihrem Ruin. Hüte Dich daher, nun, da Du in die Welt trittst, vor diesen dargebotenen Freundschaften. Nimm sie an mit großer Höflichkeit, aber auch mit großem Zweifel; und vergilt sie mit Komplimenten, nicht jedoch mit Vertrauen. Lass Dich nicht durch Eitelkeit und Eigenliebe zu der Annahme verleiten, dass Leute auf den ersten Blick oder auch nach kurzer Bekanntschaft Deine Freunde werden. Echte Freundschaft wächst langsam; und sie gedeiht nur, wenn sie einem Stamm bewussten und gegenseitigen Verdienstes aufgepfropft wird. Unter jungen Leuten gibt es eine weitere Art nomineller Freundschaft, die vorübergehend wärmt, aber mit etwas Glück von kurzer Dauer ist.

Diese Freundschaft wird eilig verfertigt, indem die Beteiligten durch Zufall zusammengebracht werden und dem gleichen Weg von Aufruhr und Ausschweifung folgen. Wahrlich eine feine Freundschaft, und gut zementiert durch Trunksucht und Zügellosigkeit. Man sollte sie eher als Verschwörung gegen Moral und gute Sitten bezeichnen und vom Zivilrichter entsprechend bestrafen lassen. Dennoch sind sie dreist und töricht genug, diese Verbindung Freundschaft zu nennen. Sie leihen einander Geld zu üblen Zwecken; sie stürzen sich für ihre Komplizen offensiv und defensiv in Streitereien; sie erzählen einander alles, was sie wissen, und oft auch mehr, bis plötzlich ein Zufall sie zerstreut, und dann denken sie nicht mehr aneinander, außer um ihre unkluge Vertraulichkeit auszuplaudern und zu verlachen. Vergiss nicht, Gesellen und Freunde sehr wohl zu unterscheiden; denn ein sehr gefälliger und angenehmer Gefährte kann sich – und tut dies oft – als sehr unschicklicher und gefährlicher Freund erweisen. Die Menschen werden sich ihre Meinung über Dich zu einem großen Teil und nicht ohne Grund nach jener bilden, die sie über Deine Freunde haben, und es gibt ein spanisches Sprichwort, das ganz zutreffend lautet: *Sage mir, mit wem du lebst, und ich werde dir sagen, wer du bist.*[1] Man darf durchaus annehmen, dass einer, der einen Schurken oder Narren zu seinem Freund macht, etwas sehr Schlechtes zu tun oder zu verhehlen hat. Wenn Du aber auch sorgsam die Freundschaft von Schurken oder Narren ablehnst, falls man sie Freundschaft nennen kann, so ist es zugleich doch nicht angebracht, sie Dir leichtfertig und ohne Anlass zu Feinden zu machen; denn es sind ihrer sehr viele, und ich würde ihnen gegenüber lieber eine sichere Neutralität wählen denn Bündnis oder Krieg. Du kannst ein erklärter Feind ihrer Laster und Torheiten sein, ohne von ihnen als persönlicher Feind gebrandmarkt zu werden. Ihre Feindschaft ist fast ebenso gefährlich wie ihre Freundschaft. Wahre fast jedem gegenüber wirklichen Abstand, aber zeige diesen fast keinem, denn es ist unangenehm, reserviert zu wirken, und gefährlich, es nicht zu sein. Nur wenige finden den guten Mittelweg; viele sind bei Kleinigkeiten lächerlich geheimnisvoll und viele leichtfertig mitteilsam in allem, was sie wissen.

Fast so wichtig wie die Wahl Deiner Freunde

---

1 Span. *«Dime con quién andas, y te diré quién eres»*, bei Cervantes: *«Dime con quién andas, decirte he quién eres»* (*Don Quijote*, II, 10).

ist die Wahl Deiner Gesellschaft. Bemühe Dich, so gut Du kannst, Umgang mit Leuten über Dir zu haben: Dort wirst Du steigen, ebenso wie Du mit Leuten unter Dir sinkst; denn (wie ich bereits erwähnte) Du bist, was immer die Gesellschaft ist, in der Du Dich befindest. Wenn ich Gesellschaft über Dir sage, darfst Du mich nicht missverstehen und annehmen, ich meinte dies hinsichtlich ihrer Geburt; das ist die geringste aller Erwägungen; sondern ich meine im Hinblick auf ihre Verdienste und auf das Licht, in dem die Welt sie betrachtet.

Es gibt zwei Arten guter Gesellschaft; eine wird *le beau monde*[1] genannt und besteht aus jenen, die bei Empfängen und im munteren Teil des Lebens den Ton angeben; die andere besteht aus denen, die durch besondere Verdienste ausgezeichnet sind oder in einer speziellen wertvollen Kunst oder Wissenschaft herausragen. Was mich betrifft, so empfand ich mich, wenn ich mit Mr. Addison[2] oder Mr. Pope[3] zusammen war, immer als in so hoch über mir stehender Gesellschaft, als

1 Frz. «die schöne (= vornehme) Welt».

2 Joseph Addison (1672–1719), engl. Dichter, Politiker und Journalist.

3 Alexander Pope (1688–1744), engl. Dichter und Übersetzer (u. a. Homer).

wäre ich mit allen Fürsten Europas zusammen. Was ich mit niedriger, unbedingt zu meidender Gesellschaft meine, ist der Umgang mit jenen, die für sich genommen absolut bedeutungslos und unwürdig sind, sich für geehrt halten, wenn sie in Deiner Gesellschaft sind und all Deinen Lastern und Torheiten schmeicheln, um Dich zum Verkehr mit ihnen zu bewegen. Der Stolz, in einer bestimmten Gesellschaft der Erste zu sein, ist nur allzu gewöhnlich; er ist aber sehr töricht und schädlich. Nichts auf der Welt lässt einen Charakter so tief sinken wie diese falsche Entscheidung.

Du magst mich vielleicht fragen, ob jemand es immer selbst in der Hand hat, in die beste Gesellschaft zu gelangen, und wenn ja, wie? Ich sage: Ja, indem er es verdient, vorausgesetzt, seine Umstände erlauben es ihm, als vollendeter Gentleman zu erscheinen. Verdienst und Erziehung werden sich überall den Weg bahnen. Wissen wird ihn in die beste Gesellschaft einführen, und gute Erziehung wird ihn bei dieser beliebt machen; denn wie ich Dir oft gesagt habe, sind Höflichkeit und gute Erziehung absolut unerlässlich, um einige oder alle guten Eigenschaften oder Talente zu zieren. Ohne sie wird kein Wissen und keinerlei Vollkommenheit im besten Licht stehen. Ohne gute Erziehung ist der Gelehrte ein

Pedant, der Philosoph ein Zyniker, der Soldat ein Grobian und jeder Mann unangenehm.

Ich warte darauf, von meinen verschiedenen Korrespondenten in Leipzig etwas über Deine Ankunft dort zu hören und welchen ersten Eindruck Du auf sie machst, denn ich habe dort Argusse mit jeweils hundert Augen, die Dich aufmerksam beobachten und mir getreulich berichten werden. Die Berichte werden sicherlich wahr sein; es hängt ganz von Dir ab, welcher Art sie sein werden. Adieu.

London, 16. Oktober 1747

Lieber Junge:

Die Kunst, zu gefallen, sollte man unbedingt beherrschen; es ist jedoch ungemein schwierig, sie zu erlangen. Sie lässt sich kaum auf Regeln reduzieren, und Deine Vernunft und Beobachtung werden Dich dabei mehr lehren, als ich dies kann. Handle, wie Du behandelt werden willst – das ist die sicherste Methode, die ich kenne, um zu gefallen. Beobachte sorgsam, was Dir bei anderen gefällt, und wahrscheinlich werden die gleichen Dinge bei Dir anderen gefallen. Wenn Dir die Liebenswürdigkeit und Aufmerksamkeit anderer gegenüber Deinen Launen, Deinem Geschmack oder Deinen Schwächen gefallen, magst Du Dich darauf verlassen, dass die gleiche Liebenswürdigkeit und Aufmerksamkeit Deinerseits gegenüber den ihren ebenso Gefallen finden werden. Passe Dich dem Ton der Gesellschaft an, in der Du Dich befindest, und versuche nicht, ihn anzugeben; sei ernst, lebhaft oder auch albern, je nach der Laune, in der Du die Gesellschaft antriffst; dies ist eine Aufmerksamkeit, die jedes Individuum der Mehrheit schuldet. Erzähle in Gesellschaft keine Geschichten; es gibt nichts, das öder und unersprießlicher wäre. Solltest Du zufällig eine sehr kurze Geschichte kennen, die besonders gut zum Thema der laufenden Konversation passt, dann erzähle sie mit so wenigen Worten wie möglich, und selbst hierbei solltest Du zu verstehen gebe, dass Du nicht gern Geschichten erzählst, dass Dich aber ihre Kürze in Versuchung brachte. Vor allem anderen verbanne den Egoismus aus Deiner Konversation und meine niemals, Du müsstest die Leute mit Deinen persönlichen Anliegen oder privaten Befindlichkeiten unterhalten; wenn diese für Dich auch interessant sind, für alle anderen sind sie langweilig und aufdringlich. Überdies kann man die eigenen Privatangelegenheiten gar nicht zu sehr geheim halten. Was auch immer nach Deiner Meinung

Deine besten Eigenschaften sein mögen, solltest Du sie doch nie in Gesellschaft hervorkehren und auch nicht, wie dies viele tun, die Konversation in eine Richtung lenken, die Dir eine Gelegenheit geben könnte, sie vorzuführen. Wenn sie echt sind, werden sie unweigerlich entdeckt werden, ohne dass Du selbst sie vorweist, und zu weit größerem Nutzen. Niemals solltest Du ein Argument hitzig und laut verfechten, wenn Du auch meinst oder weißt, Du seiest im Recht; äußere Deine Meinung lieber zurückhaltend und kühl, was die einzige Art zu überzeugen ist; und wenn dies zu nichts führt, suche das Thema zu wechseln, indem Du liebenswürdig sagst: «Wir werden einander wohl kaum überzeugen; es ist dies auch gar nicht nötig, also lassen Sie uns von etwas anderem reden.»

Bedenke, dass in jeder Gesellschaft örtliche Anstandsregeln zu beachten sind, und was in einer Gesellschaft überaus geziemend ist, kann und wird oft in einer anderen höchst anstößig sein.

Die Scherze, *bons mots*,[1] kleinen Abenteuer, die in der einen Gesellschaft gut ankommen mögen, werden platt und öde wirken, wenn man sie in

1 Frz. «gute Worte/Wörter», geistreiche Bemerkungen.

einer anderen erzählt. Die besonderen Charaktere und Gewohnheiten sowie der Tonfall einer Gesellschaft können einem Wort oder einer Geste Glaubwürdigkeit verleihen, die sie, dieser zufälligen Umstände entkleidet, gar nicht hätten. Hierin irren sich die Menschen sehr häufig; und da sie auf etwas stolz sind, das in einer Gesellschaft und unter bestimmten Umständen unterhaltsam war, wiederholen sie es mit Nachdruck in einer anderen, wo es entweder langweilig oder möglicherweise auch, zur falschen Zeit oder am falschen Ort, anstößig wirkt. Oft tun sie dies sogar mit einer albernen Einleitung: «Ich will Ihnen etwas ganz Großartiges» oder «die beste Geschichte auf der Welt» erzählen. Das weckt Erwartungen, die, wenn sie vollkommen enttäuscht werden, den Erzähler dieser großartigen Sache ganz zu Recht als Narren erscheinen lassen.

Wenn Du die Zuneigung und Freundschaft bestimmter Menschen besonders gern erringen möchtest, seien es Männer oder Frauen, so versuche, ihre herausragenden Vorzüge – falls sie solche haben – und ihre größten Schwächen, die jeder hat, zu finden, und würdige das eine und das andere vielleicht noch etwas mehr. Menschen mögen auf verschiedenen Gebieten Vorzüge haben oder zumindest wünschen, dass man dies so sehe; und wenn sie es auch sehr mögen, dort gewürdigt zu werden, wo sie sich mit Vorzügen begabt wissen, kann man ihnen doch am meisten und besten in jenen Punkten schmeicheln, wo sie gern vortrefflich wären, aber Zweifel hegen, ob sie dies wirklich sind. So hegte zum Beispiel Kardinal Richelieu[1], zweifellos der fähigste Staatsmann seiner (und vielleicht jeder anderen) Zeit, den eitlen Wunsch, auch als bester Dichter angesehen zu werden; er neidete dem großen Corneille[2] dessen Ruhm und wies jemanden an, eine Kritik des *Cid* zu schreiben. Die geschickten Schmeichler sagten daher wenig über seine staatsmännischen Fähigkeiten, oder jedenfalls nur *en passant* und so, wie es ganz natürlich in den Text passte. Aber der Weihrauch, mit dem sie ihn bedachten und dessen Rauch ihm, wie sie wussten, zu ihren Gunsten den Kopf verdrehen würde, galt ihm als einem *bel esprit*[3] und Poeten. Warum?

---

1 Armand-Jean du Plessis, 1er Duc de Richelieu (1585–1642), frz. Aristokrat, Kirchenfürst und Staatsmann, von 1624 bis 1642 als Erster Minister von Ludwig XIII. einer der wichtigsten und mächtigsten Politiker Europas.
2 Pierre Corneille (1606–1684), einer der großen Dramatiker der frz. Klassik; sein 1636 aufgeführtes Stück *Le Cid* war einer der größten Erfolge der frz. Theatergeschichte.
3 Frz. «Schöngeist».

Weil er sich des einen Vorzugs sicher war und hinsichtlich des anderen Zweifel hegte. Du wirst jedes Menschen wichtigste Eitelkeit leicht entdecken, indem Du sein liebstes Gesprächsthema ausmachst; denn alle reden am meisten von dem, worin sie am liebsten als vortrefflich gelten möchten. Berührst Du jemanden dort, berührst Du seine empfindlichste Stelle. Sir Robert Walpole[1] (ohne Zweifel ein fähiger Mann) war hinsichtlich seiner Fähigkeiten nicht sehr zugänglich für Schmeichelei, da er hierin keine Zweifel hegte; seine größte Schwäche war es jedoch, dass er gern als besonders höflich und galant angesehen werden wollte – dabei verfügte er zweifellos über weniger Galanterie als jeder andere Lebende; es war dies sein liebstes und häufigstes Gesprächsthema, was jenen mit ein wenig Scharfsinn bewies, dass dies seine größte Schwäche war. Und damit spielten sie erfolgreich.

Frauen haben gemeinhin allein ein Thema, nämlich ihre Schönheit; was das angeht, ist kaum eine Schmeichelei so groß, dass sie diese

---

1 Engl. Politiker (1676–1745), seit 1721 als First Lord of the Treasury (Erster Lord des Schatzamts) de facto Premierminister (der Titel existierte noch nicht) bis zu seiner Abdankung 1742.

nicht schlucken könnten. Die Natur hat kaum eine Frau ausreichend hässlich gemacht, um für Schmeicheleien gegenüber ihrer Person unempfänglich zu sein. Wenn ihr Gesicht so erschreckend ist, dass sie sich dessen irgendwie bewusst sein muss, so vertraut sie doch darauf, dass ihre Gestalt und Ausstrahlung dies gründlich wettmachen. Wenn ihre Gestalt deformiert ist, meint sie, ihr Gesicht wiege dies auf. Wenn beide schlimm sind, tröstet sie sich damit, dass sie über Anmut verfüge, eine gewisse Manier, ein *je ne sais quoi*[1], noch gewinnender denn Schönheit. Dies ist offenkundig die Wahrheit, wie man an der ausgesuchten und erlesenen Kleidung der hässlichsten Frauen der Welt sieht. Eine unbezweifelte, unbestrittene, bewusste Schönheit ist unter allen Frauen am wenigsten empfänglich für diesbezügliche Schmeichelei; sie weiß, dass sie ihr zusteht, und ist daher niemandem gegenüber verpflichtet, der sie äußert. Ihr muss man ob ihres Verstandes schmeicheln, denn auch wenn sie selbst nicht daran zweifelt, so argwöhnt sie doch, dass Männer derlei nicht glauben.

Du darfst mich nicht missverstehen und meinen, ich empföhle Dir schäbige, sträfliche

1 Frz. «ich weiß nicht was», das gewisse Etwas.

Schmeichelei. Nein; schmeichle niemandes Laster oder Verbrechen; im Gegenteil solltest Du diese verabscheuen und entmutigen. Man kann aber auf der Welt nicht leben ohne liebenswürdige Nachsicht gegenüber den Schwächen der Menschen und ihren unschuldigen wiewohl albernen Eitelkeiten. Wenn ein Mann unbedingt für klüger gehalten werden will, als er ist, und eine Frau für hübscher, so ist dieser Fehler für sie selbst tröstlich und für andere unschädlich, und ich würde sie lieber zu meinen Freunden machen, indem ich Nachsicht übte, als zu meinen Feinden, indem ich (was überdies zwecklos ist) versuchte, sie aufzuklären.

Ebenso gibt es kleine Aufmerksamkeiten, die unendlich liebenswert sind und jenes Maß an Stolz und Eigenliebe merklich berühren, das nicht von der Natur des Menschen zu trennen ist, da sie unbezweifelbare Beweise der Achtung und Neigung sind, die wir für jene hegen, denen wir sie bezeugen. So zum Beispiel die kleinen Gewohnheiten, Vorlieben, Antipathien und den Geschmack jener zu beachten, die wir gewinnen möchten, und uns dann zu bemühen, ihnen das eine zu verschaffen und sie vor dem anderen zu bewahren; ihnen liebenswürdig zu verstehen geben, dass Du bemerkt hast, dass sie dieses Gericht oder jenen Raum mögen und dass Du diese aus eben dem Grunde vorbereitet hast; oder andererseits, dass Du bemerkt hast, dass sie für dieses Gericht eine Abneigung oder für jene Person Antipathie empfinden etc. und Dich bemüht hast, sie ihnen fernzuhalten. Aufmerksamkeit für derlei Kleinigkeiten schmeichelt der Eigenliebe weit mehr als solche für größere Dinge, denn sie lässt die Leute meinen, sie seien gleichsam die einzigen Objekte Deiner Gedanken und Deiner Sorgfalt.

Dies sind einige der für Deine Einführung in die große Gesellschaft der Welt nötigen *arcana*[1]. Ich wünschte, ich hätte sie in Deinem Alter besser gekannt; ich habe den Preis von dreiundfünfzig Jahren für sie entrichtet und werde nicht grollen, wenn Du die Vorteile erntest. Adieu.

London, 18. Dezember 1747 A.K.

Lieber Junge:

Da inzwischen zwei Postsendungen aus Holland überfällig sind, kann ich weder von Dir noch von Mr. Harte[2] empfangene Briefe bestätigen, so

1 Plural von lat. *arcanum*, «Geheimnis», meist esoterisch.
2 Walter Harte (1709–1774), Stanhopes Privatlehrer und Reisebegleiter.

dass dieser Brief die Auswirkung jenes *scribendi cacoethes*[1] ist, den meine Dich betreffenden Befürchtungen, Hoffnungen und Zweifel mir verursachen. Wenn ich Dir einen sehr langen Brief über irgendein Thema geschrieben habe, so ist er kaum abgeschickt, ehe ich meine, ich hätte darin etwas vergessen, was Dir von Nutzen sein könnte, und dann bereite ich die Ergänzung für die nächste Post vor; oder mir fällt ein neues Thema ein, bei dem ich annehme, ich könnte Dir Informationen geben oder auf einige Regeln verweisen, die für Dich vorteilhaft sein mögen. Das bringt mich wieder zum Schreiben, wiewohl Gott allein weiß, ob dies einen Sinn hat oder nicht; das können nur einige weitere Jahre zeigen. Aber was auch immer mein Erfolg sein mag, meine Besorgnis und Sorgfalt können allein die Auswirkungen der zärtlichen Zuneigung sein, die ich für Dich hege und die Du Dir gar nicht größer vorstellen kannst, als sie tatsächlich ist. Du solltest Dich jedoch hinsichtlich der Art dieser Zuneigung nicht täuschen und meinen, sie sei so beschaffen, dass Du sie straflos missbrauchen

1 Lat. «Juckreiz zu schreiben», aus: Juvenal, *Satiren*, 7, 52: «*Tenet insanabile multos scribendi cacoethes*» («viele leiden an unheilbarer Schreibkrankheit/-sucht»).

kannst. Es ist keine naturgegebene Zuneigung, da es so etwas in Wirklichkeit nicht gibt; wenn es sie gäbe, müsste ja eine innere Empfindung zwangsläufig und gegenseitig dem Kind die Eltern und den Eltern das Kind offenbaren, ohne jegliche Anzeichen, Kenntnisse oder Bekanntschaft, was nie seit Erschaffung der Welt geschehen ist, ganz gleich, was Poeten, Verfasser von Romanzen oder Romanen und derlei Gefühlskrämer an Gegenteiligem sagen mögen. Meine Zuneigung zu Dir ist auch nicht die einer Mutter, deren einzige oder jedenfalls wichtigste Anliegen Gesundheit und Leben sind; beides wünsche ich Dir von Herzen, aber gleichzeitig bekenne ich, dass sie nicht meine wichtigsten Anliegen sind.

Mein Ziel ist es, Dich für das Leben tauglich zu sehen; solltest Du dies nicht sein, habe ich nicht den Wunsch, dass Du überhaupt lebst. Meine Zuneigung zu Dir ist – und wird es immer nur sein – proportional zu Deinen Verdiensten; dies ist die einzige Zuneigung, die ein rationales Wesen für ein anderes empfinden sollte. Bisher habe ich in Deinem Herzen oder Deinem Kopf nichts Falsches entdeckt; ich glaube im Gegenteil, in dem einen Vernunft, in dem anderen Empfindungen zu sehen. Diese Überzeugung ist das einzige Motiv meiner derzeitigen Zuneigung, die entweder wachsen oder sich vermindern wird, Deinem Verdienst oder dessen Mangel entsprechend. Wenn Du die geziemende Kenntnis, Ehre und Rechtschaffenheit hast, werden die Bekundungen und Wärme meiner Zuneigung sie üppig belohnen; wenn Du sie aber nicht hast, werden meine Abneigung und Entrüstung im gleichen Maße wachsen; und bedenke in diesem Fall, dass ich keiner weitergehenden Pflicht unterliege, als Dir die für die bloße Existenz nötigen Mittel zu geben. Falls wir uns je überwerfen, solltest Du für eine Aussöhnung in meinem Wesen keinerlei Schwäche erwarten (oder Dich auf sie verlassen), wie dies Kinder oftmals tun und bei dummen Eltern finden. Ich habe keine solchen Schwächen, und da ich mich mit Dir nie außer in irgendeinem wesentlichen Punkt streiten werde, werde ich, falls wir je streiten, niemals vergeben. Ich hoffe und glaube aber, dass diese Erklärung (denn es ist keine Drohung) sich als unnötig erweisen wird. Du bist mit den Prinzipien der Tugend nicht unvertraut, und sicherlich muss einer, der die Tugend kennt, sie lieben. Was nun Kenntnisse angeht, so hast Du deren bereits genug, um von Dir aus mehr zu erstreben. Nur die Unwissenden verachten Kenntnisse oder meinen, sie hätten davon genug; jene mit den meisten Kenntnissen sind immer begierig, mehr zu erlangen, und sie wissen, dass die größte Menge leider immer noch zu gering ist.

Erwäge dies von Zeit zu Zeit und bewahre den freundschaftlichen Rat, den ich Dir schicke. Es wird Dir allein zum Vorteil gereichen.

London, 1. Juli 1748 A. K.

Lieber Junge:

Ich bin höchst erfreut über den Verlauf der Studien, mit denen Du Dich nun befasst, wie mir Mr. Harte mitteilt, und mit dem Maß an Beflissenheit, die Du, wie er mir versichert, auf sie verwendest. Es ist in Deinem Interesse, dies zu tun, da die Vorteile allein die Deinen sein werden. Meine Zuneigung zu Dir lässt mich sowohl wünschen als auch erwarten, dass Du wohl geraten mögest, und je nach dem Maß Deines Gelingens werde ich entweder stolz auf Dich sein oder mich Deiner schämen. Was jedoch das reine Interesse im gewöhnlichen Sinn dieses Worts angeht, so wäre es in meinem, dass Du missrietest; denn Du kannst Dich darauf verlassen: was auch immer Du von mir bekommst, wird ganz genau Deinem Verdienst angemessen sein. Verdiene viel, und Du wirst viel bekommen; verdiene wenig, und Du wirst nur wenig bekommen; und wenn Du zu gar nichts gut bist, so versichere ich Dir, wirst Du gar nichts bekommen.

Wie ich Dir oft genug gesagt habe, ist solides Wissen die erste und wichtigste Grundlage Deines künftigen Glücks und Charakters; denn die beiden viel bedeutenderen Punkte Religion und Moral erwähne ich Dir gegenüber nie, da ich wirklich in keinem von beiden Dir gegenüber Argwohn empfinden kann. Du bist auf einem guten Weg, dieses solide Wissen zu erwerben; wenn Du magst, wird es Dir gelingen; und ich will hinzufügen, dass keiner je über bessere Möglichkeiten zu ihrem Erwerb verfügte als Du. Bedenke jedoch, dass Manieren das Wissen schmücken und ihm den Weg durch die Welt ebnen müssen. Wie ein großer Rohdiamant mag es sich sehr gut als Kuriosität in einer Vitrine und auch ob seines Werts an sich ausnehmen; es wird aber nie getragen werden und auch nicht glänzen, wenn es nicht geschliffen ist. Hierin liegt, wie ich bekenne, mein größter Argwohn Dir gegenüber, was mich so oft darauf zurückkommen lässt; denn ich fürchte, Du neigst dazu, allen zu wenig Aufmerksamkeit zu bezeugen und vielen zu viel Geringschätzung. Sei gewiss, es gibt keine so geringfügigen und unbedeutenden Personen, dass sie Dir nicht doch irgendwann nützlich zu sein vermöchten; was sie sicher nicht tun werden, wenn Du ihnen einmal Verachtung bezeigt hast. Unrecht wird oft vergeben, aber Verachtung nie. Unser Stolz erinnert sich auf immer daran. Sie bedeutet eine Enthüllung von Schwächen, die wir viel sorgsamer verhehlen als Verbrechen. Mancher wird seine Verbrechen einem gewöhnlichen Freund gestehen, ich habe aber nie einen Mann gekannt, der seine albernen Schwächen seinem engsten Freund gestanden hätte – wie mancher Freund uns vorbehaltlos unsere Fehler nennen, unsere Torheiten jedoch nicht einmal andeuten wird. Diese Enthüllung ist für unsere Eigenliebe allzu schmerzlich, als dass wir sie einem anderen mitteilen oder von einem anderen hören könnten. Du darfst daher niemals erwarten, etwas über Deine Schwächen oder Deine Torheiten von einem anderen als von mir zu hören; ich werde mich bemühen, sie zu entdecken, und so oft es mir gelingt, werde ich sie Dir mitteilen.

Nächst Manieren gelten äußere Anmut und Betragen; sie zieren die Manieren wie Manieren das Wissen. Sagen, dass sie gefallen, andere einem gewogen machen und bezaubern, was sie unbestreitbar tun, heißt, dass man alles, was möglich ist, tun sollte, um sie zu erwerben. Anmutige Redeweise vor allem ist das, was ich Dir immer ins Ohr brüllen werde, wie Hotspur *Mortimer* in das von Heinrich IV.[1] brüllte, und gleich ihm habe ich versucht, einem Staren beibringen zu lassen, *Sprich deutlich und anmutig* zu sagen und ihn Dir zu schicken, als Ersatz für den Verlust des unglücklichen Matzel[2], der, wie mir gesagt wurde, deutlich und anmutig sprach.

Da Du inzwischen imstande sein solltest, Deutsch einigermaßen gut zu schreiben, wünsche ich, dass Du es nicht versäumst, einmal alle zwei Wochen einen deutschen Brief in deutscher Schrift an Mr. Grevenkop[3] zu schreiben; dies wird Dir die Sprache vertrauter machen und es mir ermöglichen zu beurteilen, welche Fortschritte Du darin machst.

Vergiss nicht, mir die Fragen zu beantworten,

---

1 In William Shakespeares (1564–1616) *Heinrich IV.* Teil 1, will Hotspur einen dressierten Staren «Mortimer» ins Ohr des Königs rufen lassen, um diesen an den in Wales gefangenen Mortimer und das für ihn fällige Lösegeld zu erinnern.

2 Dressierter Gimpel im Besitz des brit. Gesandten in Dresden, der ihn bei seiner Abreise dem jungen Stanhope schenken wollte; Matzel wurde von einer Katze gefressen.

3 Caspar Grevenkop, Däne im Dienst von Lord Chesterfield, begleitete Stanhope manchmal auf dessen Reisen.

die ich Dir vor langer Zeit über die Verfassung von Sachsen und auch über die Bedeutung der Wörter *Landsassii* und *Amptsassii*[1] gestellt habe.

Ich hoffe, Du vergisst nicht, Dich nach dem Zustand von Handel und Gewerbe zu erkundigen und die besten möglichen Auskünfte über Rohstoffe und Erzeugnisse, Exporte und Importe der verschiedenen von Dir bereisten Länder und ihren Bruttowert zu bekommen.

Desgleichen möchte ich, dass Du Dich um die jeweiligen Münzen, Gold, Silber, Kupfer etc. und ihren Wert kümmerst, verglichen mit unseren Münzen; zu diesem Behuf empfehle ich Dir, wo auch immer Du Dich gerade aufhältst, ein Exemplar jeder Münze in ein eigenes Papier zu wickeln und darauf Namen und Wert zu schreiben. Solch eine Sammlung wird an sich schon interessant genug sein, und diese Art von Kenntnissen wird Dir äußerst nützlich sein bei Deinen Geschäften, bei denen die verschiedenen Wertigkeiten von Geld oft eine Rolle spielen.

Ich reise morgen nach Cheltenham, weniger

---

1 Landsasse: Grundbesitzer, der keiner grundherrlichen oder städtischen Gerichtsbarkeit unterworfen war, sondern seinen Gerichtsstand beim Landesfürsten hatte. Der Amtssasse hingegen unterstand der für ihn nächsten Gerichtsbarkeit.

für meine Gesundheit, die ganz gut ist, als zur Zerstreuung und Erheiterung durch die Reise. Ich werde dort etwa zwei Wochen bleiben.

Das Buch *Droit de l'Europe* des Abbé Mably[1], das Mr. Harte mir freundlicherweise schickt, ist Deiner Lektüre wert. Adieu.

Bath, 19. Oktober 1748 A. K.

Lieber Junge:

Da ich in meinem letzten Brief aufgezeigt habe, in welcher Gesellschaft Du Dich bewegen solltest, will ich Dir nun ein paar Regeln für Dein Verhalten dort nennen; Regeln, die mir die eigene Erfahrung und Beobachtung aufzustellen und Dir mit einiger Zuversicht mitzuteilen erlauben. Ich habe Dir schon oft Hinweise dieser Art gegeben, allerdings immer nur in Bruchstücken; ich will nun regelmäßiger und methodischer vorgehen. Ich werde nichts über Deine körperliche Haltung und Gewandtheit sagen, sondern dies Deinem Tanzlehrer überlassen und Deiner eigenen Aufmerksamkeit für die besten Vorbilder; bedenke jedoch, dass derlei wichtig ist.

---

1 Juristische Schrift, erschienen 1746, vielen damaligen Kritikern zu liberal.

Rede oft, aber nie viel; in diesem Fall bist Du, wenn Du nicht gefällst, immerhin sicher, Deine Zuhörer nicht zu langweilen. Begleiche Deine eigene Rechnung, lade aber nicht die ganze Gesellschaft ein, da dies einer der wenigen Fälle ist, dass Leute nicht eingeladen werden mögen, da jeder einzelne vollkommen davon überzeugt ist, die nötigen Mittel zu besitzen.

Erzähle sehr selten Geschichten, und absolut niemals, wenn sie nicht sehr geeignet und sehr kurz sind. Lasse alle Einzelheiten aus, die nicht wesentlich sind, und hüte Dich vor Abschweifungen. Häufiger Rückgriff aufs Erzählen verrät großen Mangel an Vorstellungskraft.

Halte nie jemanden am Knopf oder an der Hand fest, damit er Dich zu Ende anhört; denn wenn die Leute nicht willens sind, Dir zuzuhören, solltest Du viel lieber Deinen Mund als sie halten.

Die meisten Leute, die lange reden, suchen sich einen unglücklichen Menschen in der Gesellschaft aus (gewöhnlich den, der am schweigsamsten ist, oder ihren nächsten Nachbarn), um diesem flüsternd oder zumindest halblaut einen Strom von Wörtern zu vermitteln. Das ist äußerst ungezogen und in gewisser Weise ein Betrug, denn Gesprächsthemen gehören allen gemeinsam. Wenn andererseits einer dieser gnadenlosen Schwätzer Dich mit Beschlag belegt, lausche ihm geduldig (und zumindest scheinbar aufmerksam), wenn er es wert ist, ihn Dir zu verpflichten; denn nichts wird ihn mehr verpflichten als geduldiges Zuhören, wie ihn auch nichts mehr verletzen wird, als wenn Du ihn mitten in seinem Vortrag stehen lässt oder im Dulden Deine Ungeduld enthüllst.

Den Ton der Gesellschaft, in der Du Dich befindest, solltest Du lieber übernehmen und nicht vorgeben. Wenn Du Vorzüge hast, wirst Du sie – einmal mehr, einmal weniger – bei jedem Thema zeigen; und wenn Du keine hast, solltest Du lieber albern über ein von anderen angeschlagenes Thema sprechen als über ein selbst gewähltes.

In gemischter Gesellschaft solltest Du, so gut es geht, streitsüchtige, polemische Konversation meiden; diese nimmt vorübergehend die streitenden Parteien gegeneinander ein, wenn sie dies auch nicht tun sollten; und wenn die Kontroverse hitzig und laut wird, suche sie durch einen leichten Scherz oder Witz zu beenden. Ich habe einmal solch eine lautstarke Konversation beendet, indem ich ihnen bedeutete, ich sei zwar überzeugt davon, dass keiner der Anwesenden außerhalb dieser Gesellschaft wiederholen werde, was in ihr vorfiel, doch könne ich nicht für die Diskretion der Passanten auf der Straße bürgen, die zwangsläufig alles hören müssten, was gesagt wurde.

Vor allem und bei jedem Anlass vermeide es, über Dich selbst zu sprechen, wenn es möglich ist. Stolz und Eitelkeit unserer Herzen sind von Natur aus so beschaffen, dass sie jederzeit ausbrechen, selbst bei Menschen mit besten Eigenschaften, in all den verschiedenen Spielarten und Formen des Egoismus.

Manche reden jählings vorteilhaft über sich selbst, ohne eigentliche Absicht oder Anlass. Sie sind schamlos. Andere verfahren kunstfertiger, wie sie glauben, und bringen Bezichtigungen gegen sich selbst vor, klagen über Verleumdungen, ohne diese je gehört zu haben, allein um sich zu rechtfertigen, indem sie ihre vielerlei Tugenden auflisten. *Sie räumen ein, es könne wohl seltsam wirken, dass sie in dieser Weise von sich sprechen; es sei etwas, das ihnen gar nicht liege, und sie hätten es niemals getan, nein, selbst eine Folter hätte ihnen derlei nie entreißen können, wären sie nicht so ungerecht und ungeheuerlich beschuldigt worden. In solchen Fällen habe man jedoch Anspruch auf Gerechtigkeit gegenüber sich selbst wie gegenüber anderen, und wenn man unseren Charakter angreife, dürften wir, um uns zu rechtfertigen, Dinge sagen, die wir unter anderen Umständen niemals gesagt haben würden.* Dieser dünne Schleier Bescheidenheit ist viel zu durchsichtig, als dass er die Eitelkeit verbergen könnte, selbst vor geringem Scharfblick.

Andere gehen noch bescheidener und schlauer (wie sie meinen) zu Werke – aber meiner Ansicht nach noch lächerlicher. Sie bekennen sich (nicht ohne ein gewisses Maß an Scham und Verwirrung) aller Kardinaltugenden schuldig, indem sie diese zunächst zu Schwächen erklären und dann einräumen, sie bestünden unglücklicherweise aus diesen Schwächen. *Sie könnten Menschen nicht leiden sehen, ohne mit ihnen zu fühlen und zu versuchen, ihnen zu helfen. Sie könnten nicht sehen, wie Menschen Entbehrung leiden, ohne sie zu unterstützen, wiewohl die eigenen Umstände es ihnen eigentlich nicht erlaubten. Sie könnten sich nicht davon abhalten, die Wahrheit zu sagen, obwohl allen bekannt sei, dass dies unklug ist. Kurz, ihnen sei bekannt, dass sie ob all dieser Schwächen ungeeignet seien, in der Welt zu leben, noch viel weniger zu gedeihen. Sie seien aber inzwischen zu alt, um sich noch zu ändern, und müssten weitermachen, so gut es eben gehe.* Das klingt beinahe schon zu lächerlich und *outré*[1] für die Bühne, und dennoch wirst Du solchen Leuten, mein Wort darauf, oft auf der gewöhn-

1 Frz. «übertrieben», «exaltiert».

lichen Bühne der Welt begegnen. Und hier will ich nebenbei anmerken, dass Du oft Menschen begegnen wirst, deren Charakter von so extravaganter Natur ist, dass ein verständiger Dichter nicht wagen würde, sie in ihrer wahren und allzu grellen Gestalt auf die Bühne zu bringen.

Dieses Prinzip von Eitelkeit und Stolz ist so mächtig im Wesen des Menschen, dass es sogar zu den geringsten Gegenständen hinabsinkt; und oft sieht man Leute, die dort um Lob fischen, wo – selbst wenn man annimmt, alles, was sie sagen, sei wahr – kein gerechtes Lob zu fangen ist. Ein Mann behauptet, er habe als Postreiter hundert Meilen in sechs Stunden zurückgelegt; wahrscheinlich ist das eine Lüge, aber angenommen, es wäre wahr, was dann? Nun, er ist ein guter Postreiter, das ist alles. Ein anderer behauptet, und wohl nicht einmal ohne zu schwören, er habe auf einen Sitz sechs oder acht Flaschen Wein getrunken; wenn ich mildherzig gestimmt bin, will ich glauben, dass er lügt; denn wenn ich das nicht tue, muss ich ihn für ein Vieh halten.

Solche und noch tausend andere Formen haben die Torheiten und Extravaganzen, zu denen Eitelkeit die Menschen hinreißt und die immer das Gegenteil dessen bewirken, was beabsichtigt war; und wie Waller zu einem anderen Thema sagt,

Sie machen den Schuft dort am verächtlichsten,
wo er am höchsten gepriesen werden will.[1]

Der einzige sichere Weg, diese Übel zu vermeiden, ist, nie über Dich selbst zu sprechen. Wenn Du aber aus dem gegebenen Zusammenhang heraus Dich erwähnen musst, dann sieh zu, dass Du kein einziges Wort fallen lässt, das man direkt oder indirekt als Buhlen um Applaus betrachten könnte. Dein Charakter mag sein, wie er will, er wird bekannt werden; und niemand wird sich hierin auf Dein eigenes Wort stützen. Bilde Dir niemals ein, etwas, was Du sagst, werde Deine Mängel übertünchen oder Deinen Vorzügen Glanz verleihen! Es kann und wird in neun von zehn Fällen im Gegenteil erstere hervorheben und letztere verdunkeln. Wenn Du, was Dich selbst angeht, schweigsam bist, so werden weder Neid noch Entrüstung oder Spott den Beifall, den Du vielleicht wirklich verdienst, verhindern oder mindern; wenn Du aber Deine eigenen Lobgesänge veröffentlichst, gleich bei welcher Gele-

1 *«Make the wretch the most despised, / Where most he wishes to be prized.»*, vom engl. Dichter und Politiker Edmund Waller (1606–1687). Bei ihm lautet die erste Zeile: *«Postures which render him despis'd»* («Posituren, die ihn verächtlich machen»).

genheit, in welcher Form und wie kunstvoll auch immer aufgeputzt oder maskiert, so werden sie sich alle gegen Dich verschwören, und in eben jenem Zweck, den Du verfolgst, wirst Du enttäuscht werden.

Achte darauf, niemals dunkel oder rätselhaft zu wirken; dieser Wesenszug ist nicht nur besonders wenig liebenswürdig, sondern außerdem sehr verdächtig; wenn Du Dich anderen gegenüber rätselhaft gibst, werden sie mit Dir ebenso verfahren, und Du wirst nichts erkennen. Die höchste aller Fähigkeiten ist es, *volto sciolto* und *pensieri stretti*[1] zu haben; das heißt, ein freimütiges, offenes und schlichtes Äußeres mit einem klugen und zurückhaltenden Inneren; auf der Hut zu sein und dabei durch scheinbare natürliche Offenheit dafür zu sorgen, dass andere nicht auf der Hut sind. Verlasse Dich darauf, neun von zehn Leuten in jeglicher Gesellschaft, in der Du Dich befindest, werden sich jede unbedachte und arglose Äußerung von Dir zu eigen machen, wenn sie sie zu ihrem Nutzen verwenden können. Kluge Zurückhaltung ist daher ebenso unerlässlich, wie

1 Ital. «offenes Gesicht» und «verborgene Gedanken»; vom engl. Dichter Henry Wotton (1568–1639) dem päpstlichen Höfling Alberto Scipioni (um 1550–1600) zugeschrieben; siehe Anm. 1, S. 130.

scheinbare Offenheit klug ist. Schau den Leuten, mit denen Du sprichst, immer ins Gesicht; dies nicht zu tun, wird als Schuldbewusstsein aufgefasst; außerdem verlierst Du den Vorteil, durch Beobachtung ihrer Mienen feststellen zu können, welchen Eindruck Deine Äußerungen auf sie machen. Um die wirklichen Empfindungen der Menschen zu erkennen, verlasse ich mich mehr auf meine Augen als auf meine Ohren; sie können nämlich sagen, was immer ich ihrer Meinung nach hören soll; sie können aber selten vermeiden, mich durch ihren Gesichtsausdruck sehen zu lassen, was sie mich nicht wissen lassen wollen.

Freiwillig solltest Du Skandalöses weder verbreiten noch hinnehmen; denn andere zu verleumden mag im Augenblick den boshaften Stolz unseres Herzens befriedigen, doch wird kühle Überlegung aus solchem Verhalten höchst unvorteilhafte Schlüsse ziehen; und im Fall eines Skandals, wie in dem eines Raubs, gilt der Hehler immer als ebenso schlecht wie der Dieb.

Jemanden nachzuäffen, das gewöhnliche und liebste Amüsement kleiner niedriger Geister, gilt bei allen großen als überaus verächtlich. Es ist die schäbigste und unfreieste Form aller Narretei. Ich bitte Dich eindringlich, dies weder selbst zu praktizieren noch ihm bei anderen zu applaudieren.

Außerdem ist es für die nachgeäffte Person beleidigend, und wie ich Dir schon oft gesagt habe, wird eine Beleidigung niemals vergeben.

Ich muss, wie ich glaube, Dir nicht raten, Deine Konversation Deinen Gesprächspartnern anzupassen; denn ich nehme an, auch ohne diese Warnung würdest Du nicht über das gleiche Thema und in gleicher Weise mit einem Gesandten, einem Bischof, einem Philosophen, einem Hauptmann und einer Frau reden. Ein Mann von Welt muss imstande sein, wie ein Chamäleon jedwede Färbung anzunehmen; was keineswegs eine sträfliche oder schändliche, sondern eine notwendige Gefälligkeit ist, denn sie betrifft nur Manieren, nicht Moral.

Zu Flüchen nur ein Wort, und mehr ist, wie ich hoffe und glaube, nicht nötig. Du wirst manchmal gewisse Leute in guter Gesellschaft ihre Konversation mit Flüchen spicken hören, was sie für eine Art Verzierung halten; Du musst aber auch bemerken, dass jene, die dies tun, niemals auch nur geringfügig dazu beitragen, dieser Gesellschaft die Bezeichnung «gut» zu verleihen. Es sind immer Subalterne oder Leute minderer Erziehung; denn diese Praxis birgt nicht nur keinerlei Verlockung, sondern ist überdies ebenso dumm und ungehörig wie böse.

Lautes Gelächter ist die Heiterkeit der Masse, der allein Albernheiten gefallen; denn wahrer Witz oder guter Geschmack hat seit Erschaffung der Welt nie Gelächter hervorgerufen. Einen Mann von Geschmack und Weltläufigkeit wird man daher nur lächeln sehen, niemals jedoch lachen hören.

Um aber diesen langen Brief zu beschließen: So sorgsam Du all die oben erwähnten Regeln auch beachten magst, werden sie doch die Hälfte ihrer Wirkung verlieren, wenn nicht Anmut sie begleitet. Was immer Du sagen magst – wenn Du es mit hochmütigem, zynischem Gesicht sagst oder mit verlegener Miene oder einem albernen, verwirrten Grinsen, wird man es schlecht aufnehmen. Wenn Du es dazu noch murmelst oder undeutlich und ohne Anmut nuschelst, wird man es noch übler aufnehmen. Wenn Deine Haltung und Dein Benehmen vulgär, unbeholfen und *gauche*[1] sind, mag man Dich dennoch schätzen, wenn Du ansonsten bedeutende Verdienste besitzt; Du wirst jedoch niemals gefallen, und ohne zu gefallen wirst Du schwerlich aufsteigen. Bei den Alten war Venus ein Synonym für Anmut –

1 Frz. «links», «linkisch».

die Grazien[1] galten immer als ihre Begleitung, und Horaz erzählt uns, dass sogar die Jugend und Merkur, der Gott der Künste und der Beredsamkeit, nicht auf sie verzichten mochten.

– *Parum comis sine te Iuventas Mercuriusque.*[2]

Es sind keine unerbittlichen Damen, und wenn man sie gebührlich und beflissen verfolgt, kann man sie erringen. Adieu!

Bath, 29. Oktober 1748 A. K.

Lieber Junge:

Meine Sorge um Deinen Erfolg wächst, je näher der Moment rückt, da Du Deinen Platz auf der großen Bühne der Welt einnehmen wirst. Das Publikum wird sich seine Meinung über Dich

---

1 Röm. Entsprechung der griech. Chariten, mit Aphrodite, Hermes und Apollon verbundene «Untergöttinnen», Töchter von Zeus und Eurynome namens Euphrosyne (die «Frohsinnige»); Thalia (die «Blühende») und Aglaia (die «Strahlende»), brachten Menschen und Göttern Anmut, Schönheit und Freude.

2 Horaz, *Oden*, I, 30, gerichtet an Venus: «[Mit dir sollen sich der hitzige Junge, die Grazien mit gelockerten Gürteln, Nymphen,] die ohne dich wenig gefällige Jugend und Merkur [beeilen].»

bei Deinem ersten Auftritt bilden (unter geziemender Berücksichtigung Deiner fehlenden Erfahrung), und sie wird insofern endgültig sein, als sie sich später zwar in Einzelheiten, aber nie vollständig ändern mag. Diese Überlegung animiert jene unermüdliche Aufmerksamkeit, mit der ich unausgesetzt untersuche, wie ich am besten zur Vervollkommnung dieses Charakters beitragen kann, auf dem der geringste Fleck des Tadels mir mehr echte Sorge bereiten würde, als ich diese jetzt in irgendeiner anderen Hinsicht zu empfinden vermag.

Schon lange habe ich nicht mehr Deine großen religiösen und moralischen Pflichten erwähnt, weil ich Deinem Verstand kein so übles Kompliment machen und etwa annehmen könnte, zu diesen beiden wichtigen Punkten könntest oder müsstest Du noch neue Belehrungen aufnehmen. Ich bin sicher, Mr. Harte hat diese nicht vernachlässigt; außerdem sind sie für Vernunft und Verstand so offensichtlich, dass Kommentatoren verwirren (was sie oft tun), sie aber nicht deutlicher machen können. Mir kommt es daher zu, aus meiner Erfahrung Deine bisher unvermeidlich fehlende Erfahrung in den Dingen der Welt zu ergänzen. Leute Deines Alters befinden sich in einem Zustand natürlicher Berauschtheit und brauchen Schranken und *gardefous*[1], wohin sie sich wenden, damit sie sich nicht den Hals brechen. Diese Trunkenheit der Jugend wird nicht nur toleriert, sondern ist sogar recht gefällig, solange sie innerhalb gewisser Grenzen der Diskretion und des Anstands bleibt. Diese Grenzen sind das, was der Trunkene selbst nur schwerlich herausfinden kann; und hier kann ihn die Erfahrung eines Freundes nicht nur leiten, sondern retten.

Gern magst Du von Lebhaftigkeit und Überschwang der Jugend so viel und von ihrer Unbesonnenheit so wenig, wie Du kannst, in die Gesellschaft mitnehmen. Ersteres wird bezaubern, letzteres hingegen wird oft, wiewohl unbeabsichtigt, unweigerlich Anstoß erregen. Erkundige Dich nach Charakter und Stand der Angehörigen einer Gesellschaft, ehe Du Dich von Deiner Phantasie dazu bewegen lässt, etwas zu sagen. In allen Gesellschaften gibt es mehr zweifelhafte denn verständige Köpfe, und viel mehr, die Tadel verdienen, als solche, die sich gern tadeln lassen. Solltest Du Dich also im Lob einer Tugend ergehen, die einigen in der Gesellschaft notorisch fehlt, oder gegen ein Laster aussprechen, von dem andere notorisch befallen sind, so werden Deine

---

1 Frz. «Geländer», «Balustrade» (wörtl. «Narrenschutz»).

Erörterungen, wie allgemein und unpersönlich auch immer, als persönlich und gegen diese Leute gerichtet wahrgenommen werden, da sie so aufgefasst werden können. Diese Überlegung sollte Dir ausreichend klar machen, dass Du selbst nicht argwöhnisch und empfindlich sein und auch nicht annehmen darfst, etwas sei auf Dich gemünzt, nur weil es so sein könnte. Die Manieren wohlerzogener Menschen schützen einen vor diesen indirekten und gemeinen Angriffen; sollte aber zufällig eine schnippische Frau oder ein dreister Laffe etwas Derartiges loslassen, ist es viel besser, nicht zu antworten, sondern so zu tun, als hätte man es nicht verstanden.

Vermeide es sorgsam, über Deine häuslichen Belange oder über die anderer Leute zu sprechen. Die deinen sind für die anderen allenfalls langweilig, die ihren gehen Dich nichts an. Es ist ein heikles Thema, und wahrscheinlich wirst Du dabei irgendjemandes wehen Punkt berühren, denn in diesem Fall kann man sich nicht auf den Anschein verlassen: Er kann – und tut dies vielfach – das Gegenteil der wirklichen Verhältnisse zwischen Männern und ihren Frauen, Eltern und ihren Kindern, vorgeblichen Freunden etc. zeigen, sodass man trotz allerbester Absichten oft unliebsam danebengreift.

Bedenke, dass Witz, Humor und Scherze der meisten gemischten Gesellschaften lokal begrenzt sind. Sie gedeihen auf diesem speziellen Boden, lassen sich aber oft nicht verpflanzen. Jede Gesellschaft unterliegt anderen Bedingungen, hat ihren besonderen Umgangston und Jargon, der Anlass zu Witz und Heiterkeit innerhalb dieses Zirkels geben mag, in jedem anderen jedoch platt und geschmacklos wirken würde und deshalb nicht zur Wiederholung taugt. Nichts lässt einen alberner erscheinen als ein Scherz, der nicht goutiert oder verstanden wird; und wenn man, wo man allgemeinen Beifall erwartet hat, auf tiefes Schweigen stößt oder, noch schlimmer, das *bon mot* erklären muss, lassen sich Unbehagen und Peinlichkeit der Lage leichter vorstellen als beschreiben. *À propos* wiederholen: Achte sehr darauf, nie in einer Gesellschaft etwas zu wiederholen (hier meine ich nicht die Scherze), was Du in einer anderen hörst. Scheinbar unwichtige Dinge können, in Umlauf gebracht, weit ärgere Folgen haben, als Du es Dir vorstellen kannst. Überdies gilt in der Konversation eine allgemeine stillschweigende Vertraulichkeit, aufgrund derer man verpflichtet ist, nichts hieraus weiterzugeben, auch wenn man nicht zu Verschwiegenheit angehalten wird. Wer in dieser Weise Dinge weiterträgt, wird unweigerlich in tausenderlei Meinungsverschiedenheiten und Streitereien gezogen und mit Zurückhaltung und Unbehagen empfangen, wohin er auch geht.

In den meisten guten Gesellschaften wirst Du einige Leute finden, die ihren Platz nur dank einer reichlich minderwertigen Bezeichnung behaupten; bei uns nennt man sie *ganz umgängliche Kerle* und bei den Franzosen *bons diables*[1]. In Wahrheit handelt es sich bei ihnen um Leute ohne Talente oder Geschmack, und da sie keinen eigenen Willen haben, geben sie schnell ihre Zustimmung, Unterstützung und Beifall zu allem, was in der Gesellschaft gesagt oder getan wird und übernehmen ebenso eilfertig den tugendhaftesten oder sträflichsten, klügsten oder dümmsten Vorschlag, den zufällig die Mehrheit der Gesellschaft billigt. Diese törichte und oft sträfliche Bereitwilligkeit hat einen törichten Grund, nämlich Mangel an jedem anderen Verdienst. Ich hoffe, Du wirst Deinen Platz in der Gesellschaft durch nobles Verhalten erringen und (ich glaube, Du kannst ein Wortspiel ertragen) *in capite*[2] bewahren. Du

1 Wörtl. «gute Teufel».
2 Lat. «im Kopf»; d.h., er soll irgendwann am Kopf der Gesellschaft sitzen. Stanhope hatte einen ungewöhnlichen großen Kopf.

solltest einen eigenen Willen und eine eigene Meinung haben und standhaft daran festhalten, dies aber mit guter Miene, guter Erziehung und (wenn Du sie besitzt) mit Gewandtheit tun, denn bisher hast Du noch nicht genug Bart, um zu predigen oder zu tadeln.

Alle anderen Formen von Gefälligkeit sind in guter Gesellschaft nicht nur tadellos, sondern unerlässlich. Die kleinen Schwächen und die müßigen, aber harmlosen Allüren anscheinend nicht wahrzunehmen, sondern ihnen sogar in gewisser Weise zu schmeicheln, ist nicht nur zulässig, sondern tatsächlich eine Art höflicher Pflicht. Man wird an Dir Gefallen finden, wenn Du es tust, und man wird sich gewiss nicht von Dir korrigieren lassen, wenn Du es nicht tust. Du wirst zum Beispiel in jeder *groupe* einer Gesellschaft zwei vorherrschende Gestalten finden, nämlich die feine Lady und den feinen Gentleman, die dem Rest dieser Gesellschaft unweigerlich Witz, Sprache, Mode und Geschmack vorgeben. Zwischen diesen beiden Gestalten gibt es immer, und oft nur vorübergehend, eine zarte Verbindung. Die Lady betrachtet ihr Imperium als auf das göttliche Vorrecht der Schönheit gegründet (und dies ist ein ebenso göttliches Recht wie das von jeglichem König, Kaiser oder Papst beanspruchte);

sie erwartet und erhält gewöhnlich unbeschränkten passiven Gehorsam. Und warum denn auch nicht? Ihre Forderungen gehen nicht über ihren unbestrittenen, fest etablierten Vorrang in Schönheit, Witz und Mode hinaus. Wenige Monarchen sind (nebenbei bemerkt) so vernünftig. Des feinen Gentlemans Ansprüche auf Vorrechte sind *mutatis mutandis*[1] die gleichen; und wenn er auch nicht immer *de jure* witzig und scharfsinnig ist, so hat er doch als *de facto*[2] Esprit dieser Gesellschaft Anspruch auf einen Teil Deiner Loyalität; und jeder erwartet mindestens so viel, wie ihm zusteht, wenn nicht mehr. Die Klugheit gebietet es Dir, diesen verbündeten Monarchen den Hof zu machen, und keine Pflicht, von der ich weiß, verbietet es. Hierin zu rebellieren ist überaus gefährlich und wird unweigerlich durch Verbannung und sofortigen Verfall all Deines Witzes, Deiner Manieren, Deines Geschmacks und Deiner Eleganz bestraft, wie andererseits fröhliche Unterwerfung, durchaus nicht ohne ein wenig Schmeichelei, Dir zuverlässig eine starke Emp-

---

1 Lat. etwa «wenn die zu ändernden Dinge geändert sind», mit den notwendigen Änderungen, nach Anpassung an die neuen Umstände.
2 Lat. «tatsächlich».

fehlung und einen wirkungsvollen Passierschein durch all ihre Herrschaftsgebiete und wohl auch die benachbarten eintragen wird. Mit einem bescheidenen Maß an Scharfsinn wirst Du, ehe Du auch nur eine halbe Stunde in ihrer Gesellschaft warst, diese beiden Hauptfiguren ganz leicht entdecken, sowohl durch die Ehrerbietung, die, wie Du beobachten wirst, die ganze Gesellschaft ihnen widmet, als auch durch jene lässige, sorglose, heitere Haltung, die ihnen das Bewusstsein ihrer Macht gibt. Wie in diesem Fall, so ziele auch in allen anderen immer auf das Höchste; begib Dich immer in die höchste Gesellschaft und wende Dich besonders an die Höchsten darin. Die Suche nach dem unerreichbaren Stein der Weisen hat tausend nützliche Entdeckungen bewirkt, die andernfalls nie gemacht worden wären.

Was die Franzosen so treffend *les manières nobles*[1] nennen, lässt sich nur in den allerbesten Gesellschaften erwerben. Diese *manières* sind das herausragende Charakteristikum des Mannes von Welt; Leute minderer Erziehung tragen sie nie so vollkommen, dass nicht doch das eine oder andere Stückchen der ursprünglichen Vulgarität durchschiene. *Les manières nobles* verbieten glei-

1 Frz. «die edlen/vornehmen Manieren».

chermaßen freche Geringschätzung wie niedrigen Neid und Eifersucht. Niedere Personen in guten Umständen, feiner Kleidung und Kutsche werden dreist Geringschätzung für all jene zeigen, die sich nicht ähnlich gute Kleidung, eine ähnliche gute Kutsche leisten können und (wie sie es ausdrücken) nicht so viel Geld in der Tasche haben; andererseits sind sie von Neid auf jene zerfressen (und enthüllen dies unweigerlich), die sie in einem dieser Aspekte übertreffen, die keinesfalls sichere Kriterien für Verdienst sind. Desgleichen sind sie enorm darauf bedacht, nicht zu gering geschätzt zu werden, und folglich sind sie argwöhnisch und kritisch; bei Kleinigkeiten sind sie eifrig und hitzig, weil Kleinigkeiten zuerst ihre wichtigsten Anliegen waren. *Les manières nobles* implizieren gerade das Gegenteil von all dem. Studiere sie beizeiten; Du kannst sie Dir gar nicht zu gewohnt und vertraut machen.

Als ich das Vorstehende eben geschrieben hatte, erhielt ich Deinen Brief vom 24. des Monats, habe aber jenen noch nicht bekommen, den Du, wie Du erwähnst, an Mr. Harte gerichtet hast. Dein Schreiben ist von der Art, die ich mir wünsche, denn ich möchte Dein privates Bild sehen, von Dir selbst gezeichnet in verschiedenen Sitzungen; da es von Dir selbst gezeichnet ist, nehme ich zwar an, dass Du Dich im günstigsten Licht darstellen wirst, doch glaube ich, in dieser Art des Malens über genügend Fähigkeiten zu verfügen, um die wahren Gesichtszüge zu entdecken, seien diese auch noch so kunstfertig koloriert oder durch Licht und Schatten geschickt betont.

Nach Deinem Bericht über das deutsche Theaterstück[1], bei dem ich nicht weiß, ob ich es Tragödie oder Komödie nennen soll, scheint der einzige leuchtende Teil davon (da mir gerade nach Wortspielen zumute ist) der Fuchsschwanz gewesen zu sein. Ferner nehme ich an, dass dem Stück das gleiche Schicksal beschieden war wie dem Knallfrosch und dass es kein zweites Mal gezündet hat. Ich erinnere mich an einen weit besser placierten Knallfrosch, der als Emblem die Fahne eines französischen Grenadierregiments zierte, dargestellt im Moment der Detonation mit diesem Motto darunter: *Peream dum luceam*[2]. Mir gefällt die Beschreibung Deines *pic-nic*, bei dem ich voraussetze, dass Deine Karten lediglich die Förmlichkeit

---

1 Wahrscheinlich eine improvisierte Harlekinade der Truppe von Karl Friedrich Reibehand (gest. 1784).

2 Lat. «Möge ich vergehen, wenn ich nur leuchten kann.»

eines Zirkels auflösen sollen und Dein *Symposion* eher die Konversation denn ein Gelage fördern sollte. Solch eine freundschaftliche Kollision[1], wie Lord Shaftesbury es so hübsch nennt, schleift und glättet jene rauen Ecken, wie sie die schiere Natur auch dem Geschliffensten von uns gegeben hat. Ich hoffe, dass zumindest ein Teil der Konversation auf Deutsch war. *À propos*: Sag mir, sprichst Du diese Sprache korrekt und schreibst Du sie flüssig? Ich habe keinen Zweifel daran, dass Du die anderen modernen Sprachen beherrschst, die viel einfacher und weiter verbreitet sind; aus diesem Grunde möchte ich, dass Du Dich überaus beflissen dem Deutschen widmest, solange Du in Deutschland bist, damit Du diese Sprache ganz korrekt sprechen und schreiben kannst.

Ich erwarte, Mr. Eliot[2] in etwa drei Wochen in London zu sehen; danach wirst Du ihm bald in Leipzig begegnen. Adieu!

---

1 Aus: *Sensus Communis: An Essay on the Freedom of Wit and Humour*, von Anthony Ashley-Cooper, 3. Earl of Shaftesbury (1671–1713).

2 Edward, Lord Eliot (1727–1804), erbte 1748 die großen Ländereien seines Vaters in Cornwall mit drei Wahlbezirken; einen von diesen überließ er später dem jungen Stanhope; vgl. Brief vom 12. Februar 1754.

London, 18. November 1748 A.K.

Lieber Junge:

Bei allem, was ich sehe oder höre, ist meine erste Überlegung immer, ob es Dir irgendwie nützlich sein kann. Ein Beweis hierfür: Vor einigen Tagen ging ich zufällig in einen Druckereiladen, wo ich unter vielem anderen den Druck einer berühmten Skizze von Carlo Maratti[1] fand, der vor etwa dreißig Jahren starb und Europas letzter hervorragender Maler war. Das Thema ist *il Studio del Disegno* oder Die Schule des Zeichnens. Ein alter Mann, vermutlich der Meister, deutet auf seine Schüler, die mit verschiedenen Übungen in Perspektive, Geometrie und Beobachtung antiker Statuen befasst sind. Hinsichtlich der Perspektive, wofür es einige kleine Beispiele gibt, hat er geschrieben *Tanto che basti,* das heißt: *So viel wie nötig*; zur Betrachtung der antiken Statuen steht dort zu lesen: *Non mai a bastanza – Es kann nicht genug sein.* Aber in den Wolken, oben auf dem Blatt, sind die drei Grazien[2] dargestellt, überschrieben mit die-

1 Eigentl. Maratta (1625–1713), Maler des röm. Hochbarock.

2 Vgl. Anm. S. 69.

sem treffenden Satz: *Senza di noi ogni fatica è vana*, das heißt: *Ohne uns ist alles Bemühen eitel.* Dass dies für die Malerei stimmt, räumt jeder ein; aber nicht alle Menschen bedenken – ich hoffe, Du tust es –, dass diese Wahrheit ebenso vollgültig anzuwenden ist auf jede andere Kunst oder Wissenschaft; tatsächlich ja auf alles, was zu sagen oder zu tun ist. Ich werde Dir den Druck selbst durch Mr. Eliot übermitteln, wenn er zurückkehrt, und ich werde Dir empfehlen, ihn in der gleichen Weise zu nutzen, wie die Katholiken es nach eigenem Bekunden mit den Bildern und Statuen ihrer Heiligen tun, nämlich nur ihrer zu gedenken, denn eine Anbetung weisen sie von sich[1]. Nein, ich will noch weitergehen, und da der Übergang von der Päpstelei zum Heidentum kurz und einfach ist, will ich Dir klassisch und poetisch raten, sie anzurufen und ihnen jeden Tag und alle Tage zu opfern. Man muss zugeben, dass die Grazien in Großbritannien nicht einheimisch zu sein scheinen, und ich glaube, unsere Besten hier haben mehr vom rohen denn vom geschliffenen Dia-

1 Der römisch-katholischen Lehre zufolge kann man allein Gott/die Trinität *an*beten; was Maria und die Heiligen betrifft, so kann man *zu* ihnen beten, etwa um von ihnen Fürsprache bei der höheren Instanz zu erbitten.

manten. Seit die Barbarei sie aus Griechenland und Rom vertrieb, scheinen sie Zuflucht in Frankreich genommen zu haben, wo ihre Tempel zahlreich sind und ihre Verehrung etabliert ist. Prüfe selbst ernsthaft, warum dieser oder jener Dir gefällt und Dich anzieht, mehr als dieser oder jener andere von gleichem Verdienst, und Du wirst immer finden, es liegt daran, dass Ersterer über Anmut verfügt und Letzterer nicht. Ich habe manche Frau mit idealer Figur und symmetrischer Anordnung schöner Gesichtszüge gekannt, die keinem gefiel, während andere mit recht bescheidenen Figuren und Zügen jeden bezauberten. Warum? Weil Venus ohne Begleitung ihrer Grazien nicht so bezaubernd ist wie diese ohne sie. Wie oft habe ich unter Männern die größten Verdienste und Kenntnisse vernachlässigt, ignoriert oder gar zurückgewiesen gesehen, weil die Grazien fehlten! Wogegen man dürftige Eigenschaften, geringes Wissen und noch geringeres Verdienst, von Grazien eingeführt, willkommen hieß, liebte und bewunderte. Selbst der Tugend, die moralische Schönheit ist, fehlt einiger Reiz, wenn sie nicht von ihnen begleitet wird.

Wenn Du mich fragst, wie Du etwas erwerben sollst, was weder Du noch ich definieren oder bestimmen können, so kann ich nur antworten: *durch Beobachtung.* Bilde Dich im Hinblick auf andere gemäß dem, was Du an ihnen gefällig findest. Ich kann Dir sagen, wie wichtig, welcher Vorzug es ist, die Grazien zu besitzen; aber ich kann sie Dir nicht geben; ich wünschte von Herzen, ich könnte es, und gewiss würde ich sie Dir geben, denn ich weiß kein besseres Geschenk, das ich Dir machen könnte. Um Dir zu zeigen, dass ein sehr weiser, philosophischer und zurückgezogener Mann hierüber genauso denkt wie ich, der ich doch immer in der Welt gelebt habe, schicke ich Dir durch Mr. Eliot des berühmten Mr. Lockes Buch über Erziehung[1]; darin wirst Du finden, wie viel Wert er auf die Grazien legt, die er (ganz mit Recht) Wohlerzogenheit nennt. Ich habe alle Teile des Buchs angestrichen, die Deiner Aufmerksamkeit wert sind; denn da er mit dem Kind fast ab dessen Geburt beginnt, wären die auf die Kindheit bezogenen Teile für Dich nutzlos. Deutschland ist noch weniger als England der Sitz der Grazien, doch solltest Du dies lieber nicht sagen, solange Du dort bist. Der Ort aber, zu dem Du reist, ist es in hohem Maße, denn ich habe so viele wohlerzogene, ansehnliche Männer

1 *Some Thoughts Concerning Education,* 1693 (*Gedanken über Erziehung*), des Philosophen John Locke (1632–1704).

aus Turin kommen sehen wie aus allen anderen Teilen Europas zusammen. Der verblichene König Viktor Amadeus[1] gab sich große Mühe, die wichtigen seiner Untertanen hinsichtlich ihrer Geschäftsfähigkeit und ihrer Manieren zu formen; wie ich gehört habe, folgt der jetzige König seinem Beispiel. Dies jedoch ist gewiss, dass an allen Höfen und in allen Versammlungen, wo es verschiedene ausländische Gesandte gibt, die des Königs von Sardinien allgemein die fähigsten, höflichsten und *les plus déliés*[2] sind. Du wirst daher in Turin treffliche Vorbilder haben, nach denen Du Dich bilden kannst; und bedenke, hinsichtlich der besten Vorbilder gilt wie für die antiken Statuen des Drucks: *Non mai a bastanza.* Beobachte jedes Wort, jeden Blick, jede Bewegung jener, die dort als die vorzüglichsten Personen angesehen werden. Beobachte ihre natürliche und sorglose, aber vornehme Art, ihre selbstverständliche gute Erziehung, ihre unaufdringliche und doch keineswegs wohlfeile Würde. Bemerke ihre maßvolle Heiterkeit, ihren diskreten Freimut und das

1 Viktor Amadeus II. (Vittorio Amedeo II., 1666–1732), seit 1675 Herzog von Savoyen, von 1713 bis 1720 König von Sizilien und 1720 bis 1730 von Sardinien, dankte 1730 zugunsten seines Sohns Karl Emmanuel ab.

2 Frz. «die Feinsten», «Scharfsinnigsten».

entregent[1], das so hoch über dem Frivolen wie unter dem Bedeutsamen und Geheimnisvollen das angemessene Medium für Konversation in gemischter Gesellschaft ist. Ich will nebenbei festhalten, dass dieses Talent zum leichten *entregent* oft äußerst nützlich für einen auswärtigen Gesandten ist; nicht nur, weil es ihm hilft, in vielen Familien heimisch zu werden, sondern auch, weil es ihn befähigt, einige Gesprächsthemen zu überspielen oder zu parieren, die ihn möglicherweise in Schwierigkeiten bringen könnten in dem, was er sagt und wie er wirkt.

Von allen Männern, denen ich in meinem Leben begegnet bin (und ich kannte ihn wirklich sehr gut), verfügte der verstorbene Duke of Marlborough[2] über die Grazien in höchstem Maße – um nicht zu sagen, dass er sie usurpiert hatte; und tatsächlich erreichte er das meiste durch sie, denn ich möchte mich erkühnen (gegen die Gepflogenheiten der tiefschürfenden Historiker, die großen Ereignissen immer tiefgehende Ursachen zumessen), den hauptsächlichen

---

1 Frz. «Gewandtheit» im Umgang.

2 John Churchill, 1. Duke of Marlborough (1650–1722), Offizier und Politiker, leitete im Spanischen Erbfolgekrieg (1701–1713) die brit. und niederländischen Truppen.

Teil der Größe und Reichtümer des Duke of Marlborough diesen Grazien zuzuschreiben. Er war bemerkenswert unbelesen, schrieb schlechtes Englisch und buchstabierte es noch schlechter. Er hatte nichts von dem, was man gemeinhin *Talente* nennt, das heißt, in seinem Genie gab es nichts Helles, Strahlendes. Ganz ohne Zweifel hatte er einen vorzüglichen Verstand und gesundes Urteilsvermögen. Aber dies allein hätte ihn vermutlich nicht weit über das erhoben, was er anfangs war, nämlich Page der Königin von James II.[1] Dort schützten und förderten ihn die Grazien, denn als er Fähnrich der Garde war, gab ihm die Duchess of Cleveland[2], damals Lieblingsmätresse von King Charles II.[3], überwältigt von eben jenen Grazien fünftausend Pfund, mit denen er sich sofort eine lebenslängliche Jahresrente von fünfhundert Pfund von meinem Großvater, Halifax[4], kaufte, und dies war der Grundstock seines

1 James II. (1633–1701), seit 1685 König von England, Schottland (dort als Jakob/James VII.).

2 Barbara Villiers, 1. Duchess of Cleveland (1640–1709), verheiratete Palmer, Lady Castlemaine, war neben Nell Gwyn die berühmteste der zahlreichen Mätressen von Charles II.

3 Charles II. (1630–1685), König seit 1660.

4 George Savile, 1. Marquis von Halifax (1633–1695).

späteren Vermögens. Von Gestalt war er schön, aber seine Manier war für Männer wie Frauen unwiderstehlich. Durch diese gewinnende, anmutige Art war es ihm möglich, seinen ganzen Krieg hindurch die unterschiedlichen widerstreitenden Mächte der Großen Allianz[1] zu verbinden und auf das Hauptziel des Krieges auszurichten, trotz ihrer privaten und verschiedenen Ansichten, Eifersüchteleien und Sturheit. Gleich an welchen Hof er ging (und er sah sich oft genötigt, persönlich an unruhige und widerspenstige Höfe zu reisen), war er doch stets erfolgreich und brachte sie dazu, ihm zuzustimmen. Der Pensionär Heinsius[2], ein ehrwürdiger alter Minister, in Geschäften grau geworden, der die Republik der Vereinigten Provinzen[3] mehr als vierzig Jahre lang

---

1 Im Spanischen Erbfolgekrieg wollte Kaiser Leopold I. einen Habsburger, Ludwig XIV. einen frz. Bourbonen auf den span. Thron bringen; 1701 schlossen der Kaiser, die Niederlande und England die Große Allianz gegen Frankreich, der sich später weitere Staaten anschlossen.

2 Anthonie Heinsius (1641–1720), niederländ. Staatsmann, leitete als Ratspensionär *(Raadspensionaris)*, etwa Staatssekretär, die (vor allem auswärtige) Politik von Holland und Westfriesland.

3 Republik der Sieben Vereinigten Provinzen, auch Generalstaaten, von 1581 bis 1795 Vorläufer der heutigen Niederlande.

geleitet hatte, wurde seinerseits absolut regiert vom Duke of Marlborough, was diese Republik bis heute spürt. Er war immer gelassen, und niemand beobachtete je die geringste Veränderung seiner Miene; er konnte anmutiger verweigern, als andere Leute gewähren konnten, und wer ihn äußerst unbefriedigt hinsichtlich der Substanz ihres Geschäfts verließ, war doch persönlich von ihm eingenommen und zu einem gewissen Grad durch seine Art getröstet. Bei all seiner Freundlichkeit und Anmut gab es doch niemanden, der sich seiner Lage bewusster gewesen wäre und seine Würde besser gewahrt hätte.

Mit der Menge an Kenntnissen, die Du bereits besitzt, und den weit größeren, die Du hoffentlich bald erlangen wirst, was kannst Du da nicht alles zu erreichen erwarten, wenn Du die Grazien mit all dem verbindest! Vor allem bei Deinen Zielen machen sie wahrlich schon die Hälfte Deiner Anliegen aus; denn wenn Du einmal sowohl die Zuneigung als auch die Wertschätzung des Fürsten oder Ministers an dem Hof gewinnen kannst, an den Du gesandt wirst, so stehe ich dafür ein, dass Du die Angelegenheiten des Hofs, der Dich gesandt hat, wirkungsvoll vertreten wirst; andernfalls ist derlei wahre Mühsal. Du darfst nicht den Irrtum begehen zu glauben, diese Grazien, die ich Dir so oft und ernstlich nahelege, sollten allein wichtige Geschäfte begleiten und nur an *les jours de gala*[1] getragen werden; nein, sie sollten noch das Geringste, das Du tust oder sagst, begleiten; denn wenn Du sie bei kleinen Dingen vernachlässigst, werden sie Dich bei großen verlassen. Ich wäre zum Beispiel höchst besorgt, wenn ich Dich etwa ohne Anmut eine Tasse Kaffee trinken und Dich damit besudeln sähe, indem Du sie ungeschickt hältst; auch möchte ich Deinen Rock nicht ungerade geknöpft, die Schuhe nicht mit falschen Schnallen besetzt sehen. Empört wäre ich jedoch, wenn ich hörte, wie Du Wörter unverständlich murmeltest, beim Sprechen stammeltest oder beim Erzählen zögertest, Fehler machtest und Wörter vertauschtest; und noch schneller, wenn das möglich ist, als ich jetzt zu Dir laufen würde, Dich zu umarmen, liefe ich dann vor Dir fort, wenn ich Dich von all diesen Grazien verlassen fände; es ist ja mein herzliches Anliegen, dass sie Dich eines Tages groß machen, *omnibus ornatum excellere rebus*[2].

Dieses Thema ist unerschöpflich, da es sich auf alles erstreckt, was man sagt oder tut; ich will

---

1 Frz. «an Festtagen».

2 Lat. «Mit allen Dingen geziert, um hervorzuragen», aus: Lukrez, *Von der Natur der Dinge*, I, 27.

es aber vorläufig beiseitelassen, da dieser Brief schon recht lang ist. So groß ist mein Wunsch, meine Sorge, Dich vollkommen zu sehen, dass ich immer glaube, nicht genug gesagt zu haben, wenn Du auch denken magst, ich hätte zuviel gesagt, und wenn auch wahrlich alles, was ich oder sonst einer sagen könnte, unzulänglich wäre, wenn nicht Deine Vernunft genügt, Dich in vielen dieser schlichten Fragen zu leiten. Doch wo Du betroffen bist, bin ich der Unersättliche bei Horaz[1], der immer noch ein Eckchen mehr haben will, um die Form seines Feldes zu vervollständigen. Ich fürchte jede kleine Ecke, die meines entstellen könnte, auf dem ich (möglichst) keinen einzigen Makel haben möchte.

In diesem Augenblick habe ich Deinen Brief vom 17. erhalten und kann Dir nicht kondolieren ob des Abschieds Deiner deutschen *commensaux*[2], die nach Deiner und Mr. Hartes Beschreibung *des gens d'une aimable absence*[3] zu sein scheinen; und wenn Du sie durch andere deutsche Konversation ersetzen kannst, wirst Du auch noch etwas dabei

---

1 Vgl. Horaz, *Oden*, II, 18.

2 Frz. «Kommensalen», «Tischgenossen».

3 Frz. «Leute von liebenswürdiger Abwesenheit», d.h. ihr Fehlen ist angenehm.

gewinnen. Ich kann nicht begreifen, wenn Du Deutsch genug verstehst, um jedes deutsche Buch zu lesen, wieso dann die deutschen Schriftzeichen Dir so schwierig und mühselig sein können, da sich die vierundzwanzig Buchstaben sehr bald erlernen lassen; und ich erwarte auch noch nicht, dass Du, was die Sprache angeht, überaus sauber und korrekt schreibst; dass Du alle zwei Wochen an Grevenkop schreibst, soll meinethalben nur dazu dienen, Dich mit den Schriftzeichen vertraut zu machen. Ich will mich aber mit einmal etwa alle drei Wochen zufriedengeben.

Ich glaube, Du wirst Mr. Eliot wohl nicht so bald wiedersehen, denn er ist noch in Cornwall bei seinem Vater, der sich, wie ich höre, wahrscheinlich nicht mehr erholen wird. Adieu!

London, 6. Dezember 1748 A.K.

Lieber Junge:

Ich bin gegenwärtig zutiefst bedrückt durch den Verlust eines sehr lieben Bruders, mit dem ich immer in engster Freundschaft gelebt habe. Mein Bruder John starb am Abend des vorigen Freitags an einem Anfall von Gicht, die er seit etwa einem Monat in Händen und Füßen hatte und die zuletzt auf Magen und Kopf übergriff. Da er am Schluss lethargisch wurde, war das Ende für ihn nicht schmerzhaft. Bei der Entfernung von hier, in der Du Dich befindest, brauchst Du deswegen keine Trauer zu tragen, da die Trauerzeit fast vorüber wäre, ehe Du sie anlegen könntest.

Mit einem Schiff, das diese Woche nach Hamburg segelt, werde ich Dir die Dinge senden, die ich Dir durch Mr. Eliot hatte schicken wollen, und zwar eine kleine Schachtel von Deiner Mama, eine kleinere für Mr. Harte, Mr. Lockes Buch über Erziehung, den Druck von Carlo Maratti, den ich Dir gegenüber vor einiger Zeit erwähnt habe, und zwei Empfehlungsschreiben, eines an Monsieur Andrié[1] und das andere an Comte Algarotti[2] in Berlin. Diese beiden Gentlemen werden sicherlich ebenso willens sein wie sie fähig sind, Dich in die beste Gesellschaft einzuführen; und ich hoffe, Du wirst es nicht ablehnen (wie viele Deiner Landsleute dies zu tun belieben). Nur in den besten Gesellschaften kannst Du die besten Umgangsformen lernen und jene

---

1 Schweizer Jurist, zeitweilig (1737–1742?) preuß. Gesandter in London.

2 Graf Francesco Algarotti (1712–1764), ital. Schriftsteller, zeitweilig am Hof von Friedrich II., neben Voltaire u.a. zu finden auf Menzels Gemälde *Die Tafelrunde von Sanssouci*.

tournure[1] und die Grazien, die ich Dir so oft empfohlen habe als die nötigen Mittel, um in der Welt etwas darzustellen.

Ich bin über die Maßen erfreut ob des Berichts, den Mr. Harte mir zu Deinen Fortschritten im Griechischen erstattet, und dass Du Hesiod nahezu kritisch gelesen hast. Zu diesem Thema will ich Dir nur eines von vielen Dingen nahelegen, die ich Dir nahelegen könnte; und zwar, dass Du nun die Schwierigkeiten dieser Sprache überwunden hast und es daher unverzeihlich wäre, nicht bis zum Ende Deiner Reise beharrlich weiterzumachen, nun da der ganze Rest Deines Wegs bergab verläuft.

Ich bin auch erfreut zu hören, dass Du solche Kenntnis von und Neigung zu ausgefallenen Büchern und seltenen, wertvollen Traktaten hast. Dies ist eine Art Wissen, die einem Mann von ordentlicher, gründlicher Bildung wohl ansteht, einen von flüchtiger, oberflächlicher Belesenheit aber nur bloßstellt; nimm Dir folglich bitte Inhalt und Gegenstand solcher Bücher als Erstes zu Herzen und ihre Titelseiten, Indices, Typographie und Bindung als Zweites. Es ist kennzeichnend für einen Mann mit Talenten und gutem Ur-

1 Frz. «(elegante) Erscheinung».

teilsvermögen, jedem Gegenstand das Maß an Aufmerksamkeit zu widmen, das er verdient; wogegen kleine Geister kleine Objekte für große halten und auf Erstere die Zeit und Hingabe vergeuden, die nur Letztere verdienen. Solchen Fehlern verdanken wir die vielköpfige, leichtfertige Sippschaft der Insektenkrämer, Muschelhökerer, Jäger und Trockner von Schmetterlingen etc. Der kraftvolle Geist unterscheidet nicht nur zwischen dem Nützlichen und dem Nutzlosen, sondern ebenso zwischen dem Nützlichen und dem Merkwürdigen. Ersterem widmet er sich intensiv, mit Letzterem zerstreut er sich lediglich. Von dieser Art kleinen Wissens, auf das ich eben angespielt habe, wirst Du mindestens so viel, wie Du je zu wissen wünschen kannst, in einem oberflächlichen, wiewohl netten französischen Buch namens *Spectacles de la Nature*[1] finden; es wird Dich amüsieren, wenn Du es liest, und Dir eine hinlängliche Vorstellung von den verschiedenen Gebieten der Natur geben; ich würde Dir raten, es in Mußestunden zu lesen. Aber jener Teil der Natur, den Du – wie Mr. Harte mir sagt – mit

---

1 Frz. «Schauspiele der Natur», mehrbändiges Werk des Abbé Noël-Antoine Pluche (1688–1761), eher biblisch denn wissenschaftlich inspiriert.

dem *Rector magnificus*[1] zu studieren begonnen hast, ist von weit größerer Bedeutung und verdient viel mehr Aufmerksamkeit: Ich meine Astronomie. Das ausgedehnte, ungeheure planetare System, die erstaunliche Ordnung und Regelmäßigkeit dieser unzähligen Welten wird Dir einen Blick eröffnen, der nicht nur als Merkwürdigkeit Deine Aufmerksamkeit verdient, sondern noch mehr insofern, als er Dir von dem ewigen, allmächtigen Wesen, das das Universum ersann, schuf und immer noch erhält, größere und folglich treffendere Vorstellungen geben wird, als alle Betrachtung dieses vergleichsweise kleinen Himmelskörpers, den wir zurzeit bewohnen, Dir je geben könnte. Zu diesem Thema wird Dich Monsieur Fontenelles *Pluralité des Mondes*[2], das Du in zwei Stunden lesen kannst, sowohl belehren als auch erbauen. Gott segne Dich! Dein

---

1 Lat. «Magnifizenz», Universitätsrektor; gemeint ist der Autor, Philologe und Professor Johann Christoph Gottsched (1700–1766), damals Dekan der Philosophischen Fakultät in Leipzig.

2 Bernard le Bovier de Fontenelle (1657–1757), bedeutender Autor der frz. Aufklärung; seine *Entretiens sur la pluralité des mondes* (1686) («Unterhaltungen über die Vielzahl der Welten») behandeln der damaligen astronomischen Kenntnisstand (Galilei, Kepler, Kopernikus) und wurden von der kath. Kirche auf den Index gesetzt.

London, 20. Dezember 1748 A.K.

Lieber Junge:

Vorigen Samstag erhielt ich mit drei gleichzeitig eintreffenden Sendungen zwei Briefe von Mr. Harte und Deinen vom 8. N.K.

Was Deine deutschen Schriftzeichen angeht, war es mein Fehler, das misszuverstehen, was Du meintest, nicht etwa Deiner, es falsch auszudrücken. Ich dachte, die deutschen Buchstaben niederzuschreiben verlangte so viel Zeit von Dir, und deshalb riet ich Dir, durch häufiges Schreiben die Zeichen einfach und vertraut für Dich zu machen. Da es aber nur die Reinheit und Klarheit der deutschen Sprache ist, die Dein Schreiben so zäh und mühsam macht, will ich Dir sagen, dass ich hierin nicht pedantisch sein will und nicht erwartet habe, dass Du bereits alle Wendungen, Feinheiten und Eigentümlichkeiten dieser schwierigen Sprache gemeistert hättest. Das kann nur durch Gebrauch kommen, vor allem durch häufiges Sprechen; daher bitte ich Dich, wenn Du in Berlin und danach in Turin bist, wo Du vielen Deutschen begegnen wirst, jede Gelegenheit zu nutzen, Gespräche auf Deutsch zu führen, um nicht nur Deine Kenntnisse dieser Sprache zu bewahren, sondern Dich auch darin zu verbessern und zu vervollkommnen. Was die Schriftzeichen angeht, so formst Du sie gut und, wie Du selbst einräumst, besser als Deine englischen; aber gestatte mir diese Frage: Warum formst Du Deine lateinischen Buchstaben nicht besser? Denn ich behaupte, es liegt in der Macht eines jeden, die Handschrift auszubilden, die ihm gefällt, und dass er folglich eine gute Handschrift haben sollte. Du formst besonders Deine *EE* und *ee* im Zickzack, statt sie gerade zu machen[1] – ein Fehler, der leicht zu beheben ist. Du wirst, glaube ich, Dich über diese kleine Krittelei nicht ärgern, wenn ich Dir sage, dass nach allen Berichten, die ich zuletzt von Mr. Harte und anderen erhalten habe, dies die einzige Kritik ist, zu der Du mir Anlass gibst. Besonders Mr. Hartes Brief vom 14. macht mich sehr froh, da er mir versichert, dass Du Dich in jeder Hinsicht überaus gut entwickelst. Ich habe keine Angst, Dich durch das, was ich nun sage, allzu eitel zu machen, denn ich glaube nicht, dass ein zutreffendes Bewusstsein und ehrlicher Stolz darauf, etwas gut zu tun, Eitelkeit genannt werden können; denn Eitelkeit ist entweder das dumme Behaupten guter Eigenschaften, die man nicht hat, oder der noch

1 An dieser Stelle zeichnet der Autor die Buchstaben vor.

dümmere Stolz auf etwas, das für sich keine Empfehlung verdient. Mr. Hartes Bericht zufolge bist Du in Griechisch und Latein fast bis ans Ziel gelangt, und deshalb kann ich nicht annehmen, dass bei zunehmender Vernunft Dein Eifer und Deine Geschwindigkeit bei der Bewältigung der kleinen Reste Deines Kurses nachlassen. Bedenke, welchen Glanz und *éclat*[1] es Dir geben wird, wenn Du nach Deiner Heimkehr als bester Gelehrter unter den Gentlemen in England angesehen wirst; nicht zu reden vom wahren Vergnügen und gründlichen Behagen, die solches Wissen Dir Dein ganzes Leben hindurch geben wird. Mr. Harte erzählte mir noch etwas, was ich, wie ich zugebe, nicht erwartet hatte, nämlich dass Du, wenn Du laut liest oder Teile aus Theaterstücken deklamierst, besonders sauber und deutlich sprichst. Das erlöst mich von großem Unbehagen, das mich wegen Deiner früheren schlechten Aussprache bedrückte. Weiter so, und befasse Dich sehr beflissen mit diesem wichtigen Thema. Es ist von allen Grazien (und sie alle sind unerlässlich) die unerlässlichste.

Comte Pertingue war ungefähr zwei Wochen hier, und weit davon entfernt, Mr. Harte zu widersprechen, bestätigt er alles, was dieser zu Dei-

---

1 Frz. «Strahlen», «Glänzen».

nen Gunsten gesagt hat. Er meint, er werde etwa zur Zeit Deines Eintreffens dort in Turin sein und erfreut sich der Hoffnung, Dir nützlich sein zu können; solltest Du allerdings vor ihm dort ankommen, sagt er, dass der Comte du Perron[1], bei dem Du in hoher Gunst stehst, dies übernehmen wird. Du siehst an diesem Beispiel – und wirst es im Lauf Deines Lebens an einer Million Beispielen sehen –, wie nützlich ein guter Ruf und welch schneller und vorteilhafter Vorbote er ist, wohin man auch gehe. Auch in diesem Punkt wird Mr. Harte Dir gerecht und sagt mir, dass Du Dich um das Lob der Lobenswerten bemühst; das ist ein trefflicher und großmütiger Ehrgeiz, ohne den, wie ich befürchte, nur wenige Leute Lob verdienten.

Lass mich Dir jedoch als alter Akteur auf der Bühne der Welt eine Erwägung nahelegen, und zwar Deinen Wunsch nach Lob ein wenig über die eigentlich Lobenswerten hinaus auszudehnen, sonst könnte es Dir geschehen, dass Du zu viel Verachtung für mindestens drei Fünftel der Welt entdeckst, was diese Dir nie vergeben werden. Ich fürchte, in der Masse der Menschheit

1 Pertingue war Gesandter in Turin, du Perron Turins Gesandter in Hannover.

gibt es eine allzu große Mehrheit von Narren und Schurken, die allein wegen ihrer Anzahl in gewissem Maße zu respektieren, wenn auch keineswegs respektabel sind. Und wer jedem Schurken oder Narren zeigt, dass er ihn genau dafür hält, stürzt sich in einen absolut ruinösen Krieg gegen Zahlen, die viel größer sind als jene, die er und seine Verbündeten ins Feld führen können. Verabscheue einen Schurken und bedaure einen Narren in Deinem Busen, aber lasse keinen von ihnen ohne Not sehen, dass Du es tust. Eine gewisse Gefälligkeit und Aufmerksamkeit Narren gegenüber ist klug, nicht gewöhnlich, wie auch stille Abscheu gegenüber einzelnen Schurken oft nötig und nicht sträflich ist.

Da Du nun bald von Lord Pulteney scheiden wirst, zu dem Du bei Eurem gemeinsamen Aufenthalt in Leipzig wohl eine Verbindung hergestellt hast, nehme ich an, dass Du diese brieflich fortführen wirst, wozu ich Dir rate. Man sagt mir, er sei gutmütig und verfüge über beste Eigenschaften, was schon an sich zwei gute Gründe sind, die Beziehung aufrechtzuerhalten; es gibt da aber noch einen dritten Grund, der nach Lage der Dinge in der Welt nicht zu verachten ist: Sein Vater hat nicht mehr lange zu leben und wird ihm ein ungeheures Vermögen hinterlassen, was ihn unter allen Umständen zu einem wichtigen Mann, und wenn er darüber hinaus gute Eigenschaften hat, einem sehr wichtigen Mann machen wird; daher ist seine Freundschaft es überaus wert, von Dir gepflegt zu werden, zumal sie Dich nicht mehr als einen Brief im Monat kosten wird.[1]

Ich weiß nicht, ob Dich dieser Brief in Leipzig erreicht; es ist jedenfalls der letzte, den ich dorthin schicken werde. Mein nächster entweder an Dich oder an Mr. Harte wird nach Berlin gehen; da ich aber nicht weiß, an welches Haus oder welche Straße dort, wird er wohl im Postamt bleiben, bis Du danach schickst. Bei Deiner Ankunft in Berlin wirst Du mir Deine genaue Anschrift senden, und sei bitte ausführlich in Deinen Berichten über Deinen Empfang dort durch jene, die ich Dir empfehle, wie auch jene, denen sie Dich vorstellen. Bedenke auch, dass Du an einen feinen und erlesenen Hof kommst, wo die Grazien Deine beste Einführung sein werden.

Adieu. Gott segne Dich, und mögest Du weiterhin meine Liebe so sehr verdienen, wie Du ihrer jetzt teilhaftig bist!

---

1 William, Viscount Pulteney (1731–1763), engl. Politiker und Offizier, starb eineinhalb Jahre vor seinem Vater, dessen Gesundheit Chesterfield wohl unterschätzte.

PS: Lady Chesterfield[1] bittet mich, Dir mitzuteilen, dass sie vollkommen zu Deinen Gunsten entscheidet, gegen Mr. Grevenkop und sogar gegen sich selbst, denn sie glaubt nicht, dass sie zu diesem Zeitpunkt eine so gute Handschrift oder ein so gutes Deutsch schreiben könnte. Schreibe ihr bitte zu diesem Thema einen Brief auf Deutsch; darin magst Du ihr sagen, dass Du wie der Rest der Welt ihr Urteil billigst, denn es fällt zu Deinen Gunsten aus, und dass Ihr echten Deutschen keine Dänen als kompetente Beurteiler Eurer Sprache etc. hinnehmen könnt.

London, 30. Dezember 1748 A.K.

Lieber Junge:

Ich schicke diesen Brief nach Berlin, wo er Dich wohl antreffen oder jedenfalls nur eine kleine Weile auf Dich warten wird. Die Sorge um Deinen Erfolg bei diesem Deinem ersten Auftreten auf der großen Bühne der Welt kann ich nicht unterdrücken; denn wiewohl die Zuschauer im-

---

1 Petronella Melusina von der Schulenburg, Countess of Walsingham (1693–1778), Tochter des engl. Königs George I. (1660–1727) und seiner langjährigen Mätresse Countess Ehrengard Melusine von der Schulenburg (1667–1743), seit 1733 Chesterfields Gattin.

mer ausreichend wohlgesonnen sind, um großmütig Nachsicht zu gewähren und einem neuen Akteur mit Milde zu begegnen, neigen sie doch zumindest insgeheim dazu, nach den ersten Eindrücken, die er auf sie macht, zu entscheiden, ob er je ein guter Darsteller sein wird oder nicht: ob er zu verstehen scheint, was er sagt, indem er deutlich spricht; ob er seiner Rolle Aufmerksamkeit widmet, statt nachlässig in der Gegend umherzustarren; und wenn er insgesamt bestrebt zu sein scheint zu gefallen, gehen sie bereitwillig über kleine Ungeschicklichkeiten und Ungenauigkeiten hinweg, die sie bei einem jungen unerfahrenen Akteur seiner lobenswerten Schüchternheit zuschreiben. Sie bekunden, mit der Zeit werde er ein guter Darsteller sein, und durch die Ermutigung, die sie ihm geben, machen sie ihn umso eher dazu. Dies wird, hoffe ich, Dein Fall sein; Du bist vernünftig genug, um Deine Rolle zu begreifen; ständige Aufmerksamkeit und das Bestreben, dabei vortrefflich zu sein, verbunden mit sorgsamer Beobachtung der besten Akteure, werden Dich unweigerlich wenn nicht für die Hauptrolle, so doch für wichtige Nebenrollen qualifizieren.

Deine Kleidung (so unwichtig Kleidung an sich auch sei) ist nun zu etwas geworden, das einige

Aufmerksamkeit verdient; denn ich gestehe, ich kann nicht umhin, mir aufgrund seiner Kleidung eine gewisse Meinung über jemandes Geist und Charakter zu bilden; und ich glaube, die meisten verfahren da so wie ich. Jegliche Affektiertheit in der Kleidung impliziert nach meiner Ansicht einen Mangel an Verstand. Die meisten unserer jungen Burschen hier stellen diesen oder jenen Wesenszug durch ihre Kleidung zur Schau; einige neigen zum Bombastischen und tragen einen großen, äußerst schräg aufgesetzten Hut, einen ungeheuren Degen, kurze Weste und schwarze Krawatte; diesen gegenüber könnte ich fast versucht sein, sie zu meiner Verteidigung beim Friedensrichter anzuklagen, wenn ich nicht überzeugt wäre, dass sie nur lammfromme Esel im Löwenfell sind. Andere laufen in braunen Kutten und Lederhosen herum, große Eichenkeulen in der Hand, den Hut gerade aufgesetzt und das Haar ungepudert, und ahmen Stallknechte, Postkutscher und Landlümmel äußerlich so gut nach, dass ich nicht den geringsten Zweifel daran hege, dass sie diesen auch inwendig gleichen. Ein vernünftiger Mann meidet sorgfältig jeden besonderen Charakterzug in seiner Kleidung; er ist um seiner selbst willen peinlich sauber, aber alles Weitere ist für andere. Er kleidet sich so gut und in der gleichen Weise wie die Leute von Vernunft und Geschmack an dem Ort, wo er sich aufhält. Wenn er sich besser kleidet, wie er meint, das heißt besser als sie, dann ist er ein Stutzer; kleidet er sich schlechter, ist er unverzeihlich nachlässig. Zwischen beiden Möglichkeiten zöge ich es jedoch vor, dass ein junger Bursche sich zu gut kleide; der Exzess auf dieser Seite wird sich mit ein wenig Alter und Erfahrung abschleifen; wenn er aber mit zwanzig nachlässig ist, wird er mit vierzig schäbig sein und mit fünfzig Jahren stinken. Kleide Dich fein, wo andere sich fein kleiden, und schlicht, wo andere schlicht sind; achte aber immer darauf, dass Deine Kleider gut gemacht sind und Dir passen, denn sie werden Dich sonst sehr plump erscheinen lassen. Bist Du für den Tag erst wohlgekleidet, so denke nicht weiter darüber nach; und ohne jegliche Steifheit aus Angst, diese Kleidung in Unordnung zu bringen, lasse all Deine Bewegungen so leicht und natürlich sein, als hättest Du gar keine Kleider an. So viel zur Kleidung, von der ich behaupte, dass sie in der vornehmen Welt eine Sache von Bedeutung ist.

Was nun Manieren, gute Erziehung und die Grazien angeht, habe ich Dich so oft mit diesen wichtigen Themen behelligt, dass ich dem, was ich früher sagte, nichts hinzufügen kann. Deine

Vernunft wird Dir die Substanz all dessen andeuten, und Beobachtung, Erfahrung und gute Gesellschaft die verschiedenen Spielarten. Deine große Lebhaftigkeit, über die ich von vielen Leuten höre, wird Dich nicht daran hindern, in guter Gesellschaft gefällig zu sein, sondern Dir im Gegenteil nützen, wenn sie von Wohlerzogenheit gemildert und von den Grazien begleitet ist. Ich nehme jedoch an, dass Deine Lebhaftigkeit an Deinen Gaben liegt und nicht angeborene Rastlosigkeit ist; denn die unerfreulichste Kombination, die ich in der Welt kenne, ist die von starken animalischen Gemütsregungen und einem kalten Genius. Solch ein Bursche ist lästig aktiv, frivol geschäftig, närrisch lebhaft, redet viel mit wenig Bedeutung und lacht noch mehr ohne Grund; wogegen meiner Meinung nach ein warmer, lebhafter Genius mit kühler Konstitution die Vollendung der menschlichen Natur ist.

Tu in Berlin, was Du willst, solange Du nur den ganzen Tag etwas tust. Alles, was ich von Dir erhoffe, ist, dass Du nie auch nur eine Minute mit Trägheit und Nichtstun vergeudest. Wenn Du nicht in Gesellschaft bist, so lerne, was Bücher, Lehrer oder Mr. Harte Dich lehren können; und wenn Du in Gesellschaft bist, lerne (was nur Gesellschaft Dich lehren kann) die Charaktere und

Verhaltensweisen der Menschheit. Ich bitte wirklich um Vergebung, dass ich Dir diesen Rat gebe, denn wenn Du ein vernunftbegabtes Geschöpf und ein denkendes Wesen bist, was ich von Dir annehme und wahrhaftig glaube, muss er unnötig und in gewissem Maße verletzend sein. Wüsste ich nicht aus Erfahrung, dass manche Männer die ganze Zeit mit Nichtstun verbringen, so hielte ich es nicht für möglich, dass ein den Automaten von M. Descartes[1] überlegenes Wesen eine Minute der geringen Zeitspanne, die uns in dieser Welt zugeteilt ist, in vollkommener Trägheit vergeudet.

Kürzlich habe ich einen Mr. Cranmer getroffen, einen überaus vernünftigen Handelsherren, der mir erzählte, er habe mit Dir in Leipzig gespeist und Dich oft gesehen. Und gestern sah ich einen meiner alten Diener, den ich zum Boten gemacht habe; er erzählte mir, er habe Dich im vorigen August getroffen. Du kannst Dir leicht vorstellen, dass meine Freude, sie zu sehen, umso größer war, da sie Dich gesehen hatten, und ich habe sie beide eingehend gemäß ihren Zuständig-

1 Einer These des bedeutenden frz. Philosophen René Descartes (1596–1650) zufolge seien Tiere gewissermaßen Automaten ohne Gefühle oder Bewusstsein.

keiten befragt, den Ersteren hinsichtlich Deines Geistes, den Letzteren hinsichtlich Deines Leibes. Mr. Cranmer sprach zu meiner großen Zufriedenheit nicht nur in dem, was er mir von sich aus über Dich sagte, sondern auch in dem, was Mr. Mascow[1] ihm zu berichten aufgetragen hatte. Da er selbst vorzüglich Deutsch spricht, fragte ich ihn, wie Du es sprächest, und er versicherte mir, Du sprächest für die bisher aufgewandte Zeit sehr gut und würdest es mit ein klein wenig mehr Übung zu vollkommener Beherrschung bringen. Der Bote erzählte mir, Du seiest sehr gewachsen und nach seiner Einschätzung bis auf zwei Zoll nun so groß wie ich; Du seiest stämmig und wirktest gesund und kräftig; was alles war, was ich vom Scharfblick dieser Person erwarten oder erhoffen konnte.

Ich schicke Dir, mein liebes Kind (und daran wirst Du nicht zweifeln) die besten jahresendlichen Wünsche. Mögest Du eine große Anzahl guter neuer Jahre verdienen; und wenn Du sie verdienst, mögen sie Dir zuteilwerden. Viele Neujahrstage wirst Du wohl tatsächlich sehen, aber glückliche kannst Du nicht sehen, wenn Du

1 John James Mascow (1689–1762), Jurist, Professor in Leipzig.

sie nicht erst verdienst. Allein Tugend, Ehre und Wissen können sie verdienen, allein sie können sie herbeiführen. *Dii tibi dent annos, de te nam caetera sumes*[1] war ein nettes Stück poetischer Schmeichelei, als es gesagt wurde; ich hoffe, dass es mit der Zeit keine Schmeichelei mehr ist, wenn es Dir gesagt wird. Ich versichere Dir aber, so oft ich den zweiten Teil des Satzes nicht in Wahrheit auf Dich anwenden kann, werde ich den ersten weder sagen noch denken, noch wünschen. Adieu!

London, 7. Februar 1749 A.K.

Lieber Junge:

Du hast nun ein Alter erreicht, in dem Dir Denken und Abwägen möglich sind, und ich hoffe, Du wirst davon bei der Suche nach Wahrheit und gründlichem Wissen um Deiner selbst willen Gebrauch machen, wenn dies auch für wenige Menschen Deines Alters zutrifft. Ich will gestehen (denn ich bin durchaus geneigt, Dir meine Geheimnisse zu enthüllen), dass ich mich erst vor

---

1 Lat. «Mögen die Götter dir viele Jahre geben, anderes musst du selbst bewirken», aus: *Epistulae ex Ponto (Briefe vom Schwarzen Meer)* II, 1, 53, des röm. Dichters Ovid (Publius Ovidius Naso, 43 v. Chr.– 17 n. Chr.).

nicht allzu vielen Jahren zu selbstständigem Denken erkühnte. Bis ich sechzehn oder siebzehn war, besaß ich kein eigenes Denkvermögen, und noch viele Jahre danach machte ich davon keinen Gebrauch. Ich übernahm Ideen aus den Büchern, die ich las, oder von der Gesellschaft, in der ich mich aufhielt, ohne zu prüfen, ob sie zutreffend seien oder nicht; und statt Zeit und Mühe auf die Erforschung der Wahrheit zu verwenden, setzte ich mich lieber der Gefahr aus, bequemen Irrtümern zu verfallen. Teils aus Faulheit, teils durch Ablenkungen und teils auch durch die *mauvaise honte*[1] davor, modische Ideen abzulehnen, wurde ich so (wie ich heute weiß) von Vorurteilen mitgerissen, statt mich vom Verstand leiten zu lassen, und ich habe ganz ruhig dem Irrtum gefrönt, statt die Wahrheit zu suchen. Aber Du kannst Dir nicht vorstellen, wie sehr sich, seit ich mir die Mühe gemacht habe, selbst zu denken, und den Mut besessen, dies auch zuzugeben, meine Ansichten zu den Dingen geändert haben und in welch anderem Licht ich sie nun sehe im Vergleich zu ehedem, da ich sie durch das trügerische Medium von Vorurteil oder Autorität betrachtete. Nicht ausgeschlossen, dass mir indes

1 Frz. «schlechte/falsche Scham».

immer noch viele Irrtümer geblieben sind, die sich durch lange Gewöhnung möglicherweise zu echten Meinungen ausgewachsen haben; denn es ist sehr schwer, früh erworbene und lange gepflogene Gewohnheiten vom Ergebnis unseres Denkens und Abwägens zu unterscheiden.

Mein erstes Vorurteil (denn ich mag nicht die Vorstellungen von Jungen und Frauen erwähnen, etwa Kobolde, Geister, Träume, verschüttetes Salz[1] etc.) war meine Begeisterung für die Klassiker, die ich aus Büchern, die ich las, und von Lehrern, die sie mir erklärten, übernahm. Ich war überzeugt, in diesen letzten fünfzehnhundert Jahren habe es auf der Welt weder gewöhnliche Vernunft noch allgemeine Redlichkeit gegeben, sondern diese seien mit den alten griechischen und römischen Regierungsformen vollkommen erloschen. Homer und Vergil konnten keine Fehler haben, da sie antik, Milton und Tasso keine Vorzüge, da sie modern waren. Und im Hinblick auf die Alten hätte ich fast sagen können, was Cicero so unsinnig und eines Philosophen unwürdig im Hinblick auf Plato sagte: *«Cum quo errare malim*

1 Aberglaube: Wer Salz verschüttet, dem drohen sieben Jahre Unglück.

quam cum aliis recte sentire.»[1] Wogegen ich inzwischen ohne jeden außerordentlichen Aufwand an Ingenium entdeckt habe, dass das Wesen des Menschen vor dreitausend Jahren dasselbe war, das es heute ist; dass Menschen damals wie heute nichts als Menschen waren; dass Umstände und Gebräuche sich oft ändern, das Wesen des Menschen sich jedoch immer gleich bleibt. Und dass Menschen vor fünfzehnhundert oder dreitausend Jahren besser, tapferer oder klüger gewesen wären, mag ich ebenso wenig annehmen, wie dass Tiere oder Pflanzen besser gewesen wären als heute. Ich erkühne mich auch, den Verehrern der Alten zum Trotz zu behaupten, dass Homers Held Achilles ein Rohling und Schurke war und folglich charakterlich ungeeignet, Held eines Epos zu sein; er schätzte sein Land so gering, dass er nicht zu dessen Verteidigung kämpfen wollte, weil er sich mit Agamemnon um eine Dirne gezankt hatte; und später, bewogen allein durch

---

1 Lat. «... mit dem ich mich lieber irren als mit anderen recht haben/empfinden möchte», in dieser Form wohl von Chesterfield; in den *Tuskulanischen Gesprächen* von Marcus Tullius Cicero (106–43 v. Chr.) heißt es über die Pythagoräer: *«Errare malo cum Platone quam cum istis vera sentire»* («ich will lieber mit Plato irren als mit ihnen/denen die Wahrheit empfinden/erkennen»).

persönlichen Groll, ging er daran, Menschen zu töten, niederträchtig, wie ich sagen möchte, weil er sich unverwundbar wusste; und wiewohl er unverwundbar war, trug er die stärkste Rüstung der Welt, was ich in aller Bescheidenheit für eine Tölpelei halte, da ein über seinen verwundbaren Fersen angebrachter Hufschuh es auch getan hätte. Andererseits behaupte ich mit Mr. Dryden, den Verehrern der Modernen als Vorlage unterbreitet, dass der Held von Miltons Gedicht eigentlich der Teufel ist, da ja sein Plan, den er entwirft, verfolgt und schließlich durchführt, das Thema des Gedichts ist.[1] Aus allen diesen Erwägungen folgere ich unparteiisch, dass die Alten ihre Vorzüge und Mängel, ihre Tugenden und Laster hatten, ganz wie die Modernen; Pedanterie und vorgebliche Gelehrtheit entscheiden sich eindeutig für Erstere, Eitelkeit und Unwissenheit ebenso deutlich für Letztere. Religiöse Vorurteile hielten Schritt mit meinen klassischen, und es gab eine Zeit, da ich es für unmöglich hielt, dass auch der redlichste Mensch auf der Welt außerhalb des Bannkreises der anglikanischen Kirche erlöst werden könne, ungeachtet der Tatsache, dass

---

1 Im Essay *Dedication of the Aeneis* des engl. Dichters und Literaturkritikers John Dryden (1631–1700).

Meinungen unabhängig sind vom Willen, dass eines anderen Mannes Abweichung von meiner Meinung ebenso natürlich und zulässig ist wie mein Abweichen von der seinen und dass wir, wenn beide redlich, so auch beide tadelsfrei sind und folglich gegeneinander duldsam sein sollten.

Die nächsten Vorurteile, die ich übernahm, waren die von *le beau monde*[1]; da ich in dieser zu glänzen entschlossen war, hielt ich das, was man gemeinhin die noblen Laster nennt, für unabdingbar. Ich hatte gehört, dass man sie so einschätzte, und ohne es weiter zu hinterfragen, glaubte ich es oder hätte mich jedenfalls geschämt, es zu leugnen, da ich fürchten musste, mich dem Spott jener preiszugeben, die ich als Musterbeispiele des feinen Gentleman betrachtete. Heute jedoch hindern mich weder Scham noch Furcht an der Feststellung, dass diese noblen Laster, wie man sie fälschlich nennt, den Charakter selbst eines Mannes von Welt und dessen, was man einen feinen Gentleman heißt, lediglich beflecken und ihn in den Augen eben jener Menschen herabsetzen, denen er sich durch sie zu empfehlen hofft. Ja, dieses Vorurteil ist manchmal so weitreichend, dass ich Menschen gekannt habe, die Laster zu

1 Frz. «die schöne/vornehme Welt».

pflegen behaupteten, die sie nicht besaßen, statt sorgsam jene zu verhehlen, die sie hatten.

Bediene Dich des eigenen Verstandes und schärfe ihn; erwäge, untersuche und analysiere alles, um Dir ein gesundes und reifes Urteil zu bilden; lasse nicht zu, dass andere Dir Erkenntnisse aufdrängen, Dich zu falschen Handlungen anstiften oder Dir Deine Konversation vorschreiben. Sei früh das, was Du, wenn Du es nicht bist, zu spät wünschen wirst, gewesen zu sein. Befrage beizeiten Deinen Verstand; ich behaupte nicht, dass er Dich immer unfehlbar anleiten wird, denn des Menschen Verstand ist nicht unfehlbar; er wird sich jedoch als der am wenigsten in die Irre leitende Führer erweisen, dem Du folgen kannst. Bücher und Gespräche mögen ihm beistehen, aber stimme beiden nicht blindlings oder stillschweigend zu, prüfe sie anhand des besten Maßstabs, den Gott uns zu unserer Unterweisung mitgegeben hat, des Verstands. Unter allen Mühen scheue nicht, wie viele es tun, die des Denkens. Von der Menschenherde kann man kaum behaupten, sie denke; ihre Vorstellungen sind nahezu sämtlich überkommen, und ganz allgemein glaube ich, dass es so auch besser ist, da dergleichen gewöhnliche Vorurteile zu Ordnung und Ruhe mehr beitragen, als ihre eigenen absonderlichen Gedanken dies könnten, so unkultiviert und plump sie sein mögen. In diesem Land haben wir viele solcher nützlichen Vorurteile, deren Beseitigung ich mit großer Betrübtheit sähe. Die gute protestantische Überzeugung, dass der Papst sowohl der Antichrist als auch die Hure Babylon sei, ist in unserem Land eine wirksamere Vorkehrung gegen Päpstelei als all die soliden und unwiderleglichen Argumente von Chillingworth[1].

Die alberne Geschichte, dass der Prätendent in einer Wärmpfanne ins Bett der Königin geschmuggelt worden sei, entbehrt zwar ebenso aller Glaubwürdigkeit wie jeglicher Evidenz, doch hat sie der Sache der Jakobiten[2] mehr geschadet

---

1 William Chillingworth (1602–1644), engl. Autor, anglikanischer Polemiker, verfasste u.a. *The Religion of Protestants*, 1633/37).

2 James Francis Edward Stuart (1688–1766), Thronprätendent für den schott. und den engl. Thron aus dem Hause Stuart, Sohn von James II. von England und dessen zweiter (katholischer) Frau Maria Beatrice von Modena; er wurde von seinen Anhängern, den Jakobiten, bezeichnet als James III. von England und James VIII. von Schottland. Nach mehreren Fehlgeburten seiner Mutter bezweifelte man, dass sie ein gesundes Kind geboren habe; es hieß, um die katholische Thronfolge zu etablieren, hätten Jesuiten das Kind als «Wechselbalg» eingeschmuggelt.

als alles, was Mr. Locke[1] und andere geschrieben haben, um die vernunftwidrigen und absurden Doktrinen des unanfechtbaren ererbten Thronanspruchs und des schrankenlosen passiven Gehorsams zu widerlegen. Und die ebenso alberne wie putzmuntere Vorstellung, die man hier entschieden hegt, dass ein Engländer drei Franzosen schlagen könne, ermutigt den Engländer – und hat ihn oft dazu befähigt –, tatsächlich zwei zu schlagen.

Ein Franzose setzt sein Leben bereitwillig *pour l'honneur du Roi*[2] ein; wollte man das Ziel ändern, dessen Verfolgung man ihn gelehrt hat, und ihm sagen, es geschehe *pour le bien de la Patrie*[3], so liefe er wahrscheinlich fort. Derlei grobschlächtige provinzielle Vorurteile überwiegen bei der Menschenherde, beeindrucken jedoch keinen kultivierten, gebildeten, denkenden Geist. Es gibt aber gleichermaßen falsche, wiewohl nicht so offenkundige Vorstellungen, die von Menschen überlegenen und versierten Verstandes gehegt werden, nur weil ihnen die nötige Bereitschaft zu mühseliger Erforschung, die für Untersuchungen

---

1 Vgl. Anm. S. 33.
2 Frz. «für die Ehre des Königs».
3 Frz. «zum Wohl des Vaterlandes».

angemessene Aufmerksamkeit und der zur Ergründung der Wahrheit erforderliche Scharfsinn fehlen. Dies sind Vorurteile, gegen die Du Dich durch mannhafte Betätigung und Schärfung Deines Denkvermögens wappnen solltest. Um nur ein Beispiel unter tausend zu erwähnen, die ich Dir nennen könnte: Es herrscht ein allgemeines Vorurteil, propagiert seit sechzehnhundert Jahren, dass Künste und Wissenschaften unter einer absolutistischen Herrschaft nicht blühen könnten und das Genie zwangsläufig eingeengt sein müsse, wo die Freiheit eingeschränkt ist. Das klingt plausibel, ist in Wahrheit aber falsch. Handwerkskünste wie die Landwirtschaft etc. werden durchaus beeinträchtigt, wo Ertrag und Besitztum durch die Art des Regierens nicht gesichert sind. Warum jedoch die Despotie einer Regierung das Genie eines Mathematikers, Astronomen, Dichters oder Redners schmälern sollte, konnte ich, wie ich gestehe, nie herausfinden. Sie mag durchaus den Dichter oder Redner der Freiheit berauben, bestimmte Themen in der gewünschten Weise zu behandeln, lässt ihnen aber genug Themen, an denen sie ihr Genie erproben können, sofern sie solches besitzen. Kann denn ein Autor mit Gründen klagen, er sei eingeengt und angekettet, wenn es ihm nicht freisteht, Blasphemie,

Unzüchtigkeit oder Aufruhr zu publizieren? All dies ist ebenso unter den freiesten Regierungen verboten, wenn sie klug und wohlgeregelt sind. Dies ist gegenwärtig die allgemeine Klage der französischen Autoren, in Wahrheit jedoch vor allem der schlechten. Kein Wunder, sagen sie, dass England so viele große Geister hervorbringt; dort dürfen die Menschen denken, wie es ihnen gefällt, und veröffentlichen, was sie denken. Zutreffend, aber was hindert sie denn daran, zu denken, wie es ihnen gefällt? Wenn sie tatsächlich auf eine Weise denken, die alle Religion, alle Moral oder alle guten Sitten zersetzt oder den Staat schädigt, wird eine absolute Regierung sie zweifellos wirksamer daran hindern, solche Gedanken zu veröffentlichen, oder aber sie dafür bestrafen, als eine freie Regierung dies könnte. Wie engt dies aber das Genie eines epischen, dramatischen oder lyrischen Dichters ein? Wie verdirbt es die Eloquenz eines Redners auf der Kanzel oder bei Gericht? Die Anzahl erstklassiger französischer Autoren wie Corneille, Racine, Molière, Boileau und La Fontaine, die es mit denen des Augusteischen Zeitalters aufnehmen können, gedieh unter der Despotie Ludwigs XIV., und die berühmten Autoren des Augusteischen Zeitalters erstrahlten erst, nachdem dieser grausame und unwürdige

Kaiser das römische Volk in Ketten gelegt hatte. Die Renaissance der Künste verdankte sich ebenfalls keiner freien Regierung, sondern der Ermunterung und Protektion von Leo X. und Franz I.,[1] der Erstere als Papst so absolut, der Letztere als Fürst so despotisch wie kaum je ein anderer. Du darfst mich aber nicht missverstehen und meinen, während ich lediglich ein Vorurteil darlege, spräche ich mich zugunsten der Willkürherrschaft aus, die ich aus tiefster Seele verabscheue und als grobe, verbrecherische Verletzung der natürlichen Rechte der Menschheit ansehe. Adieu.

London, 10. August 1749 A. K.

Lieber Junge:

Wir wollen fortfahren in unseren Gedanken über Menschen, ihre Charaktere, ihre Manieren, mit einem Wort, in unseren Gedanken über die Welt. Sie können Dir helfen, Dich zu formen und andere zu erkennen – ein Wissen, das in jedem Alter nützlich, in Deinem sehr selten ist. Es scheint, als sei niemand damit befasst, es jungen Menschen weiterzugeben. Die Lehrer lehren sie einzig die

---

1 Giovanni de' Medici, (1475–1521), als Leo X. Papst von 1513 an; François I, 1494–1547, frz. König ab 1515.

Sprachen oder die Wissenschaften ihrer jeweiligen Zuständigkeit und sind wahrhaft allgemein unfähig, sie die Welt zu lehren; dies gilt oft auch für die Eltern, oder zumindest vernachlässigen sie es, entweder aus Zerstreutheit, Gleichgültigkeit oder der Meinung, sie in die Welt zu werfen (wie sie es nennen) sei die beste Art, sie dies zu lehren. Letztere Überlegung ist in hohem Maße zutreffend; das heißt, man kann die Welt zweifellos nie durch Theorie erkennen; Praxis ist absolut unabdingbar; es ist jedoch sicher nützlich für einen jungen Mann, ehe er in dieses Land voller Irrgärten, Windungen und Biegungen aufbricht, wenigstens eine allgemeine Karte hierfür zu haben, verfertigt von einem erfahrenen Reisenden.

Eine gewisse Würde der Umgangsformen ist absolut nötig, um selbst den wertvollsten Charakter respektiert oder respektabel zu machen.

Grobe Scherze, Herumtoben, häufige laute Lachanfälle, Witze, Prahlerei und unterschiedslose Vertraulichkeit werden sowohl Verdienst als auch Wissen zu abgestufter Verächtlichkeit hinabsinken lassen. Bestenfalls ergeben sie einen übermütigen Burschen, und ein übermütiger Bursche war noch nie ein respektabler Mann. Unterschiedslose Vertraulichkeit wird jene höheren Ranges entweder beleidigen oder Dich von ihnen abhängig machen, zu einem Befehlsempfänger. Sie gibt denen niedrigeren Ranges einen gerechten, aber ärgerlichen und unbilligen Anspruch auf Gleichheit. Ein Witzbold ist einem Possenreißer eng verwandt, und keiner von ihnen hat auch nur das Mindeste mit Scharfsinn zu tun. Wer in Gesellschaft aufgenommen oder von ihr gesucht wird aus jeglichem anderen Grund als ob seines Verdiensts und seiner Manieren, wird dort niemals geachtet, sondern lediglich benutzt. Wir wollen den-und-den zulassen, denn er singt ganz nett; wir wollen den-und-den zu einem Ball einladen, denn er ist ein guter Tänzer; wir werden den-und-den zum Abendessen bitten, denn er macht immer Scherze und lacht viel; wir werden einen anderen hinzubitten, weil er sich in allen Spielen auskennt oder weil er viel trinken kann. Dies alles sind schmähliche Auszeichnungen, sträfliche Vorzüge, und sie schließen jede Idee von Wertschätzung und Achtung aus. Wen auch immer man in Gesellschaft *haben will* (wie man es nennt) aufgrund einer einzigen Sache, der ist allein diese Sache und wird nie in einem anderen Licht betrachtet und folglich nie respektiert werden, was auch immer seine Verdienste sein mögen.

Diese Würde des Betragens, die ich Dir so

dringlich empfehle, ist von Stolz nicht nur so verschieden wie wahrer Mut vom Prahlen oder wahrer Scharfsinn vom Witzereißen, sondern damit absolut unvereinbar, denn nichts ist schmählicher und herabsetzender als Stolz. Die Ansprüche des Stolzen werden öfter mit Hohn und Verachtung als mit Entrüstung quittiert; wie wir einem Händler, der für seine Waren lächerlich viel verlangt, lächerlich wenig bieten, aber nicht mit einem feilschen, der einen gerechten und vernünftigen Preis verlangt.

Kriecherische Schmeichelei und unterschiedslose Zustimmung entwürdigen ebenso sehr, wie unterschiedsloser Widerspruch und lärmender Streit abstoßen. Aber bescheidenes Beharren auf der eigenen Meinung und gefällige Zustimmung zu der von anderen wahren die Würde.

Vulgäre, niedrige Ausdrücke, unbeholfene Bewegung und plumpes Betragen schmähen, da sie entweder einen sehr geringen Geist oder minderwertige Erziehung und Gesellschaft implizieren.

Leichtfertige Neugier auf Nebensächliches und beflissene Hingabe an Geringfügiges, das auch nur einen Moment des Nachdenkens weder verlangt noch verdient, erniedrigen einen Mann, den man deshalb (nicht zu Unrecht) für unfähig zu größeren Dingen hält. Kardinal de Retz erachtete Kardinal Chigi[1] ganz scharfsinnig als einen kleinen Geist, seit dieser ihm erzählte, er habe drei Jahre lang mit derselben Feder geschrieben, und sie sei immer noch ganz vortrefflich.

Ein gewisses Maß an äußerer Ernsthaftigkeit in Erscheinung und Bewegung verleiht Würde, ohne Witz und geziemende Lebhaftigkeit auszuschließen, die selbst immer seriös sind. Unentwegtes Grinsen und zappelnde Rastlosigkeit der Glieder sind klare Hinweise auf Bedeutungslosigkeit. Wer immer dahinhastet, der zeigt, dass die Sache, um die es geht, für ihn zu groß ist. Hast und Eile sind ganz verschiedene Dinge.

Ich habe nur einige der Eigenheiten erwähnt, die in den Augen der Welt Charaktere, die in anderer Hinsicht durchaus wertvoll sein mögen, erniedrigen und herabsetzen; ich habe jedoch jene nicht beachtet, die den moralischen Charakter betreffen und erniedrigen. Diese sind offensichtlich genug. Ein Mann, der sich geduldig hat treten lassen, darf ebenso viel Anspruch auf Mut erhe-

1 Fabio Chigi (1599–1667) wurde 1655 als Alexander VII. zum Papst gekrönt. Jean-François Paul de Gondi, Kardinal de Retz (1613–1679), frz. Politiker und Kirchenfürst, 1654 bis 1662 Erzbischof von Paris; in Bd. IV seiner *Memoiren* ist zu lesen (27), Chigi habe *zwei* Jahre mit derselben Feder geschrieben.

ben wie ein von Lastern und Verbrechen Entstellter auf Würde irgendeiner Art. Aber äußerer Anstand und würdiges Betragen werden selbst solch einen Mann länger vor der Erniedrigung bewahren, als ihm dies sonst geschähe; so wichtig ist das ΤΌ ΠΡΕΠΌΝ, sei es auch affektiert und aufgesetzt! Bitte lies häufig und äußerst aufmerksam – nein, lerne es, wenn Du kannst, auswendig – jenes unvergleichliche Kapitel in Ciceros *De Officiis* über das Τό Πρεπόν oder *Decorum*[1]. Es enthält alles, was für die Würde des Verhaltens nötig ist.

In meinem nächsten Brief werde ich Dir eine allgemeine Landkarte der Fürstenhöfe schicken, einer von Dir noch unerforschten Region, die Du jedoch eines Tages bewohnen wirst. Die Wege sind im Allgemeinen holprig und voller Biegungen, manchmal bestreut mit Blumen, manchmal versperrt von Gestrüpp; morscher Grund und tiefe Gruben liegen oft verborgen unter einer glatten und ansehnlichen Oberfläche; alle Pfade sind glitschig, und jedes Ausgleiten ist gefährlich. Verstand und kluges Abwägen müssen Dich begleiten, sobald Du erstmals aufbrichst; aber bis die Erfahrung Dein Führer ist, wirst Du trotzdem hin und wieder vom Weg abkommen oder stolpern.

---

1 Vgl. Brief vom 24. Juli 1739 und Anm. S. 6.

Lady Chesterfield hat eben Deinen deutschen Brief erhalten, für den sie Dir dankt; sie sagt, die Sprache sei ganz korrekt, und ich kann deutlich sehen, dass die Schrift gut ausgebildet ist, um nicht zu sagen: besser als Deine englische. Schreib weiter oft auf Deutsch, damit es Dir ganz vertraut wird. Adieu!

London, 21. August 1749 A.K.

Lieber Junge:

Dank des letzten Briefs von Mr. Harte vom 31. Juli, den ich erhielt, nehme ich an, Du bist jetzt entweder in Venedig oder Verona und hast Dich völlig erholt von Deiner jüngsten Erkrankung, die – wie ich von Tag zu Tag überzeugter bin – nichts mit Schwindsucht zu tun hatte; trotzdem *faites comme s'il y en avoit*[1] für einige Zeit, lebe gleichmäßig und achte auf Deine Brust.

Bald wirst Du Dich an Fürstenhöfen befinden, und wenn Dich dies auch nicht betrifft, können Dir doch Gedanken über und Beobachtung dessen, was Du dort siehst, nützlich sein, wenn Du später vielleicht selbst an Höfen zu tun hast. Nichts an Höfen ist ganz so, wie es zu sein scheint;

1 Frz. etwa: «Tun Sie, als ob es doch so wäre».

oft völlig andersartig, manchmal genau entgegengesetzt. Eigennutz, dort der wahre Quell von allem, schafft Freundschaften, wie er sie auflöst, bewirkt und versöhnt Feindschaften; oder, genauer, lässt weder wirkliche Freundschaften noch Feindschaften zu; da, wie Dryden zutreffend bemerkt, *Politiker weder lieben noch hassen*[1]. Dies ist so wahr, dass Du meinen magst, Du habest heute zwei Freunde gewonnen, und morgen gezwungen bist, zwischen ihnen als Feinden zu entscheiden; bewahre daher solch einen Grad an Zurückhaltung, dass Du Dich nicht in ihre Gewalt begibst, falls sie zu Deinen Feinden werden sollten, und solch einen Grad an Mäßigung Deinen Feinden gegenüber, dass Du es ihnen nicht unmöglich machst, zu Deinen Freunden zu werden.

Höfe sind ohne Zweifel Sitz von bestem Betragen und Wohlerzogenheit; wäre dies nicht so, wären sie Sitz von Gemetzel und Verwüstung. Jene, die einander jetzt anlächeln und umarmen, würden einander konfrontieren und erstechen, wenn nicht Manieren dazwischenträten; aber Ehrgeiz und Habgier, die beiden hauptsächlichen Leidenschaften bei Hofe, fanden Heuchelei wirk-

---

1 Aus dem satirischen Gedicht *Absalom and Achitophel* von John Dryden (1631–1700).

samer als Gewalt; und Heuchelei führte zu dieser gewohnheitsmäßigen Höflichkeit, die den Höfling vom Landedelmann unterscheidet. Im anderen Fall würde sich der stärkste Körper durchsetzen, in diesem tut es der stärkste Geist.

Ein Mann mit Talent und Durchsetzungskraft hat bei Hofe nicht jedem zu schmeicheln, doch muss er überaus sorgsam darauf bedacht sein, niemanden persönlich zu beleidigen, denn es steht in der Macht eines jeden, der ihm nicht nützen kann, ihm zu schaden. Homer erwähnt eine Kette, die Jupiter auf die Erde herablässt, um sich mit Sterblichen zu verbinden.[1] An allen Höfen gibt es eine Kette, die den Fürsten oder Minister mit dem Hintertreppen-Pagen oder der Kammerzofe verbindet. Des Königs Frau oder Mätresse hat Einfluss auf ihn; die Kammerzofe oder der *valet de chambre*[2] hat Einfluss auf beide, und so *ad infinitum*. Daher darfst Du kein Glied dieser Kette brechen, an der Du zum Fürsten emporzuklimmen hoffst.

Du musst Höfe meiden, willst Du nicht mit Schurken konspirieren und Narren ertragen. Ihre Anzahl macht sie wichtig. Mit beiden solltest Du ebenso wenig streiten wie Dich verbinden.

---

1 Vgl. Homer, *Ilias*, VIII, 25–32.
2 Frz. «Kammerdiener».

Was auch immer Du bei Hofe sagst oder tust, wird bekannt werden; darauf kannst Du Dich verlassen. Das Geschäft der meisten jener Leute, die sich beim *Lever* drängen und Vorzimmer bevölkern, ist es, alles zu wiederholen, was sie sehen oder hören, und eine ganze Menge, was sie weder sehen noch hören, je nachdem, wie sehr sie den betreffenden Personen zuneigen, oder je nach den Wünschen jener, denen sie ihre Aufwartung zu machen hoffen. Daher ist große Vorsicht nötig; und wenn Du große Vorsicht mit scheinbarem Freimut und Offenheit verbinden kannst, wirst Du vereinen, was Machiavelli schwer, aber nötig zu vereinen nennt: *volto sciolto e pensieri stretti*[1].

Frauen sind sehr oft in Hofintrigen verwickelt, doch verdienen sie eher Aufmerksamkeit denn Vertrauen; sich auf sie zu verlassen, ist ein arg prekärer Halt.

Ich werde in diesen Überlegungen angenehm unterbrochen durch einen Brief, den ich in diesem Augenblick von Baron Firmian[2] erhalten

---

1 Ital. «offenes Gesicht und verborgene Gedanken»; von Chesterfield fälschlicherweise Machiavelli zugeschrieben; siehe Anm. 1, S. 65.

2 Wahrscheinlich Karl Joseph Gotthard von Firmian (1716–1782), Kunstsammler und Politiker, später österreich. Generalgouverneur der Lombardei.

habe. Er enthält ein Loblied auf Dich samt äußerst nachdrücklicher Betonung, dass er Dir lediglich gerecht werde. Diesen vorteilhaften Bericht über Dich habe ich mit Vergnügen entgegengenommen und teile Dir dies ebenso mit. Wenn Du Lob verdienst, ist es vernünftig, Dich wissen zu lassen, dass es Dir zuteilwird, und ich habe keinen Zweifel daran, dass dies Dich ermuntern wird, es beharrlich weiterhin zu verdienen. Dies ist ein Absatz aus dem Brief des Barons. *«Ses mœurs dans un âge si tendre, réglées selon toutes les lois d'une morale exacte et sensée; son application* (dies ist etwas, das ich mag) *à tout ce qui s'appelle étude sérieuse, et Belles-Lettres, éloigné de l'ombre même d'un Faste Pédantesque, le rendent très digne de vos tendres soins; et j'ai l'honneur de vous assurer que chacun se louera beaucoup de son commerce aisé, et de son amitié: j'en ai profité avec plaisir ici et à Vienne, et je me crois très heureux de la permission, qu'il m'a accordée, de la continuer par la voie de lettres.»*[1] – Reputation wird, wie Gesundheit, durch

1 Frz. «Seine Sittsamkeit in so zarten Jahren, ausgerichtet an allen Gesetzen einer strikten und vernünftigen Moral; seine Hingabe an alles, was sich ernsthaftes Studium nennt, und an die Literatur, die weit entfernt auch nur vom Schatten einer schwulstigen Affektiertheit, machen ihn Ihrer liebevollen Obhut sehr würdig; und ich beehre mich, Ihnen zu versichern, dass jeder sich sehr preisen wird

dieselben Mittel bewahrt und gemehrt, durch die man sie erwirbt. Fahre fort darin, Lob zu erstreben und zu verdienen, so wirst Du es sicherlich finden. Wissen, von Manieren geziert, wird es unweigerlich bewirken. Bedenke, dass Du bis ans Ziel Deiner Reise nur noch eine kleine Wegstrecke zurückzulegen hast; werde deshalb um Gottes willen nicht langsamer in Deinem Fortschreiten: Noch eineinhalb Jahre solider Beflissenheit, so versichert mir Mr. Harte, werden sein Werk vollenden; und wenn seine Arbeit wohlgetan ist, wird Deine eigene danach leicht zu tun sein. *Les Manières et les Graces* sind keine unwesentlichen Teile dieser Arbeit, und ich bitte Dich, ihnen ebenso viel Aufmerksamkeit widmen zu wollen wie Deinen Büchern. Alles hängt von ihnen ab; *senza di noi ogni fatica è vana*[1]. Die unterschiedlichen Gesellschaften, in die Du Dich nun begibst, werden sie Dir verschaffen, wenn Du nur sorgfältig beobachtest und Dich nach dem Vorbild jener formst, die sie besitzen.

seines souveränen Umgangs und seiner Freundschaft; ich habe diese in Wien und hier mit Vergnügen genossen und schätze mich sehr glücklich ob der mir von ihm gewährten Erlaubnis, all dies auf brieflichem Wege fortzuführen.»

1 Ital. «Ohne uns ist alles Bemühen eitel», vgl. Brief vom 18. November 1748.

Adieu! Gott segne Dich! und mögest Du immer jene Zuneigung verdienen, mit der ich nun der Deine bin!

London, 12. September 1749 A. K.

Lieber Junge:

Es scheint außerordentlich, ist jedoch wahr, dass meine Sorge um Dich in dem Maße wächst, in dem ich über Dich von allen Seiten gute Berichte erhalte. Ich verspreche mir so viel von Dir, dass ich mich vor der geringsten Enttäuschung fürchte. Du bist nun dem Hafen so nah, in den Dich sicher zu bringen ich so lange gewünscht und gearbeitet habe, dass meine Betroffenheit verdoppelt wäre, solltest Du in seiner Sichtweite Schiffbruch erleiden. Das Ziel dieses Briefs ist daher (alle Autorität eines Vaters beiseitegelassen), Dich bei aller Zuneigung, die Du mir entgegenbringst (und sicher hast Du Grund genug für einige Zuneigung), und bei der Achtung, die Du für Dich selbst empfindest, als Freund zu beschwören, beflissen und mit Hingabe fortzufahren, um das Werk zu vollenden, das Du zuletzt so gut betrieben hast und das nun so kurz vor dem Abschluss steht. Meine Wünsche und meine Absicht waren es, Dich glänzen zu lassen, sodass Du Dich gleichermaßen in der gelehrten wie in der höfischen Welt auszeichnest. Dies ist nur wenigen gelungen. Tiefe Gelehrsamkeit ist für gewöhnlich von Pedanterie befleckt oder zumindest nicht von Manieren geziert; andererseits sind höfische Eleganz und Weltläufigkeit allzu oft nicht von Wissen gestützt und enden folglich verächtlich in der frivolen Zerstreuung von Salons und *ruelles*[1]. Du hast nun die trockenen, schwierigen Teile des Lernens überstanden; was noch bleibt, verlangt mehr Zeit denn Mühe. Durch Deine Krankheit hast Du Zeit verloren; diese musst Du jetzt oder nie wiedergewinnen. Ich wünsche daher sehr ernstlich um Deinetwillen, dass in den nächsten sechs Monaten wenigstens sechs Stunden jeden Morgen ununterbrochen und unverbrüchlich Deinen Studien bei Mr. Harte gewidmet seien. Ich weiß nicht, ob er so viel verlangen wird; ich weiß jedoch, dass ich es tue und hoffe, Du tust es ebenfalls und wirst folglich ihm gegenüber darauf dringen, Dir diese Zeit zu geben. Ich weiß, es ist viel, aber wenn ihr beide, Du und er, bedenkt, dass die Arbeit so viel besser und so viel

---

1 Frz. «Sträßchen», auch der freie Raum zwischen Bett und Schlafzimmerwand, wohl daher auch das als Empfangsraum für kleine Gesellschaften genutzte Schlafgemach vornehmer Damen.

eher getan sein wird durch solch beflissene und stetige Hingabe, dann wird keiner von euch dies für zu viel halten und jeder darin Genugtuung finden. So viel zu den Vormittagen, die dank Deiner eigenen Vernunft und Mr. Hartes Sympathie und Fürsorge auf diese Weise gut genutzt werden, da bin ich sicher. Es ist nicht nur vernünftig, sondern auch nützlich, dass Deine Abende der Zerstreuung und dem Vergnügen dienen; und deshalb erlaube ich nicht nur, sondern empfehle, sie auf Versammlungen, Bälle, *spectacles*[1] zu verwenden, und zwar in der besten Gesellschaft; mit einzig dieser Einschränkung, dass die Folgen abendlicher Vergnügungen keine Auswirkungen auf die vormittäglichen Studien haben dürfen, sei es durch Frühstücksempfänge, Besuche oder müßige Landpartien. In Deinem Alter brauchst Du Dich nicht zu schämen, wenn Du, sobald solche Vormittagsgesellschaften vorgeschlagen werden, darum bittest, man möge Dich entschuldigen, da Du verpflichtet seiest, Deine Vormittage Mr. Harte zu widmen; dass ich darauf bestünde, und dass Du dem nicht zuwiderzuhandeln wagtest. Lege dies alles mir zur Last, wenngleich ich davon überzeugt bin, dass es ebenso Deiner Neigung ent-

1 Jede Art von Schauspielen, Empfängen etc.

spricht wie der meinen. Mit diesen leichtfertigen, müßigen Leuten, die zu viel Zeit haben und gern sähen, dass auch andere die ihre verlören, lässt sich jedoch nicht vernünftig argumentieren. Tatsächlich wäre bereits der Versuch zu viel der Ehre für sie. Die kürzesten höflichen Antworten sind die besten – *ich kann nicht, ich darf nicht* statt *ich will nicht*; denn wenn Du Dich mit ihnen auf Debatten über die Notwendigkeit zu studieren und die Nützlichkeit von Kenntnissen einließest, gäbest Du ihnen nur Stoff für ihre albernen Scherze, die Dich zwar nicht bekümmern müssen, die Du aber auch nicht herausfordern solltest. Ich werde davon ausgehen, dass Du jeden Morgen sechs Stunden ohne Unterbrechung bei Mr. Harte studierst und Deine Abende mit der besten Gesellschaft Roms verbringst, ihre Manieren beobachtest und Deine eigenen bildest; und ich gehe davon aus, dass es dort eine Menge müßiger, streunender, ungebildeter Engländer gibt, wie dies gewöhnlich der Fall ist, die ausschließlich in der eigenen Gesellschaft leben, essen, trinken und in ihren Behausungen bis in die Nacht herumsitzen, gewöhnlich in Tumult und Streitereien, wenn betrunken, und nie in guter Gesellschaft, wenn nüchtern. Ich will einen dieser netten Burschen nehmen und Dir den Dialog wiedergeben zwischen ihm und Dir, so wie er, nehme ich wohl an, auf seiner Seite lauten mag, und so, wie er, hoffe ich, auf Deiner Seite ist:

Engländer: Mögen Sie morgen zu mir zum Frühstück kommen? Es werden noch vier oder fünf unserer Landsleute dabei sein. Wir haben *chaises*[1] besorgt und werden nach dem Frühstück irgendwohin aufs Land fahren.

Stanhope: Es tut mir sehr leid; ich kann nicht, ich muss den ganzen Vormittag zu Hause sein.

Engländer: Na, dann kommen wir und frühstücken bei Ihnen.

Stanhope: Das geht auch nicht; ich bin beschäftigt.

Engländer: Also, dann sagen wir übermorgen.

Stanhope: Um die Wahrheit zu sagen, geht es vormittags an keinem Tag; vor zwölf Uhr gehe ich nämlich weder aus noch empfange ich jemanden zu Hause.

Engländer: Und was zum Teufel fangen Sie bis zwölf Uhr mit sich allein an?

Stanhope: Ich bin nicht allein, sondern mit Mr. Harte zusammen.

Engländer: Was zum Teufel machen Sie mit ihm?

Stanhope: Wir studieren verschiedene Fächer; wir lesen, wir unterhalten uns.

---

1 Frz. «leichte Kutschen», auch «Sänften».

Engländer: Bestimmt höchst amüsant, wirklich! Wollen Sie etwa in den geistlichen Stand treten?

Stanhope: Nur in den geistigen, gemäß den Anweisungen meines Vaters, denen ich zu folgen habe.

Engländer: Warum hast du[1] denn nicht mehr Schneid, als einem alten Burschen zu gehorchen, der tausend Meilen weit weg ist?

Stanhope: Wenn ich mich nicht um seine Anweisungen kümmere, kümmert er sich nicht um meinen Wechsel.

Engländer: Was denn? Droht der alte Sturkopf etwa? Bedrohte leben lang; kümmern Sie sich nicht um Drohungen.

Stanhope: Nein, ich kann nicht behaupten, er hätte mir im Leben je gedroht; ich glaube aber, ich sollte ihn lieber nicht reizen.

Engländer: Bah! Sie würden doch nur einen verärgerten Brief von dem alten Knaben bekommen, das wäre doch schon alles.

Stanhope: Da schätzen Sie ihn aber sehr falsch ein; er tut immer mehr, als er sagt. Er ist noch nie im Leben verärgert über mich gewesen, soweit ich mich erinnere; aber wenn ich ihn reizen

1 Im Original Wechsel zwischen *you* und *thou.*

sollte, würde er mir bestimmt nie vergeben; er wäre ganz kühl und nicht zu bewegen, da könnte ich vergebens bitten und beten und mir das Herz aus dem Leibe schreiben.

Engländer: Also, dann ist er ein schräger Vogel, mehr kann ich dazu nicht sagen; und müssen Sie etwa Ihrem Kinderhüter auch gehorchen, diesem – wie heißt er noch – Mr. Harte?

Stanhope: Ja.

Engländer: Also stopft er Sie den ganzen Vormittag voll mit Griechisch und Latein und Logik und all dem Zeug. Himmel, ich habe auch so einen Kinderhüter, aber mit dem habe ich mein Lebtag noch nie in ein Buch geschaut; diese Woche habe ich nicht einmal sein Gesicht gesehen, und es ist mir völlig gleichgültig, ob ich es je wieder sehe.

Stanhope: Mein Kinderhüter verlangt von mir nie etwas, das unvernünftig oder nicht gut für mich wäre; und deshalb bin ich gern mit ihm zusammen.

Engländer: Sehr formvollendet und erbaulich, auf mein Wort! Wenn Sie so weitermachen, wird man Sie für einen überaus braven jungen Mann halten.

Stanhope: Das wird mir wohl kaum schaden.

Engländer: Mögen Sie denn morgen Abend zu uns

kommen? Mit Ihnen wären wir zehn; ich habe einige ausgezeichnete Weine, und es wird ganz munter zugehen.

Stanhope: Ich danke Ihnen sehr für die Einladung, aber morgen bin ich schon den ganzen Abend vergeben; zuerst bei Kardinal Albani, und danach zum Abendessen bei der venezianischen Botschafterin[1].

Engländer: Wie zum Teufel können Sie es immer bei diesen Ausländern aushalten? Ich gehe da nie hin, mit all ihren Formalitäten und ihrem Zeremoniell. Ich fühle mich in ihrer Gesellschaft nie wohl, und ich weiß nicht warum, aber ich bin da immer verlegen.

Stanhope: Ich bin weder verlegen noch verängstigt; ich fühle mich sehr wohl bei ihnen; sie sind ganz freundlich zu mir; ich verstehe die Sprache und lerne ihr Wesen kennen, indem ich mich mit ihnen unterhalte, und dazu sind wir doch überhaupt ins Ausland geschickt worden, nicht wahr?

Engländer: Was ich besonders hasse, ist die Gesellschaft dieser anständigen Frauen. Frauen von

---

1 Kardinal Alessandro Albani (1692–1779); Botschafterin: Gattin des venezian. Botschafters, damals (1748–1750) Francesco Foscari.

Welt, wie man so sagt. Ich für meinen Teil weiß nicht, was ich ihnen sagen soll.

Stanhope: Haben Sie sich je mit ihnen unterhalten?

Engländer: Nein, ich habe mich nie mit ihnen unterhalten, war aber hin und wieder in ihrer Gesellschaft, allerdings sehr gegen meinen Willen.

Stanhope: Aber immerhin haben sie Ihnen nie geschadet, was vermutlich mehr ist, als Sie über die Frauen sagen können, mit denen Sie sich unterhalten.

Engländer: Ich gebe zu, das stimmt; aber trotz allem verbrächte ich lieber das halbe Jahr in Gesellschaft meines Arztes als das ganze mit Ihren Frauen von Welt.

Stanhope: Die Geschmäcker sind verschieden, wissen Sie, und jeder gehorcht seinem eigenen.

Engländer: Das stimmt, aber deiner ist verteufelt komisch, Stanhope. Den ganzen Vormittag mit deinem Kinderhüter, den ganzen Abend in feiner förmlicher Gesellschaft, und den ganzen Tag lang in Angst vor dem alten Daddy in England. Du bist ein komischer Bursche, und ich fürchte, mit dir ist nichts anzufangen.

Stanhope: Das fürchte ich auch.

Engländer: Nun denn; ich wünsche Ihnen eine gute Nacht; ich hoffe, Sie haben nichts dagegen, dass ich mich heute Abend betrinke, was ich bestimmt tun werde.

Stanhope: Nicht das Geringste, und auch nichts dagegen, dass Ihnen morgen früh schlecht sein wird, was bestimmt der Fall ist; also auch Ihnen gute Nacht.

Du wirst bemerken, dass ich Dir nicht jene guten Argumente in den Mund gelegt habe, die Dir bei solch einer Gelegenheit sicherlich einfallen würden, wie Ziemlichkeit und Zuneigung mir gegenüber, Achtung und Freundschaft für Mr. Harte, Respekt vor Deinem eigenen moralischen Wesen und besonders gegenüber den jeweiligen Verpflichtungen als Mann, Sohn, Schüler und Staatsbürger. Derlei solide Argumente wären an solch oberflächliche Schnösel vergeudet. Überlasse sie ihrer Ignoranz und ihren schmutzigen, schändlichen Lastern. Sie werden deren Auswirkungen deutlich spüren, wenn es zu spät ist. Sollten sie ohne die behagliche Zuflucht der Bildung und mit allem Siechtum und Schmerz eines ruinierten Magens und eines morschen Kadavers zufällig doch alt werden, wird es ein unersprießliches und schmachvolles Alter sein. Der Hohn, mit dem solche Kerle jene zu überziehen suchen, die nicht sind wie sie, ist nach Meinung aller Vernünftigen das wahrhaftigste Loblied. Geh also, mein liebes Kind, weiter auf diesem Deinem Weg, nur noch eineinhalb Jahre; das ist alles, was ich von Dir verlange. Ich verspreche Dir, dass Du danach Dein eigener Herr sein wirst und dass ich dann keinen anderen Titel beanspruchen werde als den Deines besten und wahrsten Freundes. Du wirst von mir einen Rat erhalten, aber keine Befehle, und wahrlich wirst Du keinen anderen Rat brauchen als jenen, den Alter und mangelnde Erfahrung zwangsläufig benötigen. Sicherlich wird es Dir an nichts fehlen, was angemessen ist, nicht nur für Dein Leben, sondern auch für Deine Vergnügungen, die, wie ich wünsche, immer gewährleistet seien. Du wirst verstehen, dass ich die Vergnügen *d'un honnête homme*[1] meine.

Während Du Italienisch lernst, was Du, wie ich hoffe, mit Sorgfalt tust, sieh bitte zu, dass Du Dein Deutsch perfektionierst; Du wirst vielleicht oft Gelegenheit haben, es zu sprechen. Ich möchte ebenfalls, dass Du Deine Kenntnisse des *Ius Publicum Imperii*[2] ausbaust, indem Du hin und wieder jene unschätzbaren Manuskripte durchsiehst, die

1 Frz. «eines ehrbaren Mannes».
2 Lat. «Öffentliches Recht des Imperiums», d. h. Römisches Recht.

Du, wie mir Sir Charles Williams[1] versicherte, der vorige Woche hier eintraf, zu diesem Thema angefertigt hast. Dies wird Dir von großem Nutzen sein, sobald Du mit auswärtigen Beziehungen befasst bist, was Du (wenn Du Dich dafür qualifizierst) in jüngerem Alter sein wirst als je ein anderer: Ich meine, bevor Du zwanzig bist. Sir Charles sagt, er verbürge sich für Deine Kenntnisse und glaube, Du werdest jene Geschicklichkeit und Grazien erlangen, die so nötig sind, um dem Wissen seinen vollen Glanz und Wert zu geben. Er bekennt jedoch, dass er eher am Letzteren denn am Ersteren zweifelt. Die Gerechtigkeit, die er Mr. Harte in seinen Lobpreisungen angedeihen lässt, erfüllt mich mit der Hoffnung, dass auch in seinem Lob für Dich viel Wahrheit stecken möge. Bist Du erfreut über und stolz auf den Ruf, den Du nun schon errungen hast? Gewiss bist Du es, denn ich bin sicher, dass ich es bin. Würdest Du etwas tun, ihn zu vermindern oder zu verlieren? Sicher würdest Du das nicht. Und wirst Du nicht alles Dir Mögliche tun, um ihn zu verbreiten und zu mehren? Das würdest Du sicherlich. Du musst ja nur noch eineinhalb Jahre so weitermachen wie

---

1 Brit. Diplomat (1708–1759), damals Gesandter in Sachsen.

in den gerade vergangenen zwei Jahren, und Du musst Dich nur noch den halben Tag befleißigen, dann kannst Du sicher sein, früher als je ein anderer Mann zu Ansehen und Vermögen in der Welt zu gelangen. Adieu.

London, 9. Oktober 1749 A.K.

Lieber Junge:

Wenn Dich dieser Brief überhaupt erreicht, was ich sehr bezweifle, so wird er Dich wohl in Venedig finden, während Du Deine Reise nach Rom vorbereitest. In meinem letzten Brief an Mr. Harte hatte ich Dir geraten, an der Adriaküste entlangzureisen, durch Rimini, Loretto, Ancona etc. – Orte, die allesamt einen Besuch, aber kein langes Verweilen wert sind. So beurteile ich alle Stätten, an denen allein die Augen beschäftigt werden. Überbleibsel aus der Antike, öffentliche Gebäude, Gemälde, Skulpturen etc. sollte man betrachten, und zwar mit dem gebührenden Maß an Aufmerksamkeit; aber das ist schnell getan, denn sie sind lediglich Äußerliches. Das ist anders bei wichtigeren Dingen, deren Inneres man sehen muss, und diese verlangen und verdienen viel mehr Aufmerksamkeit. Die Charaktere, die Köpfe und die Herzen der Menschen sind Objekte jener nützlichen Wissenschaft, als deren vollkommenen Meister ich Dich gern sähe. Diese Wissenschaft wird am besten gelehrt und gelernt in Hauptstädten, wo jede menschliche Leidenschaft ihr Ziel findet und all ihre Kraft oder Kunst hierzu ausübt. Ich glaube, es gibt auf der Welt keinen Ort, an dem jede Leidenschaft tätiger ist, in mehr Gestalten erscheint und mit größerer Kunstfertigkeit betrieben wird als in Rom. Wenn Du dort bist, meine daher nicht, Kapitol, Vatikan und Pantheon seien die hauptsächlichen Objekte Deiner Wissbegierde; hingegen solltest Du für eine Minute, die Du diesen widmest, zehn Tage darauf verwenden, Dich zu informieren über die Art dieser Regierung, Aufstieg und Niedergang der Macht des Papsttums, die Politik des Hofes, die *brigues*[1] der Kardinäle, die Tücken der Konklaven und ganz allgemein alles, was mit dem Inneren dieser außergewöhnlichen Regierung zusammenhängt, die sich ursprünglich auf Unwissen und Aberglaube der Menschheit gründete, sich ausbreitete durch die Schwäche einiger Fürsten und den Ehrgeiz anderer, in jüngerer Zeit in dem Maße abnahm, in dem das Wissen wuchs, und die ihre derzeitige heikle Sicherheit nicht

1 Frz. «Intrigen», «Ränke».

der Religion, Zuneigung oder Furcht der weltlichen Mächte verdankt, sondern deren gegenseitiger Eifersucht. Die Exkommunikation durch den Papst wird nicht länger gefürchtet, sein Ablass kaum verlangt und billig verkauft, und seine Territorien, die keine der Mächte erschrecken, werden von vielen begehrt und ganz ohne Zweifel binnen eines Jahrhunderts unter den Großmächten aufgeteilt sein, die jetzt einen Fuß in Italien haben, sobald sie sich einigen können, wie das Fell des Bären zu zerteilen ist. Bitte informiere Dich gründlich über die Geschichte der Päpste und des Papsttums, die über viele Jahrhunderte mit der Geschichte von ganz Europa verwoben ist. Lies die besten Autoren, die diese Themen behandeln, und vor allem *Fra Paolo, De Beneficiis*[1], ein kurzes, aber inhaltsreiches Buch. In Rom wirst Du Vertreter aller religiösen Orden der Christenheit finden. Informiere Dich sorgfältig über ihre Ursprünge, ihre Gründer, ihre Regeln, ihre

---

1 Paolo (urspr. Pietro) Sarpi (1552–1623), ital. Geistlicher und Historiker, verfasste eine äußerst kritische Geschichte des Konzils von Trient, war mit Galilei befreundet, wandte sich gegen päpstlichen Absolutismus und weltlichen Herrschaftsanspruch; sein *Trattato della materia beneficiaria* (1610) behandelte kirchliche Reichtümer, Güter, Pfründen und Vorrechte.

Reformen und auch ihre Gewänder; mache Dich vertraut mit Vertretern von all diesen, aber vor allem mit den Jesuiten, deren Societas ich für die fähigste und am besten geleitete Gesellschaft auf der Welt halte. Mach Dich bekannt, wenn Du kannst, mit ihrem General, der immer in Rom residiert und der zwar keine sichtbare Gewalt außerhalb seiner Societas hat, aber (vielleicht) mehr wirklichen Einfluss auf die ganze Welt als jeder weltliche Fürst. Sie haben beinahe die ganze Erziehung der Jugend an sich gezogen, sie sind allgemein Beichtväter der meisten Fürsten innerhalb Europas und die wichtigsten Missionare außerhalb; welche drei Aspekte ihnen einen überaus weitreichenden Einfluss und gewichtige Vorteile verschaffen; bedenke nur ihre Niederlassungen in Paraguay[1]. Generell wettern die Katholiken gegen diese Gesellschaft, und doch werden alle von deren Angehörigen beherrscht. Sie sind nach und nach aus fast allen Ländern

---

1 Von etwa 1600 bis 1767 betrieben die Jesuiten in Teilen Südamerikas Missionssiedlungen («Reduktionen»), vor allem in Paraguay, wo die einheimischen Guaraní nicht versklavt, sondern unter weitgehender Achtung ihrer Gebräuche bekehrt, unterrichtet und ausgebildet wurden. 1767 wurden die Jesuiten aus Südamerika vertrieben, was das «heilige Experiment» beendete.

Europas schmählich verbannt worden und haben immer Wege zu sogar triumphaler Restauration gefunden. Kurz gesagt, ich weiß von keiner Regierung auf der Welt, die mit solch tiefgründigen Prinzipien der Politik geführt wird; ich will nicht von Moral reden. Sprich mit ihnen, suche sie auf, mache ihnen den Hof; aber erkenne sie.

Informiere Dich auch über diesen höllischen Gerichtshof, die Inquisition; sie ist zwar in Rom nicht so wichtig wie in Spanien und Portugal, wird Dir aber ein gutes Beispiel dessen sein, was die Niedertracht einiger Leute ersinnen, die Dummheit anderer hinnehmen kann und beide zusammen errichten können, trotz der natürlichen ersten Prinzipien von Vernunft, Gerechtigkeit und Billigkeit.

Dies sind die geziemenden und nützlichen Objekte der Aufmerksamkeit eines Mannes von Verstand, wenn er reist; und dies sind die Ziele, derentwegen ich Dich ins Ausland geschickt habe; und ich hoffe, Du wirst mit gründlichen Kenntnissen über sie heimkehren.

In diesem Augenblick erhalte ich Mr. Hartes Brief vom 1. Oktober, habe aber nie seinen vorigen bekommen, auf den er in diesem verweist, wie Du in Deinem letzten; darin habe er mir die Gründe genannt, aus denen Du Verona so früh verlassen hast. Ich habe auch nie den Brief erhalten, in dem Dein Arzt über Dich befand. Briefe an mich und von mir haben weniger Glück als bei anderen Leuten; denn Du hast mir geschrieben und ich Dir, in den letzten drei Monaten via Deutschland, mit so wenig Erfolg wie zuvor.

Ich bin erbaut von der Beflissenheit Deiner Vormittage und der Galanterie Deiner Abende in Venedig, über die mir Mr. Harte berichtet. Fahre dort bitte mit beidem fort und danach auch in Rom; wenn Du Anfang Dezember schon ankommst, kannst Du in Venedig so viel länger bleiben, wie es Dir beliebt.

Richte bitte selber James Gray und Mr. Smith[1] meine Komplimente aus und meine Dankbarkeit für das große Entgegenkommen, dass sie Dir bezeugen.

Ich habe an Mr. Harte mit der letzten Post am 6. Oktober geschrieben und werde ihm mit der nächsten oder übernächsten zum Inhalt seines letzten Briefs schreiben. Adieu. *Point de distractions*[2], und gedenke der *Grazien.*

---

1 Sir James Gray (1708–1773), war zu dieser Zeit Vertreter der brit. Regierung, Joseph Smith (1682–1770), brit. Konsul in Venedig.

2 Frz. «keinerlei Ablenkungen».

London, 3. November 1749 A. K.

Lieber Junge:

Seit der Zeit, da Du auf die Welt gekommen bist, ist es mein vordringliches und liebstes Ziel gewesen, Dich so vollkommen zu machen, wie es die Unvollkommenheit der Natur des Menschen nur erlaubt; dies im Blick, habe ich bei Deiner Erziehung weder Mühen noch Kosten gescheut, da ich überzeugt bin, dass Erziehung, mehr denn Natur, der Grund für die großen Unterschiede ist, die man in den Charakteren von Menschen sieht. Als Du noch ein Kind warst, habe ich versucht, Dein Herz an Tugend und Ehre zu gewöhnen, ehe Dein Verstand fähig war, Dir ihre Schönheit und Nützlichkeit zu zeigen. Diese Prinzipien, deren Kenntnisse Du Dir damals erwarbst wie die der grammatikalischen Regeln – diese allerdings durch Auswendiglernen –, sind nun durch den Verstand gefestigt und bestärkt, wie ich überzeugt bin. Und sie sind ja auch so deutlich und klar, dass sie nur ein geringes Maß an Verstehen verlangen, um begriffen oder praktiziert zu werden.

Lord Shaftesbury[1] sagt sehr schön, er wolle um

1 Vgl. Brief vom 29. Oktober 1748 und Anm. 1, S. 80.

seiner selbst willen tugendhaft sein, auch wenn niemand es wüsste, wie er um seiner selbst willen reinlich sein wolle, auch wenn niemand ihn sähe. Ich habe Dir deshalb, seit Du Deinen Verstand nutzen konntest, nie etwas über diese Themen geschrieben: Sie sprechen am besten für sich selbst, und ich dächte heute ebenso wenig daran, Dich ernsthaft davor zu warnen, in Schmutz oder Feuer zu fallen wie in Ehrlosigkeit oder Laster. Dieses mein Ziel erachte ich als völlig erreicht. Mein nächstes Anliegen war gründliches, nützliches Lernen. Zuerst meine eigenen Bemühungen, danach die von Mr. Harte und *jüngst* (zu Deinem Lob will ich das einräumen) Deine eigene Beflissenheit haben meine Erwartungen hierin mehr als nur erfüllt und werden sogar meine Wünsche erfüllen, wie ich mit gutem Grund annehme. Alles, was mir dann noch zu wünschen, zu empfehlen, zu betonen, zu befehlen und darauf zu beharren bleibt, ist Wohlerzogenheit, ohne die all Deine anderen Vorzüge schal, schmucklos und in einem gewissen Maße unergiebig sein werden. Und hier fürchte ich – und habe zu viel Grund zu glauben –, dass Du darin große Mängel aufweist. Der Rest dieses Briefs soll daher (und es wird bei Weitem nicht der letzte sein) dieses Thema behandeln.

Ein Freund von Dir und mir hat Wohlerzogenheit treffend definiert als *das Ergebnis von viel gesunder Vernunft, einiger Gutmütigkeit und ein wenig Selbstverleugnung um anderer Menschen willen, dies verbunden mit dem Ziel, von ihnen die gleiche Großherzigkeit zu erfahren.* Indem ich dies voraussetze (da ich es für unstrittig halte), finde ich es erstaunlich, dass einer, der Vernunft und Gutmütigkeit besitzt (und ich glaube, Du hast beides), in puncto Wohlerzogenheit wesentliche Mängel haben kann. Was die Ausprägungen angeht, gibt es verschiedene, abhängig von Personen, Orten und Umständen; sie lassen sich nur durch Beobachtung und Erfahrung gewinnen, ihre Substanz ist jedoch überall und immer dieselbe. Gute Manieren sind in bestimmten Gesellschaften, was gute Sitten der Gesellschaft allgemein bedeuten: ihr Mörtel und ihr Unterpfand. Und wie Gesetze angewendet werden, um gute Sitten zu erzwingen oder wenigstens die schlimmen Auswirkungen schlechter Sitten zu verhindern, gibt es gewisse Regeln der Höflichkeit, allgemein vorausgesetzt und gebilligt, um gute Manieren durchzusetzen und schlechte zu ahnden. Und eigentlich scheint es mir zwischen den Verbrechen und Bestrafungen weniger Unterschiede zu geben, als man zunächst annehmen könnte. Der Sittenlose, der in eines anderen Eigentum eindringt, wird dafür mit Recht gehängt; und der Unerzogene, der durch seine üblen Manieren Ruhe und Behaglichkeit des privaten Lebens stört und verletzt, wird durch allgemeine Übereinkunft ebenso mit Recht aus der Gesellschaft verbannt. Gegenseitige Gefälligkeiten, Aufmerksamkeiten und der Verzicht auf kleine Annehmlichkeiten werden unter kultivierten Menschen ebenso selbstverständlich vorausgesetzt wie Schutz und Gehorsam zwischen Königen und Untertanen: Wer in beiden Fällen diesen stillschweigenden Pakt verletzt, verliert mit Recht alle sich daraus ergebenden Vorteile. Was mich betrifft, so glaube ich wirklich, nächst dem Bewusstsein, eine gute Tat zu tun, ist das einer kultivierten Tat das erfreulichste, und das Beiwort, das ich neben dem von Aristeides[1] am meisten begehren würde, wäre wohlerzogen. So viel zu Wohlerzogenheit allgemein; ich will nun einige ihrer verschiedenen Formen und Abstufungen erörtern.

Sehr wenigen – eigentlich kaum jemandem – fehlt der Respekt, den sie jenen bezeugen sollten, die sie selbst für ihnen unendlich weit überlegen

---

1 Athenischer Staatsmann (um 550–467 v. Chr.), hatte den Beinamen «der Gerechte».

halten, etwa gekrönte Häupter, Fürsten und Personen, die ausgezeichnete und hervorragende öffentliche Posten bekleiden. Unterschiede gibt es in der Art, diesen Respekt zu zeigen. Der elegante Mann von Welt entbietet ihn vollkommen, aber natürlich, leicht und ohne Befangenheit, wogegen einer, der nicht an gute Gesellschaft gewöhnt ist, ihn linkisch ausdrückt; man sieht, dass er es nicht gewöhnt ist und dass es ihm viel abverlangt; aber nie habe ich gesehen, wie auch der schlechtest erzogene Mann sich in einer Gesellschaft, die er respektierte, solcher Ungebührlichkeiten schuldig machte wie Herumlungern, Pfeifen, Kopfkratzen und derlei. In solchen Gesellschaften gilt es daher allein, den Respekt, den jeder bezeugen will, leicht, ohne Verlegenheit und mit Anmut zu bekunden. Das ist es, was Beobachtung und Erfahrung Dich lehren müssen.

In gemischten Gesellschaften gilt jeder, der dort aufgenommen wird, zumindest vorläufig als den Übrigen gleichrangig, und da es kein überragendes Objekt von Ehrfurcht und Respekt gibt, neigen die Leute dazu, sich in ihrem Benehmen größere Freiheiten herauszunehmen und weniger auf der Hut zu sein; dies ist auch durchaus zulässig, solange es innerhalb gewisser Grenzen geschieht, die auf keinen Fall überschritten werden dürfen. Bei diesen Gelegenheiten hat zwar keiner einen Anspruch auf besondere Zeichen von Respekt, aber jeder verlangt, und dies mit Recht, alle Anzeichen von Höflichkeit und Wohlerzogenheit. Ungezwungenheit ist erlaubt, aber Achtlosigkeit und Nachlässigkeit sind streng verboten. Wenn einer Dir gegenübertritt und Dich sei es auch noch so dumm oder frivol anredet, wäre es ärger als grob, es wäre brutal, ihm durch demonstrative Achtlosigkeit gegenüber dem, was er sagt, zu zeigen, dass Du ihn für einen Narren oder Dummkopf und des Zuhörens nicht wert hältst. Noch mehr gilt dies Frauen gegenüber, die, gleich welchen Ranges, in Anbetracht ihres Geschlechts Anspruch nicht nur auf Aufmerksamkeit, sondern auf beflissene Wohlerzogenheit von Männern haben. Ihre kleinen Wünsche, Vorlieben, Abneigungen, Vorzüge, Antipathien, Einfälle, Schrullen und sogar Frechheiten sind von einem wohlerzogenen Mann demonstrativ zu achten, mit Schmeichelei zu beantworten und, wenn möglich, schon vorher zu erraten.

Du darfst nie jene Annehmlichkeiten und *agrémens*[1] für Dich beanspruchen, die der Allgemeinheit zustehen, wie etwa die besten Plätze,

---

1 Frz. «Vergnügen».

die besten Gerichte etc., sondern musst diese im Gegenteil immer ablehnen und anderen anbieten, die sie ihrerseits Dir anbieten werden, sodass Du insgesamt Deinerseits Deinen Anteil am Gemeingut genießen wirst. Ich will nun nicht endlos alle Einzelfälle aufzählen, in denen ein wohlerzogener Mann seine Wohlerzogenheit in guter Gesellschaft zeigt, und es wäre Dir gegenüber beleidigend anzunehmen, Deine Vernunft würde sie Dir nicht aufzeigen; und später wird Deine Gutmütigkeit die Praxis empfehlen und Dein eigenes Interesse sie durchsetzen.

Es gibt eine dritte Art von Wohlerzogenheit; hierbei neigen die Menschen am meisten zum Versagen, aus der irrigen Annahme heraus, dass sie dort gar nicht versagen könnten. Ich meine die Beziehung zu den vertrautesten Freunden und Bekannten oder zu denen, die eigentlich unter uns stehen; und dort ist ohne Zweifel ein größeres Maß an Lockerheit nicht nur erlaubt, sondern angebracht und trägt viel zur Behaglichkeit des privaten Gesellschaftslebens bei. Aber auch diese Lockerheit und Freiheit haben ihre Grenzen, die keinesfalls überschritten werden dürfen. Ein gewisser Grad an Nachlässigkeit und Achtlosigkeit wird anstößig und verletzend ob der tatsächlichen oder vermeintlichen Unterlegenheit der Personen; und diese ersprießliche Freimütigkeit des Gesprächs zwischen wenigen Freunden wird leicht zerstört, wie es der Freiheit oft erging, wenn sie bis zur Zügellosigkeit getrieben wurde. Aber Beispiele können derlei am besten erklären, und ich will ein anschauliches vorbringen. Angenommen, Du und ich wären allein zusammen; ich glaube, Du wirst einräumen, dass ich ein ebenso gutes Recht auf unbeschränkte Freiheit in Deiner Gesellschaft habe wie Du oder ich überhaupt in jeder anderen; und ich neige auch zu dem Glauben, dass Du mir diese Freiheit so weit zubilligen würdest wie irgendeiner sonst. Aber magst Du Dir trotzdem vorstellen, ich nähme etwa an, es gäbe keine Grenzen für diese Freiheit? Ich versichere Dir, ich würde dies nicht meinen, und ich halte mich für Dir gegenüber ebenso an ein gewisses Maß guter Manieren gebunden wie in anderem Maß gegenüber anderen. Wollte ich Dir etwa durch offenkundige Unaufmerksamkeit für das, was Du mir sagtest, zeigen, dass ich die ganze Zeit an etwas anderes denke, wollte ich in Deiner Gesellschaft hemmungslos gähnen, schnarchen oder Wind lassen, so befände ich, dass ich mich Dir gegenüber wie ein Vieh benähme, und ich würde nicht erwarten, dass Du Wert auf weiteren Umgang mit mir legtest. Nein. Die vertrautesten und intimsten Gepflogenheiten, Verbindungen und Freundschaften verlangen ein gewisses Maß an Wohlerzogenheit, um sie zu bewahren und zu festigen. Wenn je ein Mann und seine Frau oder ein Mann und seine Mätresse, die ebenso Nächte wie Tage miteinander verbringen, alle Wohlerzogenheit außer Acht ließen, würde ihre Intimität bald zu grober Vertraulichkeit verkommen und unweigerlich Verachtung oder Abscheu erzeugen. Auch die Besten von uns haben ihre schlechten Seiten, und sie vorzuführen, ist ebenso unklug wie ungezogen. Ich werde Dir gegenüber sicher kein Zeremoniell veranstalten, das wäre unter uns unangebracht; ich werde Dir gegenüber jedoch bestimmt jenes Maß an Wohlerzogenheit an den Tag legen, das vor allem anständig und ohne Zweifel erforderlich ist, um die Gesellschaft des anderen lange zu schätzen.

Ich will nun nichts mehr über dieses wichtige Thema der Wohlerzogenheit sagen, bei dem ich für einen einzelnen Brief vielleicht schon zu lange verweilt habe und zu dem ich später häufig Dein Gedächtnis auffrischen werde; ich will aber mit diesen Axiomen schließen:

Dass die gründlichste Bildung ohne Wohlerzogenheit unwillkommen und lästige Pedanterie ist und überall unnütz, außer in eines Mannes Abgeschiedenheit – und folglich kaum oder gar nicht nützlich.

Dass ein Mann, der nicht vollkommen wohlerzogen ist, nicht für gute Gesellschaft taugt und dort unwillkommen ist, diese folglich bald geringschätzen und dann auf sie verzichten und auf Einsamkeit oder (was schlimmer ist) niedrige und schlechte Gesellschaft beschränkt sein wird.

Dass ein Mann, der nicht wohlerzogen ist, für das Geschäftsleben ebenso wenig taugt wie für Gesellschaft.

Mache also, mein liebes Kind, ich beschwöre Dich, Wohlerzogenheit zum großen Thema Deiner Gedanken und Handlungen – wenigstens den halben Tag. Beobachte sorgsam Benehmen und Manieren jener, die sich durch ihre Wohlerzogenheit auszeichnen; imitiere – nein, suche zu übertreffen, dass Du sie wenigstens erreichen mögest, und sei überzeugt, dass Wohlerzogenheit für alle weltlichen Vorzüge das ist, was Nächstenliebe allen christlichen Tugenden ist. Beobachte, wie sie das Verdienst ziert und wie oft sie dessen Mangel verdeckt. Mögest Du sie zur Zierde und nicht zum Verhehlen tragen! Adieu.

[ohne Ort und Datum,
wohl London, Dezember 1749]

Lieber Junge:

Große Talente und große Tugenden (falls Du sie besitzen solltest) werden Dir die Achtung und Bewunderung der Menschheit eintragen; es sind jedoch die minderen Tugenden, die *leniores virtutes*[1], die Dir ihre Liebe und Zuneigung einbringen müssen. Erstere ohne Hilfe und Zier durch Letztere werden anderen Lob für Dich abnötigen, aber zugleich sowohl Furcht als auch Neid hervorrufen: zwei mit Liebe und Zuneigung gänzlich unvereinbare Empfindungen.

Caesar besaß alle großen Laster und Cato alle großen Tugenden, die Männer haben können. Aber Caesar hatte die Cato[2] fehlenden *leniores virtutes*, die ihn selbst bei seinen Gegnern beliebt machten und ihm wider besseres Wissen die Herzen der Menschen gewannen; wogegen Cato nicht einmal bei seinen Freunden beliebt war, ungeachtet der Wertschätzung und Achtung,

---

1 Lat. «die sanfteren/milderen Tugenden».

2 Marcus Porcius Cato (95–46 v. Chr.), konservativer Politiker in der Endzeit der römischen Republik, verfocht altrömische Ideale, Gegner Caesars.

die sie seinen Tugenden schwerlich vorenthalten konnten; und ich neige zu der Annahme, wenn Caesar dieser *leniores virtutes* ermangelt und Cato sie besessen hätte, würde Ersterer Roms republikanische Freiheiten zumindest nicht erfolgreich angegriffen haben, und Letzterer hätte sie verteidigen können. Mr. Addison sagt in seinem *Cato* über Caesar (wie ich glaube mit Recht): «Fluch seinen Tugenden, sie haben sein Land zerstört.»[1]

Damit meinte er die minderen, aber gewinnenden Tugenden Freundlichkeit, Umgänglichkeit, Gefälligkeit und gute Laune. Das Wissen eines Gelehrten, den Mut eines Helden und die Tugendhaftigkeit eines Stoikers wird man bewundern; wenn jedoch das Wissen mit Anmaßung, der Mut mit Grausamkeit und die Tugend mit unbeugsamer Strenge einhergeht, wird der Mann niemals geliebt werden. Der Heroismus Karls XII. von Schweden[2] (wenn sein brutaler Mutwille diesen Namen verdient) wurde allenthalben bewundert, der Mann jedoch nirgendwo geliebt. Heinrich IV. von Frankreich[3] hingegen

---

1 Vgl. Anm. S. 39. Addisons Drama *Cato* erschien 1713.

2 1682–1718, König von Schweden 1697–1718, führte im Großen Nordischen Krieg seit 1700 zahlreiche Feldzüge, u.a. gegen Dänemark, Russland, Polen, Sachsen.

3 1553–1610, 1572 als Heinrich III. König von Navarra,

besaß ebenso viel Mut und führte viel länger Kriege, doch war er ob seiner minderen gesellschaftlichen Tugenden allgemein beliebt. Wir sind alle so beschaffen, dass unser Verstand gewöhnlich NARR unseres Herzens, das heißt unserer Leidenschaften ist; und der sicherste Weg zu Ersterem führt durch Letzteres, das allein von den *leniores virtutes* und der Art ihrer Ausübung zu gewinnen ist. Zum Beispiel ist die anmaßende Höflichkeit eines Stolzen womöglich anstößiger, als seine Grobheit es sein könnte, denn durch seine Haltung demonstriert er Dir, dass er sie für bloße Herablassung hält und allein seine Güte Dir etwas beschert, worauf Du keinerlei Anspruch hast. Er erweist seine Gunst, nicht etwa seine Freundschaft, durch gnädiges Nicken statt der üblichen Verbeugung und bezeigt Dir eher seine Duldung denn Einladung, mit ihm Platz zu nehmen, dahinzuschreiten, zu speisen oder zu trinken.

Die knickerige Freigebigkeit eines Geldsacks schändet die Notlagen, die sie zuweilen lindert; er sorgt mit Bedacht dafür, dass Du Dein Ungemach und die Kluft zwischen seiner und Deiner

von 1589 bis zu seiner Ermordung 1610 als Heinrich IV. König von Frankreich, erließ das Edikt von Nantes, das den frz. Protestanten freie Religionsausübung erlaubte.

Lage ja auch spürst, und er gibt Dir zu verstehen, dass beide wohlverdient seien: die Deine durch Deine Torheit, die seine durch seine Klugheit. Der anmaßende Pedant teilt sein Wissen nicht mit, sondern verkündet es. Er gibt es Dir nicht, sondern fügt es Dir zu und ist (wenn möglich) weit mehr darauf erpicht, Dir Deine Unkenntnis zu demonstrieren als sein Wissen. Nicht nur in den Beispielen, die ich erwähnt habe, sondern auch in allen übrigen sind solche Manieren anstößig und empörend für das Wenige an Stolz und Eitelkeit, das jedermann in seiner Brust birgt, und sie entbinden uns von jeglicher Verpflichtung ob der gewährten Gunst, indem sie uns an deren Beweggrund erinnern und an die Manier, in der sie erteilt wurde.

Diese Fehler verweisen auf die ihnen entgegengesetzten Vorzüge, und Deine Vernunft wird Dir diese natürlich nahelegen.

Aber neben diesen minderen Tugenden gibt es auch etwas, was man mindere Talente oder Fertigkeiten nennen kann; sie sind überaus förderlich dazu, alle größeren zu zieren und hervorzuheben; dies umso mehr, als alle das eine und nur wenige das andere beurteilen. Jeder spürt den Eindruck, den gewinnendes Auftreten, angenehme Redeweise und ungezwungene Höflichkeit auf ihn machen, und diese ebnen den Weg zu geneigter Beachtung der wesentlicheren Tugenden. Adieu.

London, 8. Januar 1750 A. K.

Lieber Junge:
Ich habe Dir selten oder nie etwas über das Thema Religion und Moral geschrieben; ich bin überzeugt, Dein eigener Verstand hat Dir zu beidem treffende Vorstellungen gegeben; am besten sprechen sie selbst für sich; wenn sie jedoch der Hilfe bedürften, so hättest Du Mr. Harte zur Hand, sowohl als Lehrer wie als Vorbild. Auf Deinen eigenen Verstand und auf Mr. Harte will ich Dich also verweisen, was die Realität von beidem angeht, und mich in diesem Brief auf die Lauterkeit, Nützlichkeit und Notwendigkeit beschränken, in beidem skrupelhaft den äußeren Anschein zu wahren. Wenn ich bei Religion von Anschein spreche, meine ich nicht, dass Du reden oder handeln solltest wie ein Missionar oder ein Enthusiast, noch dass Du zur Kontroversenkeule greifen solltest gegen jeden, der die Sekte angreift, der Du angehörst; dies wäre sowohl sinnlos als auch Deinem Alter unangemessen. Sondern ich meine, dass Du keineswegs den Anschein erwecken solltest, jenen freizügigen Ideen Bil-

ligung, Ermunterung oder Beifall zu gewähren, die jedwede Religion angreifen und armseliges, fadenscheiniges Thema von Halbgebildeten und Mikrophilosophen sind. Selbst jene, die töricht genug sind, über deren Witze zu lachen, sind doch klug genug, ihren Charakteren mit Misstrauen und Abscheu zu begegnen; denn wenn man moralische Tugend am höchsten und Religion am geringsten schätzt, muss man doch Religion zumindest als beiläufiges Unterpfand für Tugend zulassen, und jeder kluge Mann wird sich eher auf zwei Sicherheiten verlassen als auf eine. Sooft Du also in Gesellschaft jener vermeintlichen *esprits forts*[1] bist oder gedankenloser Freigeister, die alle Religion verlachen, um ihren Scharfsinn zu zeigen, oder sie verleugnen, um ihre Aufsässigkeit vollkommen zu machen, solltest Du durch kein Wort und keinen Blick auch nur die geringste Billigung andeuten; lasse im Gegenteil stillen Ernst Deine Ablehnung ausdrücken, aber gehe nicht auf das Thema ein und verweigere Dich solch sinnlosen und unanständigen Kontroversen. Verlasse Dich auf diese Wahrheit: Dass jeder Mann schlechter angesehen ist und man ihm weniger traut, wenn man ihn für religionslos hält, trotz al-

1 Frz. «Freigeister» (wörtl. «starke Geister»).

ler pompösen und aufgeblasenen Epitheta, die er sich beilegen mag, wie *esprit fort*, Freidenker oder Moralphilosoph; und ein kluger Atheist (wenn es denn so etwas gibt) würde im eigenen Interesse und für sein Ansehen in dieser Welt so tun, als bekenne er sich zu einer Religion.

Dein moralischer Charakter muss nicht nur rein sein, sondern, wie Caesars Frau, über jeglichen Verdacht erhaben.[1] Der kleinste Fleck oder Tadel ist bereits fatal. Nichts ist herabsetzender und schandhafter, denn es erregt und vereint Abscheu und Verachtung. Es gibt auf der Welt jedoch Schurken, die übel genug sind, alle Vorstellungen von dem, was moralisch gut oder böse ist, zu verwerfen; zu behaupten, diese seien lediglich lokal und hingen vollständig von den Gebräuchen und

---

1 Gemeint ist Caesars zweite Frau, Pompeia. 62 v. Chr. fanden in Caesars Haus die Mysterien zu Ehren der «guten Göttin» Bona Dea (Göttin der Fruchtbarkeit, Heilung, Jungfräulichkeit und der Frauen; ihr eigentlicher Name war geheim) statt, zu denen Männer keinen Zutritt hatten. Als Clodius (vgl. Anm. S. 174) sich in Frauenkleidern Zutritt verschaffte, kam das Gerücht auf, er habe ein Verhältnis mit Pompeia. Darauf ließ sich Caesar, zu diesem Zeitpunkt auch Oberster Priester Roms (Pontifex maximus), von Pompeia scheiden; das Gerücht entbehre zwar jeder Grundlage, doch müsse Caesars Frau auch über jeden bloßen Verdacht erhaben sein.

Moden verschiedener Länder ab; ja, es gibt sogar noch – wenn dies möglich ist – verantwortungslosere Schufte; ich meine jene, die sich anheischig machen, derlei absurde und infame Gedanken zu predigen und zu verbreiten, ohne selbst daran zu glauben. Sie sind des Teufels Speichellecker. Meide so gut es geht die Gesellschaft solcher Leute, die auf alle, die mit ihnen Umgang haben, einen Widerschein von Verruf und Niedertracht werfen. Da Du jedoch zuweilen aus Zufall in solche Gesellschaft geraten kannst, sorge unbedingt dafür, dass keine Gefälligkeit, kein Entgegenkommen, kein warmer Hauch festlicher Heiterkeit je den Anschein erwecken könnte, dass Du solch infamen Lehren mit stillschweigender Duldung, noch viel weniger mit Billigung oder Beifall begegnetest. Andererseits solltest Du Dich nie auf eine Debatte oder ein ernsthaftes Streitgespräch über ein Thema einlassen, das so weit unterhalb jeder Ernsthaftigkeit ist; gib Dich lieber damit zufrieden, diesen *Aposteln* zu sagen, Du wüsstest, dass sie es nicht ernst meinten; Du habest eine weit bessere Meinung von ihnen, als sie sie Dir vermitteln wollten, und Du seiest ganz sicher, dass sie die Lehre, die sie predigen, nicht praktizierten. Drücke ihnen aber Dein persönliches Mal auf und meide sie danach für immer.

Nichts ist so empfindlich wie Dein moralischer Ruf, und diesen rein zu halten, sollte Dein höchstes Anliegen sein. Falls man Dich der Ungerechtigkeit, Bösartigkeit, Tücke, Lüge etc. verdächtigt, werden alle Manieren und Kenntnisse auf der Welt Dir nicht zu Wertschätzung, Freundschaft oder Respekt verhelfen. Ein merkwürdiges Zusammenspiel von Umständen hat manchmal sehr schlechte Männer zu hohen Ämtern erhoben, aber sie wurden erhöht wie Verbrecher am Pranger, wo ihre Personen und Verbrechen durch größere Sichtbarkeit nur noch bekannter, abscheulicher, schimpflicher und verfluchter waren. Wenn es überhaupt jemals verzeihlich ist, etwas zur Schau zu stellen und damit zu prunken, dann im Fall von Moral; wiewohl ich Dir auch hier nicht zu pharisäerhaftem Tugendpomp raten möchte. Ich will Dir jedoch überaus skrupelhafte Sorge um Deinen moralischen Ruf empfehlen und äußerste Behutsamkeit, nicht das Geringste zu sagen oder zu tun, was ihn auch noch so geringfügig beflecken könnte. Oberst Chartres[1], von dem Du sicher gehört hast (er war, glaube

---

1 Francis Chartres oder Charteris (1675–1732) war Vergewaltiger, Zuhälter, Betrüger und Wucherer und wurde unehrenhaft aus der Armee entlassen.

ich, der notorischste ruchlose Schurke auf der Welt und hatte durch allerlei Verbrechen ungeheuren Reichtum aufgetürmt), war so empfindlich hinsichtlich der Nachteile eines schlechten Rufs, dass ich ihn einmal sagen hörte, er würde zehntausend Pfund für einen guten Ruf geben, denn der würde ihm hunderttausend Pfund einbringen, wogegen er so verrufen war, dass er keine Gelegenheiten mehr hatte, Leute zu betrügen. Ist es denn also möglich, dass ein ehrenhafter Mann vernachlässige, wofür ein kluger Schuft so teuer bezahlen würde?

Es gibt unter den oben erwähnten Lastern eines, auf das Leute von guter Erziehung und normalerweise guten Grundsätzen manchmal verfallen, aus irrigen Vorstellungen von Können, Geschicklichkeit und Selbstverteidigung heraus; ich meine das Lügen. Es ist jedoch unauflöslich verbunden mit mehr Niedertracht und Verlust als jedes andere Laster. Die Klugheit und Notwendigkeit dessen, dass man oft die Wahrheit verberge, verführt Leute unmerklich dazu, sie zu verletzen. Es ist die einzige minderen Fähigkeiten verfügbare Kunst und die einzige Zuflucht minderer Geister. Bei geziemenden Gelegenheiten die Wahrheit zu verhehlen, ist jedoch ebenso klug und unschuldig, wie es bei jeglicher Gelegenheit infam und töricht ist, eine Lüge zu erzählen. Ich will Dir ein Beispiel aus Deinem eigenen Gebiet geben. Nimm an, Du seiest an einem auswärtigen Hof beschäftigt, und der Minister dieses Hofs wäre ausreichend verrückt oder unverschämt, Dich zu fragen, welche Anweisungen man Dir gegeben habe – wirst Du ihm dann eine Lüge erzählen, die, sobald es herauskommt (und es wird ganz sicher herauskommen), Deine Glaubwürdigkeit zerstören, Deinen Ruf ruinieren und Dich dort nutzlos machen wird? Nein. Wirst Du ihm dann die Wahrheit sagen und das in Dich gesetzte Vertrauen verraten? Ebenso sicher nicht. Sondern Du wirst mit Festigkeit antworten, Du seiest erstaunt ob solch einer Frage, Du seiest überzeugt davon, dass er keine Antwort darauf erwarte, dass er aber auf jeden Fall keine bekommen werde. Solch eine Antwort wird ihm Vertrauen zu Dir einflößen; er wird sich eine Meinung über Deine Wahrheitsliebe bilden, und aus dieser Meinung kannst Du später durchaus ehrbare und anständige Vorteile ziehen. Wenn Du aber bei Verhandlungen als Lügner und Täuscher angesehen wirst, wird man keinerlei Vertrauen in Dich setzen, nichts wird Dir mitgeteilt werden, und Du wirst Dich in der Lage eines Mannes befinden, der ein Brandmal trägt und ob dieses Mals später keinen anständigen Lebenserwerb finden kann, so sehr er auch möchte, und als Dieb weiterleben muss.

Lord Bacon[1] macht ganz treffend einen Unterschied zwischen Simulation und Dissimulation und erlaubt Letzteres eher als Ersteres; doch bemerkt er, für beides gelte, dass nur schwächere Politiker sich dessen bedienen. Ein Mann mit Stärke an Geist und Qualitäten wird beides verschmähen. *Gewiss* (sagt er) *besaßen die fähigsten Männer, die es je gab, Offenheit und Freimut im Handeln und den Ruf der Verlässlichkeit und Wahrhaftigkeit; sie waren jedoch auch wie wohlgerittene Pferde, denn sie konnten recht gut erkennen, wann sie innezuhalten und umzukehren hatten; und wenn sie zu gewissen Zeiten befanden, die Sache bedürfe tatsächlich einiger Dissimulation, und wenn sie diese dann verwendeten, kam es dazu, dass die früher verbreitete Meinung über ihre Vertrauenswürdigkeit und die Lauterkeit ihres Handelns sie beinahe unsichtbar machte.*

Es gibt Menschen, die sich einer Art des Lügens hingeben, die sie für harmlos halten und die dies in einer Hinsicht auch ist, denn sie schadet nur ihnen selbst. Diese Art des Lügens ist

---

1 Francis Bacon (1561–1626), engl. Staatsmann und Philosoph, Wegbereiter des Empirismus; das Zitat findet sich in: *Of Simulation and Dissimulation*, Werke VI, 387.

der flüchtige Abkömmling der Eitelkeit, gezeugt mit der Narretei: Diese Leute handeln mit dem Wunderbaren; sie haben einige Dinge gesehen, die es nie gab; sie haben andere Dinge gesehen, die sie nie sahen, wiewohl es sie gab, und dies nur, weil sie sie für sehenswert hielten. Ist irgendwo etwas Bemerkenswertes gesagt oder getan worden, gleich in welcher Gesellschaft, präsentieren und erklären sie sich sofort zu Augen- oder Ohrenzeugen. Sie selbst haben Dinge getan, die kein anderer versucht oder getan hat. Sie sind immer die Helden ihrer eigenen Geschichten und meinen, hierdurch gewönnen sie Achtung oder wenigstens Aufmerksamkeit. In Wahrheit erringen sie jedoch einzig Lächerlichkeit und Verachtung, nicht ohne ein gutes Maß an Misstrauen, denn man muss natürlich folgern, dass einer, der aus bloßer Eitelkeit eine beliebige Lüge erzählt, keine Skrupel haben wird, aus Eigennutz eine große Lüge zu erzählen. Hätte ich wirklich etwas so Außerordentliches gesehen, dass es beinahe unglaublich wäre, würde ich es lieber für mich behalten, als durch die Erzählung jemandem auch nur für eine Minute die Gelegenheit zum Zweifel an meiner Wahrhaftigkeit zu geben. Ganz gewiss ist der Ruf der Keuschheit für eine Frau nicht so unerlässlich wie der von Wahrheitsliebe für einen Mann, und zwar mit gutem Grund; denn eine Frau kann ohne strenge Keuschheit tugendhaft sein, ein Mann jedoch nicht tugendhaft ohne strenge Wahrheitsliebe. Die Fehltritte armer Frauen sind manchmal bloße körperliche Schwächen, aber eine Lüge ist bei einem Mann ein Laster des Geistes und des Herzens. Um Gottes willen sei höchst skrupelhaft bedacht auf die Reinheit Deines moralischen Rufs, halte ihn makellos, unbefleckt, unbesudelt, dann wird er über jeden Verdacht erhaben sein. Üble Nachrede und Verleumdung attackieren nie, wo es keine schwache Stelle gibt; sie vergrößern, aber sie erschaffen nicht.

Es gibt einen recht großen Unterschied zwischen jener Reinheit des Rufs, die ich Dir so ernstlich empfehle, und der stoischen Ernsthaftigkeit und Herbheit des Charakters, zu der ich Dir keineswegs rate. In Deinem Alter möchte ich ebenso wenig, dass Du ein Cato seiest wie ein Clodius[1]. Sei – und gelte als – ein Mann des Vergnügens wie des Geschäfts. Genieße diese fröh-

---

1 Der röm. Politiker Marcus Porcius Cato (243–149 v. Chr.), Verfechter striktester altrömischer Moralvorstellungen und Tugenden. Publius Clodius Pulcher (ca. 93–52 v. Chr.), ebenfalls Politiker, galt als frivol und korrupt.

liche und wilde Zeit Deines Lebens; glänze bei den Vergnügungen und in der Gesellschaft von Leuten Deines Alters. Dies alles geschehe – und kann wirklich nur geschehen – ohne den geringsten Makel auf der Reinheit Deines moralischen Rufs; denn jene irrenden jungen Burschen, die zu glänzen wähnen durch unfromme oder unmoralische Zügellosigkeit, glänzen nur durch ihren Gestank, wie verdorbenes Fleisch, im Dunkeln. Ohne diese Reinheit kannst Du keine charakterliche Würde haben, und ohne diese charakterliche Würde ist es unmöglich, in der Welt aufzusteigen. Du musst respektabel sein, wenn Du respektiert werden willst. Ich habe Leute ihren Charakter verschlampen sehen, ohne ihn wirklich zu beschmutzen; die Folge davon war es, dass sie auf harmlose Weise verächtlich wurden; ihr Verdienst wurde gemindert, ihre Ansprüche blieben unberücksichtigt und all ihre Ansichten wurden widerlegt. Der Charakter muss hell ebenso wie rein erhalten werden. Gib Dich in nichts mit Mittelmäßigkeit zufrieden. Bei der Lauterkeit des Charakters und der Höflichkeit des Betragens bemühe Dich, alle zu übertreffen, wenn Du vielen gleichkommen willst. Adieu!

London, 25. Januar 1750 A. K.

Mein lieber Freund:

Es ist so lange her, dass ich von Dir hörte; daher nehme ich an, Rom beansprucht jeden Moment Deiner Zeit, und wenn es dies in der von mir erwünschten Weise tut, gebe ich gern meinen Anteil an Deiner Zeit auf. Ich möchte lieber *prodesse quam conspici*[1]. Lege Deine Zeit nur zu guten Zinsen an, und ich werde nicht viel davon zu leihen wünschen. Deine Studien, die beachtlichen Reste der Antike und Deine abendlichen Vergnügungen können, ja sollten Dir nicht viel Zeit zum Schreiben lassen. Du wirst Rom wahrscheinlich nie wieder sehen, und deshalb solltest Du es jetzt gründlich betrachten; mit gründlich betrachten meine ich nicht nur die Gebäude, Statuen und Gemälde, wiewohl diese zweifellos Deine Aufmerksamkeit verdienen, sondern ich meine Einblick in Verfassung und Regierung. Aber diese Dinge bieten sich gewiss Deiner Vernunft von selbst an.

Wie verhält es sich mit Deinen Vergnügungen in Rom? Giltst Du dort als vornehm, das heißt,

1 Lat. «lieber nützen als bemerkt werden».

verkehrst Du mit denen, die zu den besten Kreisen gehören? Das ist die einzige Art, mit der Zeit selbst deren Teil zu sein. Bist Du in irgendeinem wesentlichen Hause ausreichend heimisch, sodass man Dich dort *le petit Stanhope* nennt? Hat eine wohlerzogene Frau von Eleganz sich die Mühe gemacht, Dich von Angesicht zu Angesicht mit Spott und Gelächter zu bedenken? Hast Du eine gute *décrotteuse*[1] gefunden? Denn dies sind die Stufen, auf denen Du zur Weltläufigkeit emporsteigen musst. Ich will mich nicht zu fragen erdreisten, ob Du eine Verbindung hast, da ich glaube, Du wirst mich nicht zu Deinem *confident*[2] machen; aber dies will ich doch sagen: Wenn Du eine hast, *il faut bien païer d'attentions et de petits soins*[3], wenn Du möchtest, dass Deine Opfergaben gnädig angenommen werden. Frauen lassen sich nicht so sehr von Schönheit einnehmen wie Männer, sondern ziehen jene Männer vor, die ihnen die meiste Aufmerksamkeit erweisen.

---

1 Frz. «Dame, die jemandem Manieren beibringt» (wörtl. «Entschmutzerin», zu *«décrotter»*, Dreck (von Stiefeln o. Ä.) abkratzen.

2 Frz. «Vertrauter».

3 Frz. etwa: «Man muss (einer Dame) Fürsorglichkeit und kleine Aufmerksamkeiten widmen».

Willst du die Liebliche gewinnen?
Behandle sie mit feinsten Manieren,
mit zarten Blicken und anmutiger Haltung,
grüße sie im sanftesten Tonfall.

Verse wären vergebens, und die Musen
würden versagen ohne Hilfe der Grazien;
der Gott der Dichtung vermöchte
der flüchtenden Maid nicht Einhalt gebieten.

Erringe Beachtung durch Aufmerksamkeiten,
verdiene dir Achtung durch Obacht;
so wird die Nymphe deine Mühe belohnen
und Venus deine Gebete krönen.

– Es hat sich bewährt.[1]

Eines Mannes Haltung und Betragen gilt bei ihnen weit mehr als seine Schönheit, und ohne sie werden die Abati und die Monsignori Dir

1 Im engl. Original: *«Would you engage the lovely fair? / With gentlest manners treat her; / With tender looks and graceful air, / In softest accents greet her. // Verse were but vain, the Muses fail, / Without the Graces' aid; / The God of Verse could not prevail / To stop the flying maid. // Attention by attentions gain, / And merit care by cares; / So shall the nymph reward your pain; / And Venus crown your prayers. // – Probatum est.»*

den Rang ablaufen. Haltung und Betragen sollten überaus respektvoll sein, aber zugleich leicht und ohne Befangenheit. Dein Plaudern oder *entregent* mit ihnen kann und darf auch nicht besonders tiefgründig sein; Du solltest jedoch sorgfältig darauf achten, Deine Bagatellen hübsch aufzuputzen und zu formulieren und sie dann und wann indirekt ein wenig Schmeichelei enthalten zu lassen. Ein Fächer, eine Schleife, ein Kopfschmuck sind bester Stoff galanter Gespräche für einen, der über *le ton léger et aimable de la bonne compagnie*[1] verfügt. In jedem Fall sollte ein Mann Frauen gegenüber lieber zu viel als zu wenig reden; sie nehmen Schweigen für Dumpfheit, außer wenn sie meinen, es sei durch die von ihnen inspirierte Leidenschaft verursacht; und in diesem Fall neigen sie zu der Annahme, dass

Schweigen in der Liebe verrät mehr Weh
denn Worte, wiewohl nie ähnlich witzig;
der stumme Bettler, wie wir wissen,
verdient doppeltes Mitleid.[2]

---

1 Frz. «der leichte und liebenswürdige Ton der guten Gesellschaft».

2 Im engl. Original: *«Silence in love betrays more woe / Than words, though ne'er so witty; / The beggar that is dumb, we know, / Deserves a double pity.»*

À propos zu diesem Thema: Welche Fortschritte machst Du in der Sprache, von der Charles V. sagte, er wähle sie, um mit seiner Mätresse zu reden?[1] Hast Du all die zarten Diminutive wie *etta, ina* und *ettina* gemeistert, auf die er, wie ich annehme, anspielte? Die Sprache, die er sich für sein Pferd vorbehielt, beherrschst Du bereits und sorgst hoffentlich dafür, dass Du sie nicht vergisst. Auch verfügst Du vollkommen über jene Sprache, in der er, wie er sagte, mit Männern redete: Französisch. Achte jedoch bitte in jeder Sprache sorgfältig auf Deine Wortwahl und den allgemeinen Ausdruck. Dies ist wirklich ein Punkt von allergrößter Bedeutung. Um erfolgreich Gehör zu finden, muss man Dir mit Vergnügen zuhören: Wörter sind die Kleidung der Gedanken, die ebenso wenig wie Deine eigene Person in Lumpen, Fetzen und Schmutz präsentiert werden sollten. Nebenbei – achtest Du ausreichend auf Deine Person und Kleidung? Pflegst Du sorgsam Deine Zähne? Lass sie Dir vom besten *opérateur* Roms in Ordnung bringen. Bist Du mit Rüschen,

---

1 Charles V. (1500–1558) soll der Überlieferung nach gesagt haben, er spreche mit Gott Spanisch, mit den Frauen Italienisch, mit Männern Französisch und mit seinem Pferd Deutsch; eine andere Version ergänzt «und Englisch mit Hunden».

Puder und Federn versehen, wie dies andere junge Burschen sind und sein sollten? In Deinem Alter *il faut du brillant, et même un peu de fracas, mais point de médiocre; il faut un air vif, aisé et noble. Avec les hommes, un maintien respectueux et en même tems respectable; avec les femmes, un caquet léger, enjoué, et badin, mais toujours fort poli.*[1]

Um Dir die Gelegenheit zu geben, Deine Talente zu erproben, schicke ich Dir beigefügt ein Empfehlungsschreiben von Monsieur Villetes an Madame de Simonetti in Mailand, eine Frau höchster Eleganz und Wertschätzung dort; und in meinem nächsten werde ich Dir ein weiteres vom gleichen Verfasser an Madame Clerici[2] nämlichen Ortes senden. Da in den Häusern dieser beiden Damen alle eleganten Leute Mailands verkehren, werden diese beiden Empfehlungen Dich mit allen bekannt machen. Lasse mich zu gegebener

1 Frz. «braucht man Brillanz und sogar ein wenig Prunk, aber nichts Mittelmäßiges; man muss einen lebhaften, lockeren, vornehmen Eindruck machen. Bei Männern eine respektvolle und zugleich respektable Haltung; bei Frauen ein leichter Plauderton, verspielt und frivol, aber jederzeit sehr höflich».

2 Arthur Villetes (um 1702–1776), brit. Diplomat, lange in Turin; Madame de Simonetti war Stanhopes Gastgeberin in Mailand; eine Madame de Clerici war nicht zu ermitteln.

Zeit wissen, ob Du diese beiden Briefe erhalten hast, damit ich sie notfalls abermals beschaffen kann.

Adieu, mein lieber Freund! Studiere kräftig, amüsiere Dich von Herzen; mache sorgsam einen Unterschied zwischen den Vergnügungen eines Mannes von Welt und den Lastern eines Schurken; befleißige Dich Ersterer und verabscheue Letztere, wie ein Mann von Vernunft.

London, 21. Januar 1751 A. K.

Mein lieber Freund:

In all meinen Briefen aus Paris habe ich das Vergnügen, unter vielen anderen guten Dingen Deine Gelehrigkeit mit Nachdruck erwähnt zu finden: Das ist der sichere Weg, sich in jenen Bereichen zu verbessern, die Dir noch fehlen. Zwar handelt es sich um kleine, aber auch notwendige Dinge. Da es bloße Fragen von Gebräuchen und Mode sind, ist es für jemanden Deines Alters keine Schande, hierin unwissend zu sein, und es ist die beste Art, sie in kurzer Zeit zu erlernen, dass Du einfach Deine Unkenntnis einräumst und jene konsultierst, die es aus langer Gewohnheit und Erfahrung am besten wissen. Vernunft und eine gute Veranlagung legen generell Höflichkeit nahe; zu Wohlerzogenheit gehören jedoch tausend kleine Feinheiten, etabliert allein durch Gebrauch, und es sind diese kleinen Formen von Eleganz des Betragens, die einen Höfling und Mann von Welt vom Vulgären unterscheiden. Mir wird von verschiedenen Leuten versichert, dass Dein Auftreten bereits erheblich verbessert ist, und einer meiner Korrespondenten macht Dir das echt französische Kompliment zu sagen, *J'ose vous promettre qu'il sera bientôt comme un de nous autres.*[1] So unziemlich diese Rede auch im Mund eines Franzosen sein mag, bin ich doch sehr froh, dass sie dies für auf Dich anwendbar halten; denn ich möchte, dass Du die besten Manieren und Gepflogenheiten des Orts, an dem Du Dich befindest, nicht nur übernimmst, sondern zu übertreffen suchst, was auch immer sie seien – das ist jene Geschmeidigkeit des Betragens, die im Verlauf der Dinge so nützlich ist. Suche Deine Vorbilder in Paris gut aus, und dann wetteifere mit ihnen auf ihre eigene Weise...

Frauen zu willfahren und sie zu lenken, mag Dir mit der Zeit von großem Nutzen sein. Sie willfahren oft anderen und lenken diese. *À pro-*

1 Frz. «Ich erkühne mich, Ihnen zu verheißen, dass er bald wie einer der Unseren sein wird.»

pos – bist Du noch in Madame de Berkenrode[1] verliebt, oder hat eine andere ihren Platz in Deinen Neigungen eingenommen? Ich gehe davon aus, dass *quae te cumque domat Venus, non erubescendis adurit ignibus. Un arrangement honnête sied bien à un galant homme*[2]. In diesem Fall empfehle ich Dir äußerste Diskretion und tiefstes Schweigen. Prahlen, Anspielen, Andeuten oder auch Leugnen und Dementieren bei einem solchen *arrangement* werden Dich bei Männern und Frauen gleichermaßen in Verruf bringen. Ungezwungenes Schweigen zu diesem Thema ist das einzig wahre Verfahren.

In Deinem Umgang mit Frauen und tatsächlich auch mit Männern ist *une certaine douceur*[3] besonders anziehend; sie ist das, was jenen Charakter ausmacht, über den die Franzosen so viel reden und den sie mit solchem Recht hoch schätzen, ich meine *l'aimable*[4]. Diese *douceur* ist leichter

---

1 Gattin des niederländ. Botschafters.

2 Lat. «Gleich welche Venus dich zähmt/beherrscht, du brauchst ob der Glut nicht zu erröten», aus Horaz *Oden,* I, 27, 14. Der frz. Satz – «Ein ehrenhaftes Arrangement steht einem galanten Manne wohl an» – interpretiert den Rest des lat. Verses: *«ingenuoque semper amore peccas»* («du gibst dich immer edler Liebe hin»).

3 Frz. «eine gewisse Sanftheit».

4 Frz. «Liebenswürdigkeit».

zu fühlen, als zu beschreiben. Sie ist das Gesamtergebnis verschiedener Dinge – Gefälligkeit, Geschmeidigkeit, nicht jedoch Servilität des Betragens; eine Anmutung von Sanftheit in Miene, Geste und Ausdruck, ganz gleich, ob Du mit einem Gesprächspartner übereinstimmst oder ihm widersprichst. Beobachte sorgsam jene, die diese *douceur* besitzen, die Dich und andere bezaubert, dann wird Deine Vernunft Dich bald befähigen, die verschiedenen Bestandteile zu entdecken, die sie ergeben. Besonders achten solltest Du auf diese *douceur*, wenn Du etwas von Dir Verlangtes ablehnen oder etwas sagen musst, was von sich aus nicht sehr erfreulich für die sein kann, denen Du es sagst. Dann ist sie die süße Ummantelung einer bitteren Pille. *L'aimable* besteht aus der Gesamtheit von Tausenden dieser kleinen Dinge. Es ist das *suaviter in modo*[1], das ich Dir so oft empfohlen habe. Das *respectable*, versichert Mr. Harte mir nachdrücklich, fehlt Dir nicht, und ich glaube ihm. Studiere also und meistere vollständig das *aimable*, und Du wirst alles erreichen …

---

1 Lat. «sanft im Tonfall», erster Teil einer Maxime des fünften Jesuitengenerals Claudio Acquaviva (1543–1615), *«suaviter in modo, fortiter in re»* («sanft im Ton, hart/stark in der Sache»).

Du hast nun Fuß gefasst in vielen guten Häusern in Paris, in denen heimisch zu werden ich Dir rate. Dies lässt sich erreichen durch eine gewisse Leichtigkeit des Verhaltens und zurückhaltende Vertrautheit. Nicht indem Du Dich der Leichtfertigkeit eines Mannes hingibst, der *sans conséquence*[1] ist, sondern indem Du in gewisser Weise die Ehre von Haus und Tafel zu Deiner machst, Dich *en badinant le galopin d'ici*[2] nennst, zum Herrn oder zur Herrin des Hauses sagst, *ceci est de mon département, je m'en charge; avouez que je m'en acquitte à merveille*[3]. Diese Art *badinage* hat etwas Gewinnendes und Verbindendes und erzeugt jene zurückhaltende Vertrautheit, die in guten Häusern und bei Leuten der eleganten Welt zu etablieren angenehm und nützlich ist. Bloße förmliche Besuche, Mittags- und Abendmahle aufgrund förmlicher Einladungen sind nicht entscheidend, sondern es ist der leichte, sorglose Zugang zu allen Stunden, der den angenehmen und vorteilhaften Lebenswandel ergibt.

---

1 Frz., «harmlos», «folgenlos», «bedeutungslos».
2 Frz. «im Scherz der hiesige Laufbursche».
3 Frz. «das fällt in meine Zuständigkeit, ich übernehme das; geben Sie zu, dass ich es wunderbar mache».

Die Post ist derart nachlässig, dass ich manche Briefe aus Paris gar nicht und andere viel später erhalte, als ich sollte. Dem schreibe ich zu, dass ich von Dir seit mehr als zwei Wochen keinen Brief bekommen habe, was meiner Ungeduld als lange Zeit erscheint. Ich erwarte, von Dir wöchentlich zu hören. Mr. Harte ist nach Cornwall gereist und wird in etwa drei Wochen zurückkommen. Ich habe ein Päckchen Bücher, die ich Dir bei nächster Gelegenheit schicken will, was vermutlich Mr. Yorkes[1] Rückreise nach Paris sein wird. Die griechischen Bücher kommen von Mr. Harte und die englischen von Deinem untertänigen Diener. Lies das von Lord Bolingbroke[2] mit großer Aufmerksamkeit sowohl hinsichtlich des Stils als auch des Inhalts. Ich wünschte, Du könntest Dir solchen Stil in jeder Sprache ausbilden. Stil ist das Gewand der Gedanken; und ein wohlgekleideter Gedanke tritt wie ein wohlgekleideter Mann äußerst vorteilhaft auf. Der Deinige. Adieu.

---

1 Joseph Yorke (1724–1792), brit. Offizier und Diplomat, zu diesem Zeitpunkt Sekretär der brit. Botschaft in Paris.
2 Henry St. John, 1. Viscount Bolingbroke (1678–1751), brit. Politiker und Philosoph; Chesterfield bezieht sich vermutlich entweder auf *A Dissertation on Parties* (1735) oder *Remarks on the History of England* (1743).

London, 28. Februar 1751 A.K.

Mein lieber Freund:

Dieses Epigramm von Martial

Non amo te, Sabidi, nec possum dicere quare;
Hoc tantum possum dicere, non amo te[1]

hat viele Menschen vor Rätsel gestellt, die nicht begreifen können, wie es möglich ist, jemanden nicht zu mögen und doch den Grund dafür nicht zu kennen. Ich glaube, ganz klar zu erfassen, was Martial meinte, wiewohl das Wesen des Epigramms, das kurz sein muss, es ihm nicht erlauben wollte, seine Meinung ausführlicher zu erläutern; und ich verstehe sie so: *O Sabidis, du bist ein sehr ehrenwerter, verdienstvoller Mann mit tausend guten Eigenschaften, du verfügst über weitläufige Bildung; ich schätze und respektiere dich, aber bei meiner Seele, ich kann dich nicht lieben, wenn ich auch nicht eingehend sagen kann, warum. Du bist nicht* liebenswert; *du hast*

---

1 Lat. «Ich mag Dich nicht, Sabidis, und kann auch nicht sagen, warum; nur dies kann ich sagen, ich mag dich nicht», aus: Marcus Valerius Martialis (40–103/104 n. Chr.), *Epigramme*, I, 32.

nicht die gewinnende Art, die gefällige Aufmerksamkeit, die Grazien und die Haltung, die absolut unerlässlich sind, um zu gefallen, aber unmöglich zu definieren. Ich kann nicht sagen, es liege an dieser oder jener besonderen Einzelheit, die mich daran hinderte, dich zu mögen, es ist die Gesamtheit; und insgesamt bist du nicht erfreulich.

Wie oft habe ich mich nicht im Laufe meines Lebens in dieser Lage befunden, vielen meiner Bekannten gegenüber, die ich geehrt und geachtet habe, ohne sie jedoch mögen zu können? Ich wusste nicht, warum, denn wenn man jung ist, macht man sich nicht die Mühe und nimmt sich auch nicht die Zeit, die eigenen Empfindungen zu analysieren und sie zu ihrem Ursprung zurückzuverfolgen. Spätere Beobachtung und Reflexion haben mich jedoch gelehrt, warum. Es gibt einen Mann, dessen moralischen Charakter, tiefgründige Bildung und überragende Eigenschaften ich anerkenne, bewundere und respektiere; es ist mir jedoch unmöglich, ihn zu mögen, sodass ich beinahe fiebere, sooft ich in seiner Gesellschaft bin. Seine Gestalt (wiewohl nicht deformiert) scheint dazu gemacht, die gewöhnliche Struktur des menschlichen Körpers zu schmähen oder zu verhöhnen. Seine Beine und Arme sind nie in der Position, in der sie ob der Lage seines Körpers sein sollten, sondern ständig damit beschäftigt, den Grazien gegenüber feindselige Akte zu begehen. Was er zu trinken beabsichtigt, kippt er irgendwo hin, nur nicht in seine Kehle, und was er tranchieren will, zerfetzt er lediglich. Unachtsam gegenüber allen Gepflogenheiten des gesellschaftlichen Lebens, vergreift er sich räumlich oder zeitlich bei allem. Hitzig und wahllos, ohne Berücksichtigung von Rang, Charakter und Situation derer, mit denen er streitet, debattiert er; in völliger Unkenntnis der diversen Abstufungen von Vertrautheit oder Respekt verhält er sich gegenüber Überlegenen, Gleichrangigen und Unterlegenen ganz gleich und folglich notwendigerweise unziemlich zweien der drei gegenüber. Ist es möglich, solch einen Mann zu mögen? Nein. Das Höchste, was ich für ihn tun kann, ist, ihn als respektablen Hottentotten zu betrachten.

Ich erinnere mich, dass ich, als ich aus Cambridge kam, bei den Pedanten dieser illiberalen Institution eine gewisse Frechheit der Literatur, einen Hang zu Satire und Verachtung und eine starke Tendenz zu Streitgesprächen und Widerspruch erworben hatte. Ich war jedoch erst eine recht kurze Zeit in der Welt, als ich herausfand, dass dies nicht vertretbar war, und sogleich verlegte ich mich auf ein gegenteiliges Verhalten; ich verbarg, was ich an Bildung besaß; ich applaudierte häufig, ohne zu billigen, und gewöhnlich gab ich ohne Überzeugung nach. *Suaviter in modo* war mein Gesetz und meine Propheten; und wenn ich gefiel (dies zwischen Dir und mir), lag es viel mehr hieran als an bedeutendem Wissen oder Verdienst meinerseits. *À propos*, das Wort *gefallen* lässt einen immer an Lady Hervey[1] denken; sage ihr bitte, ich machte sie mir gegenüber verantwortlich dafür, dass Du gefällig seiest; dass ich sie für einen gefälligen Falstaff erachte, der nicht nur selbst gefällt, sondern andere dazu bringt, zu gefallen[2]; dass ich weiß, sie kann aus jedem alles machen, und wenn sie also als Deine Erzieherin nicht dafür sorgt, dass Du gefällst, kann es nur daran liegen, dass sie nicht will, nicht, dass sie nicht kann. Ich hoffe, Du bist *du bois dont on en fait*[3]; und wenn, ist sie eine so gute Bildhauerin, dass ich sicher bin, sie kann Dir jede ihr gefallende Form geben. Vielseitigkeit der Manieren ist im gesellschaftlichen Leben so notwendig wie Vielseitig-

---

1 Engl. Hofdame (um 1700–1768), die als besonders schön und geistvoll galt; Chesterfield, John Gay und Voltaire priesen sie in Gedichten.

2 Shakespeare, *Heinrich IV.*, Teil 2 (I, 2, 9–10): «Ich bin nicht nur selbst witzig/scharfsinnig, sondern der Grund für Witz/Scharfsinn bei anderen».

3 Frz. «das Holz, aus dem man derlei schnitzt».

keit der Fähigkeiten im politischen. Man muss oft nachgeben, um sich durchzusetzen; man muss sich demütig zeigen, um erhöht zu werden; man muss wie Paulus allen Menschen alles werden, um einige zu gewinnen[1]; und nebenbei: Männer werden *mutatis mutandis*[2] durch die gleichen Dinge gewonnen wie Frauen – durch Freundlichkeit, Schmeichelei und Unterwerfung; und diese Zeilen von Mr. Dryden gelten ebenso für einen Minister wie für eine Mätresse:

Der Liebhaber, wenn er sich besonders niedrig
ausstreckt,
beugt sich nur, um zu erobern, und kniet nur,
um sich zu erheben.[3]

Beim Gang der Dinge in der Welt sind die Eigenschaften des Chamäleons oft vonnöten; ja, sie müssen sogar noch ein wenig weitergetrieben und früher eingesetzt werden; Du solltest näm-

---

1 1 Korinther 9, 22: «Allen bin ich alles geworden, damit ich auf alle Weise einige rette.»
2 Vgl. Anm. S. 76.
3 Im Original: *«The prostrate lover, when he lowest lies, / But stoops to conquer, and but kneels to rise»*, nach John Drydens *Amphitryon* (3, 1, 609–610), wo es *«Th' offending lover … submits to conquer …»* lautet.

lich gewissermaßen die Farbe des Mannes oder der Frau annehmen, die Du begehrst oder mit dem Du engeren Umgang wünschst. *À propos*: Hast Du in Paris bereits eine freundliche und gastliche Madame de Lursay[1] gefunden, *qui veut bien se charger du soin de vous êduquer*[2]*?* Und hattest Du schon eine Gelegenheit, sie aufzufordern, *qu'elle faisoit donc ces noeuds*[3]?

Aber ich bitte um Vergebung, Sir, für diese abrupte Frage, und ich gestehe, dass ich mich in Dinge außerhalb meiner Zuständigkeit einmische. In minder bedeutsamen Angelegenheiten wünsche ich jedoch, *de vos secrets le fidèle dépositaire*[4] zu sein. Du magst mir allgemein Verlauf und Art Deiner *amusements* in Paris anvertrauen. Ist es *le fracas du grand monde, comédies, bals, opéras, cour*[5], etc.?

---

1 Weltläufige Kokette im Roman *Die Verirrungen von Herz und Geist* (1736) von Claude-Prosper Jolyot de Crébillon (genannt Crébillon fils; 1707–1777); Chesterfield war mit ihm befreundet.

2 Frz. «die gern die Aufgabe übernehmen wird, Sie zu erziehen».

3 Frz. «dass sie also diese Knoten machte», d. h. ein Band zwischen den beiden knüpfte.

4 Frz. «der getreue Mitwisser/Bewahrer Ihrer Geheimnisse».

5 Frz. «Lärm/Getöse der vornehmen Welt, Komödien, Bälle, Opern, Hof».

Oder sind es *des petites sociétés, moins bruiantes, mais pas pour cela moins agréables*[1]? Wo bist Du besonders *établi*? Wo bist Du *le petit Stanhope? Voiez-vous encore jouer à quelque arrangement honnête*[2]? Hast Du viele Bekanntschaften mit den jungen Franzosen geschlossen, die an Deiner Akademie reiten, und wer sind sie? Schicke mir diese Art von Plauderei in Deinen Briefen, von denen ich nebenbei wünschte, Du würdest mich etwas öfter mit ihnen beehren. Wenn Du Umgang mit einigen der Myriaden höflicher Engländer hast, die Paris verseuchen, wer sind sie? Bist Du mit dem Abbé Nollet[3] fertig, und bist Du *au fait* hinsichtlich aller Eigenschaften und Wirkungen der Luft? Wenn ich zu Wortspielen neigte, würde ich sagen, die Wirkungen von *air* seien jedenfalls am besten von Marcel[4] zu erlernen. Wenn Du mit l'Abbé Nollet ganz fertig bist, bitte doch meinen Freund l'Abbé

---

1 Frz. «kleine Gesellschaften, weniger lautstark, aber deshalb nicht weniger angenehm».

2 Frz. «Erwägen Sie noch immer, ein ehrbares Arrangement einzugehen?»

3 Jean Antoine Nollet (1700–1770), Geistlicher, erster frz. Professor für Experimentalphysik, befasste sich mit Elektrizität, gilt als Entdecker der Osmose.

4 Berühmter frz. Tanzlehrer (um 1690–1759), Vorname nicht zu ermitteln; von ihm stammt die Bemerkung: «In anderen Ländern hüpft man, nur in Paris tanzt man.»

Sallier[1], Dir einen hungernden Philomathen[2] zu empfehlen, der Dich ein wenig Geometrie und Astronomie lehren kann; nicht genug, um Deine ganze Aufmerksamkeit zu erfordern und Deinen Intellekt zu strapazieren, sondern gerade genug, dass Du in beidem nicht gröblich unwissend seiest. Ich war jüngst so etwas wie ein *astronome malgré moi*[3], indem ich am vorigen Montag im Oberhaus einen Gesetzentwurf zur Reform unseres derzeitigen Kalenders und zur Übernahme der Neuen Zeitrechnung[4] einbrachte. Bei dieser Gelegenheit war ich gezwungen, ein wenig astronomischen Jargon zu reden, von dem ich kein Wort verstand, den ich aber auswendig gelernt und nach den Vorschriften eines Meisters gesprochen habe. Ich wünschte, ich hätte selbst ein wenig mehr darüber gewusst; und so viel solltest Du nach meinem Wunsch wissen. Aber das große und wichtige Wissen über alles ist, Dich selbst und andere zu kennen; dieses Wissen erfordert große Aufmerksamkeit und lange Erfahrung; be-

---

1 Claude Sallier (1685–1761), frz. Geistlicher und Philologe, gründete eine der ersten öffentlichen Bibliotheken Frankreichs.

2 D.h. mittelloser «Freund der Mathematik».

3 Frz. «Astronom wider Willen».

4 Vgl. Anm. S. 11.

mühe Dich um Erstere, und möge Letztere Dir zufallen! Adieu.

PS: Ich habe eben Deine Briefe vom 17. Februar und 2. März erhalten. Das Siegel soll so bald wie möglich angefertigt werden. Ich bin froh, dass Du in Lord Albemarles[1] *bureau* angestellt bist; es wird Dich zumindest den mechanischen Teil dieses Geschäfts lehren, wie Briefe falten, eintragen und archivieren; Du darfst Dir nämlich nicht einbilden, Du würdest ins *fin fin*[2] der Korrespondenz eingeführt, und dies wäre in Deinem Alter auch nicht ziemlich. Gewöhne Dich jedoch an Geheimhaltung, was Briefe angeht, die Du liest oder schreibst, damit Du mit der Zeit vertrauenswürdig genug bist für *geheim, sehr geheim, separat, apart* etc. Ich bedauere, dass dies mit Deinem Reiten kollidiert; ich hoffe, es geschieht nur selten; ich bestehe aber darauf, dass es nicht mit Deinem Tanzlehrer kollidiere, der in diesem Moment der nützlichste und notwendigste aller Lehrer ist, die Du hast oder haben kannst.

---

1 William Anne van Keppel, 2. Earl of Albemarle (1702–1754), brit. Offizier, Diplomat, Gouverneur von Virginia und zu diesem Zeitpunkt Botschafter in Paris.

2 Frz. «feines Ende», «feiner Zweck», die letzten diplomatischen Geheimnisse.

London, 16. Mai 1751 A.K.

Mein lieber Freund:

Heute in etwa drei Monaten werden wir uns wahrscheinlich treffen. Ich betrachte diesen Moment wie eine junge Frau ihre Brautnacht; ich erwarte das größte Vergnügen und kann doch nicht umhin, eine kleine Beimischung von Schmerz zu befürchten. Mein Verstand befiehlt mir, ein wenig an dem zu zweifeln, was meine Phantasie mich erwarten lässt. In einigen Aspekten bin ich ganz sicher, dass meine üppigsten Wünsche nicht enttäuscht werden, und das sind die wichtigsten Punkte. Bei anderen empfinde ich etwas, was ich eher befürchten als beschreiben kann. Ich will es jedoch versuchen. Ich befürchte den Mangel dieses liebenswürdigen und einnehmenden *je ne sais quoi*[1], das – wie einige Philosophen ausreichend unverständlich über die Seele gesagt haben – alles in allem und alles in jedem einzelnen Teil ist[2]; es sollte seinen Einfluss auf jedes Wort und

1 Frz. «ich weiß nicht was», das gewisse Etwas.

2 So nicht zu ermitteln; evtl. diffuse Erinnerung an Stellen bei Platon *(Timaios)* oder Plotin *(Enneaden)*, wo es etwa heißt: «Gott ist ein Kreis, dessen Mittelpunkt überall und dessen Umfang nirgends liegt.»

jede Handlung erstrecken. Ich fürchte das Fehlen dieser Ausstrahlung und des ersten Eindrucks, der plötzlich das Herz erfasst, und man weiß nicht genau, wie oder warum. Ich fürchte eine Ungenauigkeit oder zumindest Uneleganz der Rede, die die beste und treffendste Angelegenheit herabwürdigen und schmälern wird. Und zuletzt fürchte ich eine anmutlose, wenn nicht gar unangenehme Äußerung, die alles schänden und hässlich machen würde. Sollten diese Befürchtungen gegenwärtig begründet, ihr jeweiliger Gegenstand jedoch (Gott sei Dank) so beschaffen sein, dass Du sie alle, worum ich Dich bitte, zwischen jetzt und unserer Begegnung beheben kannst, so tue dies. All diese einnehmenden und reizenden Errungenschaften sind mechanischer Art und lassen sich durch Sorgfalt und Beobachtung erwerben, so leicht wie Drehen oder jedes andere mechanische Handwerk. Ein gewöhnlicher Landbursche, frisch vom Pflug geholt und einem alten Corps eingegliedert, legt bald seinen schlurfenden Gang, seine krumme Haltung, seine plumpen und ungeschickten Bewegungen ab und erlangt die kriegerische Haltung, die regelmäßigen Bewegungen und das ganze Gehabe des Corps sowie besonders das seines rechten und linken Nebenmanns.

Wie das? Nicht dank seiner Eigenschaften, die die nämlichen sind wie vor seiner Rekrutierung, sondern entweder dank eines förderlichen Ehrgeizes, jenen, mit denen er nun das Leben teilt, ähnlich und gleich zu sein, oder dank der Angst davor, bestraft zu werden, wenn er dies nicht ist. Wenn also jedes dieser beiden Motive solch einen Burschen innerhalb von sechs Monaten so sehr verändern kann, dass man ihn gar nicht wiedererkennen würde, sollten bei Dir diese beiden Motive umso stärker sein, die ganze Verhaltensweise der Leute der eleganten Welt, mit denen Du Dein ganzes Leben verbringen wirst, bis zur höchsten Perfektion zu erwerben!

Ehrgeiz sollte Dich zu dem Entschluss bringen, ihnen in ihrer Art des Exerzierens wenigstens zu gleichen, ebenso wie die Furcht vor Strafe, die unvermeidlich ihren Mangel begleiten wird. Mit diesem Exerzieren meine ich die Haltung, die Manieren, die Grazien und den Stil der Leute von Welt. Einer Deiner Freunde sagt in einem Brief, den ich von ihm mit der letzten Post erhielt, nach einigen anderen Belobigungen für Dich: *Il est étonnant, que pensant avec tant de solidité qu'il fait, et aiant le goût aussi sûr et aussi délicat qu'il l'a, il s'exprime avec si peu d'élégance et de délicatesse. Il néglige même totalement le choix des mots et la tournure des phrases.*[1] Hierüber sollte ich nicht so überrascht oder besorgt sein, wenn es sich allein auf die englische Sprache bezöge, die zu studieren Du bisher keine und zu sprechen nur wenige Gelegenheiten hattest, jedenfalls mit jenen, die Deine Ungenauigkeiten verbessern könnten. Wenn Du Dich aber nicht elegant und feinfühlig auf Französisch und Deutsch ausdrückst (beide Sprachen beherrschst Du, wie ich weiß, vollkommen und sprichst sie schon ewig), so kann dies nur aus einem unverzeihlichen Mangel an Aufmerksamkeit heraus dem gegenüber geschehen, was Du fälschlicherweise für geringfügig hältst, was aber eines der wichtigsten Dinge in Deinem Leben ist. Gründliches und feines Denken muss uns gegeben sein; man kann es nicht erwerben, wenn es sich auch verbessern lässt; Eleganz und Feinfühligkeit im Ausdruck lassen sich jedoch von jedem erwerben, der die nötige Mühe und Sorgfalt aufbringen mag. Ich bin sicher, Du liebst mich hinreichend, um sehr betrübt zu sein, sollte ich, wenn wir uns treffen, Deinetwegen entweder enttäuscht oder

1 Frz. «Es ist erstaunlich, dass er trotz seines gründlichen Denkens und seines sicheren und feinen Geschmacks sich mit so wenig Eleganz und Feinfühligkeit ausdrückt. Er missachtet sogar vollkommen die angemessene Wortwahl und gute Formulierungen.»

vergrämt sein; und ich liebe Dich hinreichend, dass ich Dir versichern kann, ich wäre beides, wenn ich feststellen sollte, dass Dir einige dieser äußerlichen Errungenschaften fehlen, die unabdingbar notwendige Schritte hin zu dem Ansehen und Vermögen sind, von dem ich so sehr wünsche, dass Du es eines Tages in der Welt erringen mögest.

Ich hoffe, Du vernachlässigst nicht Deine Übungen im Reiten, Fechten und Tanzen, vor allem aber im Letzteren, denn sie tragen alle zu *dégourdir*[1] bei und geben einem eine gewisse Ausstrahlung. Gut zu reiten ist nicht nur eine geziemende und anmutige Errungenschaft für einen Gentleman, sondern es könnte Dich auch hinfort vor manch einem Sturz bewahren; gut zu fechten kann Dir möglicherweise das Leben retten, und gut zu tanzen ist absolut unerlässlich, um gut zu sitzen, zu stehen und zu gehen. Um die Wahrheit zu sagen, mein Freund, hege ich ein wenig den Verdacht, dass Du hin und wieder Deine Übungen vernachlässigst oder auslässt zugunsten ernsthafterer Studien. Doch nun *non est hic locus*[2], alles hat seine Zeit, und diese ist die für Deine

---

1 Frz. «bewegen», «lockern».
2 Lat. «hier ist nicht der Ort (dafür)».

Übungen, denn wenn Du nach Paris zurückkehrst, schlage ich nur vor, mit Deinem Tanzen fortzufahren, was Du weitere zwei Jahre tun solltest, wenn Du zufällig dort bist, wo es einen guten Tanzlehrer gibt. Hier will ich Dich ein paar Stunden bei Deinem alten Lehrer Desnoyer[1] nehmen sehen, der unser Marcel ist.

Was sagt Dir Madame Dupin[2]? Ich höre, sie sei immer noch sehr hübsch; ich weiß, dass sie dies vor ein paar Jahren war. Sie hat gute Eigenschaften, Bildung, Manieren und Feinfühligkeit; solch ein *arrangement* wäre für Dich ebenso ehrenvoll wie vorteilhaft. Sie wird erwarten, dass man ihr eine Wohlerzogenheit und Feinfühligkeit gleich der ihren entgegenbringt, und da sie jenseits von Prangen und *éclat* der Jugend ist, mag sie eher willens sein, Deiner Geschichte zu lauschen, wenn Du sie gut erzählst. Als Verbindung zöge ich sie *la petite Blot*[3] vor, und für bloße Galanterie ihr *la*

1 George Desnoyer (um 1700–1764), Tanzlehrer der Kinder des Prince of Wales, darunter der spätere George III.
2 Louise de Fontaine Dupin (1709–1799) unterhielt literarische Salons in Paris und Chenonceaux, in denen Leute wie Fontenelle, Marivaux und Rousseau verkehrten.
3 Gattin von Gilbert de Chavigny, Baron Blot, damals siebzehnjährige Nichte von Chesterfields alter Freundin, der Marquise de Monconseil.

petite Blot; also sind sie vereinbar, *et l'un n'empêche pas l'autre*[1]. Adieu. Bedenke *la douceur et les grâces.*

Greenwich, 13. Juni 1751 A.K.

Mein lieber Freund:

Les bienséances[2] sind ein höchst notwendiger Teil der Weltläufigkeit. Sie bestehen aus den Beziehungen zu Personen, Dingen, Zeit und Ort; gutes Urteilsvermögen verweist auf sie, guter Umgang vervollkommnet sie (Neigung und Wunsch zu gefallen immer vorausgesetzt), und Klugheit empfiehlt sie.

Hättest Du ein Gespräch mit einem König zu bestreiten, solltest Du dabei so locker und unbefangen sein wie Deinem eigenen Kammerdiener gegenüber; und doch sollten alle Blicke, Worte und Handlungen äußersten Respekt bezeugen. Was gegenüber anderen, die weit über Dir stehen, geziemend und wohlerzogen wäre, gölte gegenüber einem so viel Höheren als absurd und ungezogen. Du musst warten, bis Du angesprochen wirst; Du musst das Gesprächsthema anneh-

---

1 Frz. «das eine verhindert nicht [schließt nicht aus] das andere».

2 Frz. «Anstand», «Schicklichkeit», «Wohlerzogenheit».

men, nicht vorgeben; und Du musst auch sorgsam darauf bedacht sein, dass das angeschlagene Thema solch einer Konversation Dich nicht zu irgendeiner Ungebührlichkeit verleite. Die Kunst bestünde darin, das Gespräch wenn möglich zu einer indirekten Schmeichelei zu nutzen, etwa zum Lob jener Tugenden bei einem anderen Menschen, in deren schätzenswertem Besitz sich dieser Fürst entweder wähnt oder dies zumindest die Welt glauben machen möchte. Ähnlich umsichtig ist im Umgang mit Ministern, Generalen etc. zu verfahren, die erwarten, mit nahezu dem gleichen Respekt behandelt zu werden wie ihre Herren, und gewöhnlich besseren verdienen. Freilich mit dem Unterschied, dass man ihnen gegenüber die Konversation wieder aufnehmen darf, sollte sie von ihrer Seite aus verstummt sein, vorausgesetzt natürlich, dass man sich nicht auf ein Gebiet begibt, über das zu sprechen oder darauf angesprochen zu werden für sie ungebührlich ist. In diesen beiden Fällen wären gewisse Haltungen und Handlungen überaus absurd, da allzu locker und folglich respektlos. So zum Beispiel, wenn Du den Arm in den Schoß legen, Deine Schnupftabaksdose zwirbeln, mit den Füßen trampeln, Dir den Kopf kratzen wolltest etc.; derlei wäre in solcher Gesellschaft schockierend ungebührlich und wahrlich in jeder anderen nicht besonders wohlerzogen. Die große Schwierigkeit in diesen Fällen – wiewohl durch Aufmerksamkeit und Gewöhnung leicht zu überwinden – ist die Verbindung von vollkommener innerer Lockerheit mit vollkommenen äußerem Respekt.

In gemischten Gesellschaften mit Deinesgleichen (denn in gemischter Gesellschaft sind alle in einem gewissen Grade gleich) sind größere Lockerheit und Freiheit erlaubt, doch haben auch sie ihre Grenzen innerhalb der *bienséance.* Sozialer Respekt ist notwendig; Du magst ein Dir genehmes Gesprächsthema bescheiden anschlagen, hast jedoch sorgsam zu beachten *de ne jamais parler de cordes dans la maison d'un pendu*[1]. Deine Worte, Gesten und Haltungen genießen einen größeren, doch keineswegs schrankenlosen Grad an Freiheit. Du magst die Hände in die Taschen stecken, Schnupftabak nehmen, sitzen, stehen oder gelegentlich herumgehen, wie es Dir beliebt; ich glaube aber, Du hieltest es nicht für sonderlich *bienséant* zu pfeifen, den Hut aufzusetzen, die Strumpfbänder oder Schnallen zu lockern, Dich auf eine Couch zu legen oder Dich in einem Ses-

---

1 Frz. «niemals im Haus eines Gehängten von Stricken sprechen».

sel herumzuwälzen. Dies sind Nachlässigkeiten und Freizügigkeiten, die man sich nur gestatten darf, wenn man ganz allein ist; sie sind beleidigend für Höhere, schockierend und abstoßend für Gleiche, brutal und beleidigend für Niedrigere. Jene äußerst einnehmende Lockerheit von Haltung und Betragen unterscheidet sich erheblich von Nachlässigkeit und Achtlosigkeit und impliziert keineswegs, dass man tun könnte, wie es einem beliebt; sie bedeutet lediglich, dass man nicht steif, förmlich, verlegen, verstört und verschämt sein sollte wie Bauerntölpel und Leute, die nie in guter Gesellschaft waren, aber es verlangt große Aufmerksamkeit für und sorgfältigste Beachtung von *les bienséances.* Was immer man tun sollte, ist locker und ohne Befangenheit zu tun; was immer unziemlich ist, hat überhaupt nicht zu geschehen. Auch sind in gemischten Gesellschaften unterschiedliche Alter und Geschlechter unterschiedlich anzureden. Über Deine Vergnügungen würdest Du nicht mit Männern plaudern, die ein gewisses Alter, Ernst und Würde besitzen; von jungen Leuten erwarten sie mit Recht einige Ehrerbietung und Rücksicht. Du solltest bei Ihnen genauso unbefangen sein wie bei Leuten Deines Alters, aber Dein Betragen muss anders sein, es muss mehr Respekt angedeutet werden, und es ist kein Fehler, anzudeuten, dass Du von ihnen zu lernen erwartest. Es schmeichelt dem Alter und tröstet es darüber hinweg, dass es nicht mehr an Vergnügen und Albernheiten der Jugend teilnehmen kann. An Frauen solltest Du Dich stets mit großem äußeren Respekt und Aufmerksamkeit wenden, was auch immer Du inwendig fühlen magst; dank alter Vorschriften hat ihr Geschlecht Anspruch darauf, und dies gehört zu den Pflichten der *bienséance*. Zugleich ist dieser Respekt überaus schicklich und sehr angenehm vermischt mit einem gewissen Grad von *enjouement*[1], wenn Du darüber verfügst; aber dann muss diese *badinage*[2] direkt oder indirekt ihrer Preisung dienen und darf keineswegs als boshafte Formulierung zu ihrem Nachteil ausgelegt werden. Aber auch hier ist große Aufmerksamkeit auf die Unterschiede von Alter, Rang und Situation zu richten. Mit einer Maréchale[3] von fünfzig Jahren sollte man nicht so spielen wie mit einer jungen Koketten von fünfzehn; Respekt und seriöses *enjouement*, wenn ich diese beiden Wörter verbinden darf, sind Ersterer gegenüber angebracht, und

---

1 Frz. «Heiterkeit», «Unbeschwertheit», «Verspieltheit».
2 Frz. «Scherz», «Spaß».
3 Frz. «Gattin eines Marschalls», «Marschallin».

bloße *badinage, zesté même d'un peu de polissonnerie*[1], sind Letzterer gegenüber verzeihlich.

Ein weiterer wichtiger Punkt bei *les bienséances*, selten genug beachtet, ist der Verzicht darauf, Deine augenblickliche Laune und Stimmung unterschiedslos auf jeden anzuwenden, sondern die der anderen zu beobachten, sich danach zu richten und sie zu übernehmen. Wärest Du zum Beispiel in besonders prächtiger Stimmung und geistigem Überschwang, würdest Du dann hingehen, einen *pont-neuf*[2] singen oder Bocksprünge machen gegenüber der Maréchale de Coigny[3], dem päpstlichen Nuntius, Abbé Sallier[4] oder sonst einer Person von gravitätischem und schwermütigem Wesen oder einem, der zu diesem Zeitpunkt in Trauer ist? Ich glaube nicht; wie ich andererseits annehme, wenn Du in trüber Stimmung oder echter Trauer wärest, würdest Du Deine Lage nicht unbedingt mit *la petite Blot*[5] be-

---

1 Frz. «Scherz, sogar gewürzt mit ein wenig Frivolität».

2 Frz. «Neue Brücke»: Im 17. Jh. trug ein Sänger namens «le Savoyard» auf dieser Brücke in Paris satirische, politische und anzügliche Lieder einer Art vor, die später diese generische Bezeichnung erhielt.

3 Die sehr ehrenwerte Gattin des Marschalls von Frankreich, François de Franquetot, duc de Coigny (1670–1759).

4 Vgl. Anm. S. 195.

5 Vgl. Anm. S. 202.

weinen wollen. Wenn Du Deine jeweilige Laune und Befindlichkeit nicht beeinflussen kannst, suche zur Konversation jene aus, deren Laune der Deinen am nächsten zu sein scheint.

Lautes Gelächter ist absolut unvereinbar mit *les bienséances*, denn es ist nur ein unedles, geräuschvolles Zeugnis der Freude des Pöbels über eine recht alberne Sache. Einen Gentleman wird man oft lachen sehen, aber selten lachen hören. Nichts ist der guten Lebensart mehr zuwider als grobes Herumtollen, oder *jeux de main*[1] jeglicher Art, die oft sehr ernsthafte, manchmal höchst unheilvolle Folgen haben. Raufen, Ringen, einander Dinge an den Kopf werfen sind geziemende Vergnügungen für den Pöbel, entehren aber einen Gentlemen: *gioco di mano, gioco de villano*[2] ist ein sehr wahrer Satz, unter den wenigen wahren Spruchweisheiten der Italiener.

Rechthaberei und Entschiedenheit bei jungen Leuten sind *contraire aux bienséances*[3]; sie sollten selten den Eindruck machen, etwas zu behaupten, und immer einen abschwächenden Ausdruck ver-

1 Frz. «Spiel mit den Händen», alles zwischen Kinderspielen, rhythmischem Klatschen und obszönen Gesten.
2 Ital. «Spiel mit der Hand, Spiel des Schufts».
3 Frz. «gegen die Schicklichkeit».

wenden, wie etwa *s'il m'est permis de le dire, je croirois plutôt, si j'ose m'expliquer*[1], was die Art mildert, ohne die Substanz aufzugeben oder auch nur zu schwächen. Menschen von höherem Alter und größerer Erfahrung erwarten diesen Grad von Achtung und haben Anspruch darauf.

Es gibt auch eine *bienséance* im Hinblick auf Leute des niedrigsten Ranges; ein Gentleman bewahrt sie gegenüber seinem Diener, sogar gegenüber dem Bettler auf der Straße. Er betrachtet sie als Ziel von Mitleid, nicht von Beleidigung; er wird sich beiden gegenüber nicht *d'un ton brusque*[2] bedienen, sondern den Fehler des einen kühl korrigieren und die Bitte des anderen human ablehnen. Es gibt auf der Welt keine einzige Gelegenheit, bei der *le ton brusque* einem Gentleman zukommt. Kurz gesagt, *les bienséances* sind ein anderes Wort für Manieren und betreffen alle Gebiete des Lebens. Sie gehören zur Schicklichkeit; um sie zu vervollständigen, sollten die Grazien sie begleiten; die Grazien befähigen uns, das auf noble und angenehme Art zu tun, was *les bienséances* überhaupt verlangen. Letztere sind für jedermann eine Ver-

---

1 Frz. «wenn ich das sagen darf, ich dächte eher, wenn ich so kühn sein darf, mich dazu zu äußern».
2 Frz. «eines brüsken/schroffen Tonfalls».

pflichtung; Erstere sind für jedermann unendlicher Vorzug und Zier. Mögest Du beides verbinden!

Wenn Du auch gut tanzt, glaube doch nicht, Du tanztest gut genug und könntest folglich den Versuch unterlassen, noch besser zu tanzen. Und sollte man Dir auch sagen, Du seiest elegant, versuche trotzdem, noch eleganter zu sein. Sollte Marcel es sagen, gib Dich damit nicht zufrieden. Fahre fort, Dein ganzes Leben lang die Grazien zu hofieren; Du wirst bei Hofe keine besseren Freunde finden: Sie werden zu Deinen Gunsten zu den Herzen von Fürsten, Ministern und Mätressen sprechen.

Nun, da alle aufwühlenden Leidenschaften und jähen Empfindungen bei mir zur Ruhe gekommen sind und ich weder von quälenden Sorgen noch heftigen Vergnügungen geplagt werde, ist es meine größte Freude, die heitere Zukunft zu erwägen, die vor Dir liegt, und zu hoffen und zu glauben, dass Du sie genießen wirst. Du bist schon Teil der vornehmen Welt in einem Alter, da andere noch kaum von ihr gehört haben. Dein Wesen ist bis jetzt nicht nur makellos in seinem moralischen Teil, sondern nicht einmal besudelt durch irgendein niedriges, schmutziges und einem Gentleman nicht zukommendes Laster; und ich hoffe, es wird so bleiben. Dein Wissen ist solide, ausgedehnt und anerkannt, besonders bei allem, was sich auf Deine Ziele bezieht. Was könnte einem fehlen, der mit all diesem beginnen kann? Nicht das Vermögen, wie Du durch Erfahrung herausgefunden hast. Ausreichendes Vermögen, Deine Verdienste und Deinen Fleiß zu unterstützen, hattest Du und wirst es immer haben; und wenn ich es vermeiden kann, wirst Du nie genug haben, um in beiden Punkten nachlässig zu werden. Auch hast Du *mens sana in corpore sano*[1], den größten Segen von allen. Daher ist es Dir ebenso leicht möglich, alles, was Dir fehlen mag, zu erwerben, wie Du Dein Frühstück essen kannst, wenn es Dir vorgesetzt wird. Allein jene Kenntnis der Welt, Eleganz der Manieren, universelle Höflichkeit und Grazien müssen der Umgang mit guter Gesellschaft und die Betrachtung vielfältiger Orte und Charaktere Dir unweigerlich verschaffen, mit einem Minimum an Aufmerksamkeit Deinerseits. Deine außenpolitische Bestimmung führt zu den größten Dingen, und Deine parlamentarische Situation wird Dir das Fortschreiten erleichtern. Betrachte also diese angenehmen Aussichten für Dich ebenso aufmerksam wie ich. Bemühe Dich Deinerseits, all

1 Lat. «ein gesunder Geist in einem gesunden Körper».

dies Wirklichkeit werden zu lassen, wie ich es meinerseits tun werde, um Dich zu unterstützen und dazu zu befähigen. *Nullum numen abest, si sit prudentia*[1].

Adieu, mein liebes Kind! Ich zähle die Tage, bis ich das Vergnügen haben werde, Dich zu sehen; bald werde ich die Stunden zählen und schließlich die Minuten, mit wachsender Ungeduld.

PS: Die Mohairs sind heute von hier nach Calais abgegangen, der Obhut von Madame Morel[2] anempfohlen, und wie gewünscht an den Comptroller-General[3] adressiert. Die drei Stücke belaufen sich auf sechshundertachtzig französische *livres*[4].

Greenwich, 15. Juli 1751 A. K.

Mein lieber Freund:

Da dies, wie ich annehme, der letzte oder vorletzte Brief ist, den ich schreiben werde, bevor ich

---

1 Lat. «Kein Gott fehlt, wo Klugheit ist», d. h., wo Klugheit waltet, ist auch ein Schutzgott nicht fern.
2 Nicht zu ermitteln.
3 Oberster Rechnungsprüfer – der brit. Botschaft in Paris? *Contrôleur général des finances* – der frz. Finanzminister?
4 Frz. *livre* (lat. *libra*, «Pfund»), frz. Rechnungsmünze, entsprach etwa dem Pfund Sterling, 1795 durch den Franc ersetzt.

das Vergnügen habe, Dich hier zu sehen, könnte es angemessen sein, Dich ein wenig auf unser Gespräch und auf die Zeit vorzubereiten, die wir gemeinsam verbringen werden. Bevor Könige und Fürsten einander begegnen, regeln auf beiden Seiten Minister die wichtigen Präzedenzfragen, Lehnstühle, rechts und links etc., sodass sie bereits vorher wissen, was sie zu erwarten haben, worauf sie sich verlassen müssen. Es ist gut, dass sie so verfahren, denn für gewöhnlich beneiden oder hassen, aber ganz gewiss misstrauen sie einander. Wir werden uns unter ganz anderen Bedingungen treffen; wir bedürfen keiner solchen Präliminarien; Du kennst meine Sanftmut, ich kenne Deine Zuneigung. Meine einzige Absicht ist es daher, Deinen kurzen Aufenthalt bei mir für Dich so nützlich zu machen, wie ich nur kann; und Deine Absicht, hoffe ich, ist es, mit mir zu kooperieren. Ich bin nicht sicher, ob ich es für Dich angenehm machen kann, indem ich es sinnvoll mache. Ich werde Dir weder Brech- noch Abführmittel verabreichen, da ich sicher bin, dass Du ihrer nicht bedarfst; was jedoch Toniken angeht, musst Du eine große Menge erwarten; und ich kann Dir sagen, dass ich eine Anzahl Geheimmittel habe, von denen ich niemandem als Dir Mitteilung machen werde. Um ohne Metaphern zu sprechen: Ich werde versuchen, Deiner Jugend mit aller Erfahrung beizustehen, die ich zum Preis von siebenundfünfzig Jahren erworben habe. Um dies zu tun, werden häufige Tadel, Verbesserungen und Ermahnungen nötig sein; ich verspreche Dir jedoch, dass sie milder, freundlicher und diskreter Art sein werden; in Gesellschaft werden sie Dich nicht die Fassung verlieren lassen und nicht die Laune, wenn wir allein sind. Ich erwarte nicht, dass Du mit neunzehn die Weltläufigkeit, Manieren und Geschicklichkeit besitzt, die nur wenige mit neunundzwanzig haben. Ich will jedoch versuchen, sie Dir zu vermitteln, und ich bin sicher, Du wirst versuchen, sie zu erlernen, soweit dies Deine Jugend, meine Erfahrung und die Zeit, die wir gemeinsam verbringen, erlauben. Du magst viele kleine Mängel haben (und hast sie sicherlich, denn wer hätte sie in Deinem Alter nicht?), die nur wenige Dir gegenüber erwähnen werden, und einige, über die nur ich zu Dir sprechen kann. Vielleicht hast Du auch andere, die weniger interessierte und weniger wachsame Augen als meine nicht entdecken; über all diese wirst Du von einem hören, dessen Zuneigung zu Dir seine Neugier erregen und seinen Blick schärfen wird. Die kleinste Unachtsamkeit, der kleinste Mangel der Manieren, die winzigste Uneleganz der Redeweise, die kleinste Plumpheit in Kleidung und Haltung werden weder meiner Beobachtung noch freundschaftlicher Korrektur entgehen. Zwei der innigsten Freunde auf der Welt können einander freimütig ihre Fehler nennen und sogar ihre Verbrechen; aber sie können einander sicher nicht von gewissen kleinen Schwächen, Ungeschicklichkeiten und Blendung durch Eigenliebe sprechen; um diese rückhaltlose Offenheit zu gestatten, ist die zwischen uns bestehende Beziehung absolut notwendig. Ich hatte zum Beispiel einen höchst ehrenwerten Freund, mit dem ich eng genug verbunden war, um ihm seine Fehler zu nennen. Er hatte nur wenige; ich habe sie ihm genannt, er hat es von mir gern angenommen und sie korrigiert. Aber dann hatte er einige Schwächen, die ich ihm nie direkt nennen konnte und die er selbst so wenig bemerkte, dass Anspielungen auf sie an ihn vergeudet waren. Er hatte einen dürren Hals, fast einen Meter lang; nichtsdestoweniger trug er, da Perückentaschen gerade in Mode waren, tatsächlich eine, an seiner Perücke angebracht; aber nie nach hinten, denn bei jeder Kopfbewegung kam diese Tasche über die eine oder die andere Schulter nach vorn. Er hatte es sich auch in den Kopf gesetzt, er müsse gelegentlich Menuett tanzen, weil andere dies taten; und er tanzte nicht nur überaus schlecht, sondern so unbeholfen, so ungelenk, so dürr, so mager war seine Gestalt, dass es, und hätte er auch so gut getanzt wie Marcel, bei ihm lächerlich gewirkt hätte, überhaupt zu tanzen. Ich deutete diese Dinge ihm gegenüber so klar an, wie die Freundschaft es erlaubte, und völlig zwecklos; um ihm aber alles so zu sagen, dass es ihn kuriert hätte, hätte ich sein Vater sein müssen, was ich Gott sei Dank nicht bin. Wie Väter gewöhnlich sind, ist es selten ein Unglück, vaterlos zu sein, und in Anbetracht der allgemeinen Qualität von Söhnen ebenso selten ein Unglück, keine Kinder zu haben. Du und ich bilden, glaube ich, eine Ausnahme von dieser Regel; denn ich bin überzeugt, dass wir beide unsere gegenseitige Beziehung nicht ändern würden, wenn es denn in unserer Macht stünde. Du wirst, wie ich sowohl hoffe als auch glaube, nicht nur die Stütze, sondern auch der Stolz meines Alters sein, und ich bin sicher, dass ich die Hilfe, der Freund, der Lenker Deiner Jugend sein werde. Du kannst mir rückhaltlos trauen; ich werde Dich ohne eigenes Interesse oder heimlichen Neid beraten. Mr. Harte wird dies auch tun, aber es mag da doch einige Kleinigkeiten geben, die Du wissen solltest und verbessern müsstest, über die aber sogar seine Freundschaft ihn nicht so offen mit Dir sprechen ließe, wie ich es täte, und einige, die er möglicherweise nicht so gut beurteilen kann wie ich, da er nicht so viel in der großen Welt gelebt hat.

Ein wichtiges Thema unserer Konversation wird nicht nur die Reinheit, sondern auch die Eleganz der englischen Sprache sein, und in beidem hast Du große Mängel. Ein weiteres Thema wird die Verfassung dieses Landes sein, über die Du, wie ich glaube, weniger weißt als über die der meisten anderen Länder in Europa. Manieren, Aufmerksamkeit und Verhalten werden ebenfalls häufige Gegenstände unserer Lektionen sein; und was immer ich über jene bedeutende und unerlässliche Kunst weiß, die Kunst des Gefallens, werde ich Dir ohne Vorbehalte mitteilen. Auch die Kleidung (die nach Lage der Dinge, wie ich logisch beweisen kann, einige Aufmerksamkeit verlangt) wird nicht immer unserer Aufmerksamkeit entgehen. Also werden meine Lektionen vielfältiger und in einiger Hinsicht nützlicher sein als die von Professor Mascow[1]; und deshalb kann ich Dir sagen, dass ich erwarte, für sie bezahlt zu werden; da Du aber wohl keinen Wert darauf legen würdest, Dich von Deinem verfügbaren Geld

1 Vgl. Anm. S. 109.

zu trennen, und da ich es nicht für sehr schicklich von mir hielte, es anzunehmen, will ich Aufmerksamkeit und Übung als Ersatz für die Bezahlung nehmen.

Bitte denke daran, Dich von all Deinen Freunden, Bekanntschaften und Mätressen, falls Du welche hast, in Paris so zu verabschieden, dass Du sie nicht nur willens, sondern begierig darauf machst, Dich dort wiederzusehen. Versichere sie Deines Wunsches, zu ihnen zurückzukehren, und tue dies auf eine Art, die sie glauben lässt, dass Du es ernst meinst, das heißt, *avec onction et une espèce d'attendrissement*[1]. Alle Leute sagen bei solchen Gelegenheiten so ziemlich die gleichen Dinge; allein die Manier ergibt den Unterschied, und dieser Unterschied ist beträchtlich. Vermeide es jedoch, so gut Du kannst, Dich mit Aufträgen für Deine Rückkehr von hier nach Paris zu belasten; ich weiß aus Erfahrung, dass sie überaus lästig, gewöhnlich kostspielig und schließlich sehr selten für die Menschen zufriedenstellend sind, die sie erteilt haben. Einigen Aufträgen von Menschen, denen Du verpflichtet bist und die Du Deinerseits Dir verpflichten möchtest, kannst Du Dich nicht verweigern, aber den Aufträgen,

1 Frz. «salbungsvoll und mit ein wenig Rührung».

die gewöhnlichen Krimskrams betreffen, kannst Du Dich mit der Wahrheit entziehen, indem Du sagst, dass Du nach Paris über Flandern zurückkehren und dort all die großen Städte besuchen wirst, wie ich es für Dich beabsichtige, und dass Du eine Woche oder zehn Tage in Brüssel bleiben willst. Adieu! Dir eine gute Reise, falls dies mein letzter Brief ist; falls nicht, kann ich abermals wiederholen, was ich unausgesetzt wünschen werde.

London, 19. Dezember 1751 A.K.

Mein lieber Freund:

Du hast nun ein Arbeitsgebiet[1] betreten, wo Du hoffentlich eines Tages eine gute Figur machen wirst. Gewöhnung erreicht vieles, aber Sorgfalt und Aufmerksamkeit müssen hinzukommen. Das Erste, bei der Abfassung von Geschäftsbriefen unabdingbar, ist äußerste Klarheit und Scharfsicht; jeder Absatz sollte so klar und eindeutig sein, dass der dümmste Bursche auf der Welt ihn nicht missverstehen kann und auch nicht zweimal lesen muss, um ihn zu verstehen. Diese unerlässliche Klarheit verlangt Korrektheit, ohne stilisti-

---

1 Stanhope arbeitete in der brit. Botschaft in Paris.

sche Eleganz auszuschließen. Tropen, Figuren, Antithesen, Epigramme etc. wären in Geschäftsbriefen ebenso deplaciert und unverschämt, wie sie manchmal (wenn klug verwendet) in vertraulichen Briefen über gewöhnliche und triviale Themen geziemend und gefällig sind. Im Geschäftlichen ist eine elegante Schlichtheit erforderlich, Ergebnis von Sorgfalt, nicht von Mühe. Das Geschäft muss gut, nicht affektiert gekleidet sein, aber keineswegs nachlässig. Wende Deine erste Aufmerksamkeit auf Klarheit und lies jeden Absatz, nachdem Du ihn geschrieben hast, in der kritischen Absicht, festzustellen, ob es möglich ist, dass irgendjemand die wahre Bedeutung missverstehen kann, und korrigiere ihn entsprechend.

Unsere Pronomina und Relativsätze erzeugen häufig Dunkelheit oder Mehrdeutigkeit; sei bei ihnen daher besonders aufmerksam und achte darauf, ihre jeweiligen Bezüge ganz deutlich zu machen. Zum Beispiel hat Mr. Johnson mir mitgeteilt, er habe Mr. Smith gesehen, der ihm versprochen habe, mit Mr. Clarke zu sprechen, dass dieser ihm (Mr. Johnson) jene Papiere zurücksende, die er (Mr. Smith) vor einiger Zeit bei ihm (Mr. Clarke) zurückgelassen habe: Es ist besser, einen Namen, wiewohl unnötig, zehnmal zu wiederholen, als dass der Empfänger es einmal missversteht. *Who,* wie Du weißt, bezieht sich ausschließlich auf Personen und kann nicht auf Dinge angewendet werden; *which* und *that* beziehen sich vor allem auf Dinge, schließen jedoch Personen nicht absolut aus; denn man kann sagen, «the man that robbed or killed» jemanden, es ist jedoch viel besser, «the man who robbed or killed»[1] zu sagen. Man sagt nie «the man or the woman *which.*» *Which* und *that* beziehen sich zwar vor allem auf Dinge, können aber hierbei nicht immer unterschiedslos benutzt werden, und die ευφωνια[2] muss manchmal ihre Stellung bestimmen. Zum Beispiel: «The letter *which* I received from you, *which* you referred to in your last, *which* came by Lord Albemarle's messenger, and *which* I showed to such-a-one»; ich würde dies so ändern: «The letter *that* I received from you, *which* you referred to in your last, *that* came by Lord Albermarle's messenger, and *which* I showed to such-a-one.»

Das Geschäftliche schließt nicht (wie Du dies möglicherweise wünschst) die üblichen Ausdrücke von Höflichkeit und Wohlerzogenheit aus, sondern verlangt sie im Gegenteil ganz streng:

---

1 Engl. «der Mann, der geraubt oder getötet hat».
2 *euphōnía*, griech. «Wohlklang».

etwa: «Ich habe die Ehre, Euer Lordschaft zu informieren»; «Erlauben Sie mir, Ihnen zu versichern»; «Wenn ich es mir gestatten darf, meine Meinung zu äußern» etc. Denn der Gesandte im Ausland, der an den Minister daheim schreibt, schreibt an seinen Vorgesetzten, möglicherweise an seinen Gönner oder jedenfalls an einen, den er sich als solchen wünscht.

Geschäftsbriefe lassen nicht nur *gewisse Grazien* zu, sondern werden durch sie verbessert – sie müssen jedoch mit Zurückhaltung und Geschick verteilt werden, sie müssen genau an ihre Stelle passen. Sie müssen dezent verzieren, ohne zu überfrachten, und bescheiden leuchten, ohne grell zu sein. Aber da dies der äußerste Grad an Perfektion in Geschäftsbriefen ist, würde ich Dir nicht raten, solche Ausschmückungen zu versuchen, ehe Du nicht Deine Fundamente sorgsam gelegt hast.

Die Briefe von Kardinal d'Ossat sind die wahren Geschäftsbriefe; die von Monsieur D'Avaux sind vorzüglich; die von Sir William Temple[1] sind

---

1 Kardinal Arnauld d'Ossat (1537–1604), Berater des frz. Königs Heinrich IV.; Jean-Antoine de Mesmes, comte d'Avaux (1640–1709), frz. Diplomat; Sir William Temple (1628–1699), engl. Diplomat und Essayist.

höchst ersprießlich, aber, fürchte ich, zu affektiert. Meide sorgsam alle griechischen oder lateinischen Zitate, und verweise nicht auf Beispiele der *tugendhaften Spartaner,* der *höflichen Athener* und der *tapferen Römer.* Überlasse all dies müßigen Pedanten. Nichts Blumiges, keine Deklamation. Aber (ich wiederhole es erneut) eine elegante Schlichtheit und Würde des Stils ist absolut nötig für gute Geschäftsbriefe; achte sorgfältig darauf. Lasse Deine Satzperioden harmonisch sein, ohne dass sie bemüht wirken, und lasse sie nicht zu lang sein, weil dies immer eine gewisse Undurchdringlichkeit bewirkt. Korrekte Orthographie würde ich nicht erwähnen, doch begehst Du hierin oft Fehler, was Dich der Lächerlichkeit preisgeben wird, denn schlecht zu buchstabieren ist niemandem gestattet. Ich wünschte auch, Deine Handschrift wäre viel besser, und ich begreife nicht, warum sie es nicht ist, da sich doch jeder die Handschrift aneignen kann, die er haben möchte. Genauigkeit beim Falten, Siegeln und Beschriften Deiner Sendungen ist keinesfalls zu vernachlässigen, auch wenn Du, möchte ich sagen, dies meinst. Aber selbst im Äußeren eines Pakets gibt es etwas, das gefallen oder missfallen kann und folglich einiger Aufmerksamkeit wert ist.

Du sagst, Deine Zeit sei recht gut ausgefüllt,

und dies ist sie wohl, allerdings bisher nur in den Umrissen und der ersten *routine* des Geschäfts. Diese vorher zu kennen ist unabdingbar, sie ebnen den Weg für Talent und Geschicklichkeit. Das Geschäft verlangt keine Beschwörungen oder übernatürlichen Gaben, wie Leute, die damit nicht vertraut sind, gern annehmen. Methode, Beflissenheit und Sorgfalt werden einen Mann von gutem starken Verstand viel höher tragen, als dies die besten Eigenschaften ohne sie können. *Par negotiis, neque supra*[1] ist der wahre Charakter eines Geschäftsmannes, doch verlangt dies ständige Aufmerksamkeit und keine *absences*[2] sowie Geschmeidigkeit und Wendigkeit im Übergang von einem Objekt zum anderen, ohne sich von einem einzelnen völlig gefangen nehmen zu lassen.

Sei auf der Hut vor der Pedanterie und Affektiertheit des Geschäfts, auf die junge Leute leicht verfallen, aus dem Stolz heraus, damit in so jungen Jahren bereits befasst zu sein. Sie schauen gedankenvoll drein, klagen über die Bürde des Geschäfts, sondern mysteriöse Andeutungen ab und

1 Lat. «den Aufgaben angemessen, niemals mehr», aus: Publius Cornelius Tacitus (55–120), *Annalen*, 6, 39; d.h. sei tüchtig, aber bescheiden – Stanhope hatte angeblich einen Hang dazu, mit seinem Namen anzugeben.
2 Frz. «(Geistes-)Abwesenheiten».

scheinen gebläht von Geheimnissen, die sie nicht kennen. Du solltest hingegen über das Geschäft nur mit jenen reden, mit denen Du es durchführst, und Du solltest lernen, *vacuus*[1] und müßig zu wirken, wenn Du besonders viel zu erledigen hast. Von allen Dingen sind am nötigsten das *volto sciolto* und die *pensieri stretti*[2]. Adieu!

London, 2. März 1752 A.K.

Mein lieber Freund:

Wo bist Du bei Ariost[3]? Oder bist Du bereits fertig mit dieser überaus einfallsreichen Verwebung von Wahrheit und Lügen, Seriösem und Extravagantem, fahrenden Rittern, Zauberern und all dem vielfältigen Stoff, den er zu Beginn seines Gedichts ankündigt:

Le Donne, i Cavalier, l'arme, gli amori,
Le cortesie, l'audaci imprese io canto ...[4]

---

1 Lat. «leer».

2 Vgl. Anm. S. 65.

3 Der ital. Dichter Ludovico Ariosto (1474–1533); sein Versepos *Orlando furioso* (*Der rasende Roland*, 1516) gilt als einer der wichtigsten Texte der ital. Literatur.

4 Anfangszeilen des *Orlando Furioso*: «Von Damen, Rittern, Waffen, Liebe, Höfischem, kühnen Taten singe ich ...»

Ich bin keineswegs sicher, dass Homer über größere Phantasie verfügte oder im Deskriptiven Ariost übertraf. Was kann verführerischer und lustvoller sein als die Beschreibung von Alcinas Person und Palast? Was von einfallsreicherer Extravaganz als die Suche auf dem Mond nach Orlandos verlorenem Verstand und der Bericht über den dort gefundenen anderer Leute[1]? Das Ganze ist Deiner Aufmerksamkeit wert, nicht nur als einfallsreiches Gedicht, sondern als der Quell aller modernen Geschichten, Romane, Fabeln und Novellen, wie es Ovids *Metamorphosen* für die antiken waren; außerdem wird Dir, wenn Du sein Werk gelesen hast, in der italienischen Sprache nichts mehr schwierig sein. Danach wirst Du Tassos *Gierusalemme* und das *Decamerone* von Boccaccio ganz geläufig lesen können, und wenn Du diese drei Autoren gelesen hast, wirst Du meiner Meinung nach alle phantasievollen Werke gelesen haben, die in dieser Sprache lesenswert sind; allerdings wären die Italiener mir sehr böse, dass ich das sage.

Ein Gentleman sollte, was ich klassische Werke nenne, in jeder Sprache kennen, wie etwa Boileau, Corneille, Racine, Molière etc. auf Französisch,

---

1 Vgl. *Orlando Furioso*, VI, 35 f. bzw. XXXIV, 68 f.

Milton, Dryden, Pope, Swift etc. auf Englisch und die drei oben erwähnten Autoren auf Italienisch; ob es etwas Derartiges auf Deutsch gibt, weiß ich nicht und bin eigentlich auch nicht neugierig darauf. Diese Art von Büchern ziert den Geist, stärkt die Vorstellungskraft und ist oft Thema von Anspielungen und Gesprächen in den besten Gesellschaften. Da Du die Sprachen kennst, um sie zu lesen, und das Gedächtnis hast, um sie zu behalten, ist ihre Kenntnis sehr wohl die geringe Mühe wert, die sie Dich kosten wird, und wird es Dir möglich machen, in Gesellschaft zu glänzen. Sie zu zitieren und auf sie anzuspielen, ist keine Pedanterie, was es hinsichtlich der Antiken wäre.

Unter den vielen Vorzügen, die Du in Deiner Erziehung genossen hast, halte ich Deine Kenntnis mehrerer Sprachen nicht für den geringsten. Du brauchst Dich nicht auf Übersetzungen zu verlassen, Du kannst zur Quelle gehen, Du kannst mit Menschen aller Nationen von Gleich zu Gleich sprechen und verhandeln, was keineswegs der Fall ist bei einem, der in einer Sprache redet oder verhandelt, die jene, mit denen er zu tun hat, viel besser kennen als er. Im Geschäftsleben kann viel von der Kraft und Bedeutung eines einzelnen Worts abhängen, und im Gespräch kann ein mäßiger Gedanke gewinnen oder ein guter verlieren ob der Ziemlichkeit oder Unziemlichkeit, der Eleganz oder Uneleganz eines einzigen Worts. Da Du nun vier moderne Sprachen gut beherrschst, möchte ich, dass Du sie weiter studierst (und, nebenbei, wird es Dir nur geringe Mühe machen), um sie korrekt, genau und in allen Feinheiten zu kennen. Lies einige kleine Bücher, die dies behandeln, und befrage über die Feinheiten jene, die fähig sind, Dir zu antworten. Sollte ich zum Beispiel auf Französisch sagen: «la lettre que je vous ai *écrit*» oder «la lettre que je vous ai *écrite*»[1]? Hierin, glaube ich, sind die Franzosen selbst nicht einer Meinung. Es gibt eine kurze französische Grammatik aus Port Royal und eine weitere von Père Buffier[2], die beide Deiner Lektüre wert sind, wie auch ein kleines Buch mit dem Titel *Les Synonymes François*[3]. Solche Bücher gibt es über die italienische Sprache, und ich würde Dir raten, in einige hineinzuschauen. Möglicherweise verfügt die deutsche Sprache über etwas Ähnliches, und da Du sie bereits sprichst, wäre es umso geziemender, sie besser zu sprechen; man sollte,

---

1 Frz. «der Brief, den ich Ihnen geschrieben habe».
2 *Grammaire générale* (1660) von Antoine Arnauld und Claude Lancelot; *Grammaire* (1709) von Claude Buffier.
3 *Synonymes françois* (1736) von Gabriel Girard.

finde ich, soweit dies möglich ist, alles, was man tut, korrekt und elegant tun. Für Menschen jeder Nation ist es äußerst einnehmend, einem Ausländer zu begegnen, der sich ausreichend Mühe gemacht hat, ihre Sprache korrekt zu sprechen; es schmeichelt jenem lokalen und nationalen Stolz und Vorurteil, von dem jeder etwas hat.

Die *Eugenia* von Francis[1], die ich Dir schicken werde, gefiel hier den meisten Leuten guten Geschmacks; die Logen waren bis zum sechsten Abend überfüllt; dann waren Parkett und Galerie vollkommen leer, und das Stück wurde abgesetzt. Ungemach ohne Tod genügte nicht, um ein echtes britisches Publikum zu ergreifen, das schon so lange an Dolche, Streckbänke und Giftbecher gewöhnt ist; abweichend von der Regel des Horaz wollen sie Medea ihre Kinder auf der Bühne ermorden sehen[2]. Die Empfindungen waren zu

---

1 Es handelt sich um die von Philip Francis übersetzte Tragödie *Cénie* (1750) von Françoise d'Issembourg d'Happoncourt de Graffigny (1695–1758), der bekanntesten frz. Schriftstellerin des 18. Jh.

2 Horaz, *Ars poetica*, 185f.: «Lasst nicht Medea die Kinder vor dem Publikum ermorden», da sonst die zur Herbeiführung der Katharsis nötige Identifikation des Publikums mit der Hauptfigur zerstört wird; aus demselben Grund verlegt z.B. Shakespeare in *Macbeth* den Mord an Duncan hinter die Bühne.

fein, um sie zu erschüttern, und ihre Herzen müssen im Sturm eingenommen werden, nicht durch Palaver.

Hast Du die Dinge wiederbekommen, die man Dir in Calais abgenommen hatte? Und darunter das Päckchen, das meine Schwester Dir für Sir Charles Hotham[1] gab? In diesem Fall, hast Du es an ihn weitergeschickt? Wenn Du noch nicht die Gelegenheit dazu hattest, wirst Du sie bald erhalten, und ich wünsche, dass Du sie nicht verstreichen lässt; und zwar durch Monsieur D'Aillon[2], den Du in wenigen Tagen in Paris sehen wirst auf seinem Weg nach Genf, wo sich Sir Charles nun aufhält und einige Zeit bleiben wird. Adieu!

London, 30. April 1752 A. K.

Mein lieber Freund!

Avoir du monde[3] ist nach meiner Meinung ein überaus treffender und glücklicher Ausdruck dafür, dass man Gewandtheit, Manieren und die Kenntnis hat, wie man sich in jeder Gesellschaft gebühr-

---

1 Chesterfields Neffe, Sohn von Lady Gertrude Hotham geb. Stanhope.

2 In einem anderen Brief erwähnt als Maler.

3 Frz. «Welt/Gäste haben», «über Welt/Gäste verfügen», Weltläufigkeit besitzen.

lich benimmt; und er impliziert ganz zu Recht, dass einer, der diese Errungenschaften nicht besitzt, nicht von Welt ist. Ohne sie sind die besten Talente unwirksam, Höflichkeit ist absurd und Freimütigkeit anstößig. Ein gelehrter Geistlicher, der in seiner Zelle zu Oxford oder Cambridge verrostet, wird bewundernswert gut die Natur des Menschen erörtern, Kopf, Herz, Verstand, Willen, Leidenschaften, Sinne, Empfindungen und alle Unterteilungen von was auch immer tiefschürfend analysieren; und doch weiß er leider nichts über den Menschen, denn er hat nicht mit ihm zusammengelebt und ist in Unkenntnis all der verschiedenen Arten, Gewohnheiten, Vorurteile und Geschmäcker, die diesen immer beeinflussen und oft bestimmen. Er betrachtet den Menschen, wie er Farben in Sir Isaac Newtons Prisma betrachtet, wo nur die wichtigsten zu sehen sind; ein erfahrener Färber jedoch kennt die vielerlei Nuancen und Abstufungen samt dem Ergebnis aller möglichen Mischungen. Wenige Menschen sind nur von einer einfachen, entschiedenen Farbe; die meisten sind gemischt, nuanciert und vermengt und variieren in unterschiedlichen Situationen so sehr wie changierende Seide in wechselndem Licht. Der Mann *qui a du monde* weiß all dies aus eigener Erfahrung und Beobachtung; der dünkelhafte, abgeschiedene Philosoph weiß nichts davon aus seiner eigenen Theorie, seine Praxis ist absurd und unangemessen, und er handelt so ungeschickt, wie ein Mann tanzen würde, der nie andere tanzen sah noch je von einem Tanzlehrer lernte, sondern nur die Noten studiert hat, mit denen Tänze heute ebenso wie Melodien aufgezeichnet werden. Beobachte und imitiere also Geschicklichkeit, Kunst und Betragen jener, *qui ont du monde*; sieh, mit welchen Methoden sie Eindruck zu ihren Gunsten zunächst machen und später verbessern. Diese Eindrücke liegen häufiger an kleinen Dingen als an innerem Verdienst, das weniger flüchtig ist und keine so jähe Wirkung hat. Starke Geister haben zweifellos Macht über schwache, wie Galigaï Maréchale d'Ancre[1] so treffend bemerkte, als sie zu Schmach und Tadel jener Zeiten hingerichtet wurde, weil

1 Leonora Galigaï, auch Leonora Dori (1568–1617), Hofdame von Maria de' Medicis am toskanischen und französischen Hof; ihr Gatte Concino Concini (ca. 1576–1617) erkaufte sich den Titel eines Marquis d'Ancre, machte sich zum Marschall von Frankreich und war während der Regentschaft der Maria de' Medicis (nach der Ermordung – 1610 – von Heinrich IV.) mächtigster Mann Frankreichs. 1617 ließ der junge Ludwig XIII. ihn ermorden; Leonora wurde wegen Hexerei enthauptet und verbrannt.

sie Maria de' Medici durch die Künste der Hexerei und Magie gelenkt hatte. Aber solch eine Macht muss schrittweise errungen werden und allein durch jene Künste, die von Erfahrung und Weltkenntnis gelehrt werden; denn wenige sind niedrig genug, sich einschüchtern zu lassen, die meisten aber schwach genug, um betrogen zu werden. Ich habe oft Menschen mit großen Talenten von solchen mit weit geringeren beherrscht gesehen, ohne dass jene gewusst oder auch nur geargwöhnt hätten, dass sie derart gelenkt wurden. Das kann nur geschehen, wenn diese Leute mit minderen Talenten mehr weltläufige Geschicklichkeit und Erfahrung haben als jene, die sie beherrschen. Sie sehen den schwachen, schutzlosen Teil und widmen sich diesem, nehmen ihn ein, und der ganze Rest folgt. Gleich ob Du Männer oder Frauen gewinnen willst, und jeder vernünftige Mann will beides, *il faut du monde*. Du hattest mehr Gelegenheiten als je ein anderer in Deinem Alter, *ce monde* zu erwerben. Du warst in den meisten Ländern in den besten Gesellschaften in einem Alter, da andere kaum in überhaupt einer Gesellschaft waren. Du beherrschst all diese Sprachen, die John Trot[1] kaum jemals spricht und niemals gut; folg-

1 Sprichwörtlicher Trottel.

lich brauchst Du Dich nirgendwo als Fremdling zu fühlen. Das ist die Art, und zwar die einzige, *du monde* zu haben, aber wenn Du sie nicht hast und immer noch grobe Ländlichkeit an Dir haftet, darf man dann auf Dich nicht das *rusticus expectat*[1] von Horaz anwenden?

Dieses Weltwissen lehrt uns ganz besonders zweierlei; beides ist von unendlicher Bedeutsamkeit, und zu keinem von beiden neigen wir von Natur aus; ich meine die Beherrschung unserer Laune und unserer Miene. Ein Mann ohne *monde* ist bei jedem unangenehmen Vorfall von Zorn erhitzt oder von Scham vernichtet; das eine lässt ihn handeln und reden wie ein Verrückter, das andere lässt ihn dastehen wie ein Narr. Aber einer, der *du monde* hat, scheint gar nicht das zu verstehen, was er nicht übel nehmen kann oder sollte. Wenn er selbst einen Fehltritt begeht, macht er ihn durch seine Besonnenheit wett, statt in seiner Verwirrung noch tiefer hineinzugeraten wie ein stolperndes Pferd. Er ist fest, aber freundlich, und praktiziert diese überaus vortreffliche Maxime:

---

1 Lat. «der Bauer wartet», in Horaz, *Briefe*, I, 2, 42 heißt es, wer richtig zu leben zögere, gleiche dem Bauern, der darauf wartet, dass der Fluss austrocknet, statt hindurchzuschwimmen.

suaviter in modo, fortiter in re[1]. Die zweite Maxime ist *volto sciolto e pensieri stretti*[2]. Leute ohne Weltläufigkeit haben plappernde Mienen und sind ungeschickt genug, das zu zeigen, was nicht zu sagen sie vernünftig genug sind. Im Verlauf der Dinge muss ein Mann sehr oft bei durchaus unangenehmen Gelegenheiten eine heitere, freimütige Miene aufsetzen; er muss erfreut wirken, wenn er ganz das Gegenteil ist; er muss fähig sein, jene mit einem Lächeln zu begrüßen und zu empfangen, denen er viel lieber mit einem Schwert entgegenträte. Bei Hofe darf er nicht sein Inneres nach außen kehren. All dies darf, ja muss getan werden ohne Falschheit oder Tücke; denn es hat bei Höflichkeit und Manieren zu bleiben und darf nicht bis zu Versicherungen und Bekundungen vorgeblicher Freundschaft gehen. Gutes Betragen denen gegenüber, die man nicht liebt, ist ebenso wenig ein Verstoß gegen die Wahrheit wie das «Ihr untertänigster Diener» am Schluss einer Forderung; derlei gilt allgemein einfach als üblich. Es handelt sich um notwendige Schutzvorkehrungen von Anstand und Friede in der Gesellschaft; sie dürfen nur defensiv verwendet

---

1 Vgl. Anm. S. 185.
2 Vgl. Anm. S. 65.

werden, und dann nicht mit Waffen, die ins Gift der Perfidie getaucht wurden. Die Wahrheit, aber nicht die ganze Wahrheit, muss der unwandelbare Grundsatz eines jeden Mannes sein, der über Religion, Ehre oder Klugheit verfügt. Wer gegen diesen Grundsatz verstößt, mag listig sein, ist aber nicht fähig. Lügen und Perfidie sind die Zuflucht von Narren und Feiglingen. Adieu!

PS: Ich muss Dir abermals empfehlen, Dich von all Deinen französischen Bekannten auf eine Weise zu verabschieden, die sie Deine Abreise bedauern und wünschen lässt, Dich in Paris wiederzusehen und willkommen zu heißen, wohin Du möglicherweise in nicht allzu ferner Zukunft zurückkehren wirst. Dies darf nicht in kalter, höflicher Art geschehen, sondern mit wenigstens scheinbarer Wärme, Empfindung und Anteilnahme. Bekenne Dich zu den Verpflichtungen, die Du ihnen gegenüber hast ob der Freundlichkeit, die sie Dir während Deines Aufenthalts in Paris entgegengebracht haben; versichere ihnen, Du werdest Dich ihrer mit Dankbarkeit entsinnen, wo immer Du auch sein magst; drücke den Wunsch nach Gelegenheiten aus, ihnen Dein *plus tendre et respectueux souvenir*[1] zu beweisen; bitte

1 Frz. «überaus liebevolles und ehrendes Gedenken».

sie, sich Deiner ohne Zurückhaltung zu bedienen, falls Dein Geschick Dich in eine Weltgegend bringen sollte, wo Du ihnen auch nur vom allergeringsten Nutzen sein kannst. All dies und noch viel mehr solltest Du nachdrücklich und empfindsam sagen, denn Du weißt, *si vis me flere*[1] ... Es kann Dir nicht schaden, wenn Du nie nach Paris zurückkehrst; solltest Du jedoch zurückkehren, was wahrscheinlich ist, wird es Dir von unendlichem Nutzen sein. Denke auch daran, dass Du es nicht unterlässt, in jedes Haus zu gehen, in dem Du je warst, um Abschied zu nehmen und Dich ihrer Erinnerung zu empfehlen. Der Ruf, den Du an einem Ort hinterlässt, wo Du gewesen bist, wird sich ausbreiten, und Du wirst ihm an zwanzig Orten begegnen, zu denen Du Dich begibst. Diese Mühe ist niemals ganz vergebens.

Dieser Brief wird Dir zeigen, dass der Unfall, der mir gestern zustieß und über den Mr. Grevenkop Dir berichtet, keine argen Folgen hatte. Ich bin wunderbar entkommen.

---

1 Lat. «wenn du willst, dass ich weine [musst du zuerst selbst Trauer empfinden]», aus: Horaz, *Ars Poetica*, 102.

London, 21. Juli 1752 A. K.

Mein lieber Freund:

Nach meiner Berechnung dürfte dieser Brief wohl drei oder vier Tage vor Dir in Hannover ankommen; und da ich überzeugt bin, dass er dort unbeschädigt eintrifft, soll er die wichtigsten Punkte enthalten, die ich in meinen verschiedenen Briefen an Dich erwähnt habe, seit Du Paris verlassen hast, als hättest Du nur wenige von ihnen erhalten, was durchaus der Fall sein könnte.

Zu Deinem Aufenthalt in Hannover: Er darf *keinesfalls* weniger als einen Monat dauern; aber wenn dort alles zu *Deiner Befriedigung* verläuft, kann er so lange dauern, wie es Dir beliebt. Von dort kannst Du reisen, wohin auch immer Du magst, denn ich habe eine so gute Meinung über Deine Urteilskraft, dass ich glaube, Du wirst alle Umstände bedenken und abwägen und die bestgeeigneten Orte aussuchen. Möchtest Du Dich an einigen der kleineren Höfe wie Braunschweig, Kassel etc. herumtreiben, bis zum Karneval in Berlin? Du bist Dein eigener Herr. Möchtest Du ein paar Monate in Regensburg verbringen, wo sie nicht schlecht verwendet wären? *À la bonne heure.*[1] Möchtest Du nach Brüssel reisen, dort einen Monat oder zwei bei den Dayrolles bleiben und von dort zu Mr. Yorke nach Den Haag[2]? Mit meiner herzlichen Billigung. Oder möchtest Du am Ende nach Kopenhagen und Stockholm reisen? *Ella è anche Padrone*[3]: Entscheide das ganz für Dich, ohne weitere Instruktionen meinerseits; nur lass mich beizeiten wissen, was Du beschließt, damit ich Deinen Kredit regeln kann, falls Du an Orte reist, wo Du im Moment keinen hast. Dein Ziel sollte es sein, die *mores multorum hominum et urbes*[4] zu sehen; beginne und beende dies, wo es Dir gefällt.

Nach dem, was Du bereits von den deutschen Höfen gesehen hast, wirst Du gewiss bemerkt haben, dass sie in puncto Zeremonie, Respekt und Aufmerksamkeit feiner und skrupelhafter sind als die größeren Höfe Frankreichs und Englands. Du

---

1 Frz. «zu guter Stunde», «zur rechten Zeit».

2 Solomon Dayrolles (gest. 1786), brit. Diplomat, Chesterfields Patenkind, von 1747 bis 1751 Gesandter in Den Haag, danach bis 1757 in Brüssel. Zu Yorke vgl. Anm. S. 187.

3 Ital. «sie ist auch [ein] Meister», gemeint wohl: «Du bist dein eigener Herr», Quelle nicht zu ermitteln.

4 Lat. «vieler Menschen Sitten und Städte», vgl. Homer, *Odyssee*, I, 3.

wirst daher, dessen bin ich sicher, die geringsten Einzelheiten von Haltung und Betragen beachten, besonders während Deines Aufenthalts in Hannover, was (ich will es wiederholen, wenn ich es Dir auch schon oft genug gesagt habe) die vorläufig wichtigste Periode Deines ganzen Lebens ist. Niemand auf der Welt ist in allen Fragen der Wohlerzogenheit penibler als der König, und worüber er sich zuallererst erkundigt, ist der Charakter jedes Menschen. Die kleinste Nachlässigkeit oder die geringste Unaufmerksamkeit, von der ihm berichtet wird, könnte Dir ebenso unermesslichen Schaden zufügen, wie ihr Gegenteil Dir dienlich wäre.

Wenn Lord Albemarle[1] (wie ich glaube) Dir die geheimen Obliegenheiten seiner Abteilung anvertraut hat, dann lasse dies den Duke of Newcastle[2] wissen; es wird ihn dazu bewegen,

---

1 Vgl. Anm. S. 196.

2 Thomas Pelham-Holles, 1st Duke of Newcastle upon Tyne und 1st Duke of Newcastle-under-Lyme (1693–1768), von 1724 bis 1747 Minister (Secretary of State) für die südliche Abteilung (Südengland, Wales, Irland, die amerikanischen Kolonien und die Beziehungen zu den katholischen und moslemischen Staaten) danach bis 1754 für die nördliche Abteilung (Nordengland, Schottland und die protestantischen Staaten Nordeuropas), später zweimal Premierminister.

Dir ebenfalls zu vertrauen und Dich möglicherweise in bedeutenden Angelegenheiten einzusetzen. Sage ihm, dass Du zwar noch jung bist, aber die Wichtigkeit der Geheimhaltung im Betrieb kennst und ein Geheimnis bewahren kannst; dass ich Dir dies immer eingeschärft und Dir ferner strikt verboten habe, sogar mir Dinge mitzuteilen, mit denen Du im Verlauf Deiner Arbeit betraut wurdest und die der Geheimhaltung unterliegen.

Was das Geschäftliche angeht, glaube ich, kann ich Dir Dich selbst überlassen; ich wünschte jedoch, ich könnte über Dich das Gleiche im Hinblick auf jene äußerlichen Errungenschaften sagen, die absolut unabdingbar sind, um den Weg zum beruflichen Ziel zu glätten und zu verkürzen. Das Geschäft ist schon halb getan, wenn man das Herz und die Neigungen jener gewinnen konnte, mit denen man es zu erledigen hat. Ausstrahlung und Haltung müssen dieses Werk beginnen, Manieren und Aufmerksamkeit es vollenden. Ich will Dich in ein mich betreffendes Geheimnis einweihen, dass ich nämlich den Erfolg, den ich in der Welt hatte, viel mehr meinen Manieren verdanke als etwa überlegenem Verdienst oder Wissen. Ich habe zu gefallen versucht und keines der betreffenden Mittel vernachlässigt. Dies ist, wie ich Dir ohne jede falsche

Bescheidenheit versichern kann, die Wahrheit. Du verfügst über mehr Kenntnisse, als ich sie in Deinem Alter hatte, ich besaß jedoch viel mehr Höflichkeit und Wohlerzogenheit als Du. Nenne es Eitelkeit, wenn Du willst, und vielleicht trifft das zu, aber mein großes Ziel war es, jeden Mann, dem ich begegnete, dazu zu bringen, mich zu mögen, und jede Frau, mich zu lieben. Es ist mir oft gelungen; aber wodurch? Indem ich mir große Mühe gab, denn sonst hätte ich keinen Erfolg gehabt; mein Äußeres hätte ihn mir keineswegs verschafft, und ich hatte große Hindernisse zu überwinden; wogegen Dein Gesicht Dir helfen würde, wenn Du das Beste daraus machtest und auf ewig den schuldbewussten, düsteren und mürrischen Part verbanntest. Kleidung, Haltung und Ausstrahlung würden zu Deiner besten Miene passen und Deine kleine Gestalt sehr gut durchgehen lassen.

Wenn Du in Hannover Zeit zum Lesen hast, dann sorge bitte dafür, dass die Bücher, die Du liest, sämtlich die Geschichte und Verfassung dieses Landes betreffen, von denen ich möchte, dass Du sie so gründlich kennst wie jeglicher Hannoveraner im gesamten Kurfürstentum. Informiere Dich über die Autoritäten in den Staaten und über Art und Ausdehnung der verschiedenen Gerichtsbarkeiten, die besonderen Bestimmungen für Handel und Wandel in Bremen, Harburg und Stade, die Einzelheiten und den Wert der Bergwerke im Harz. Zwei oder drei kurze Bücher werden Dir den Überblick über all diese Dinge verschaffen, und auf diese Themen gerichtete Gespräche werden alles Übrige tun, und zwar besser, als Bücher dies können.

Denke vor allem anderen daran, dort ausschließlich Deutsch zu sprechen; mache es (um es pedantisch zu sagen) zu Deiner vertrauten Umgangssprache; lasse es so wirken, als zögest Du es jeder anderen Sprache vor; nenne es Deine Lieblingssprache und bemühe Dich, es sauber zu sprechen und mit Eleganz, falls es über solche verfügt. Das wird Dich nicht nur zu vollkommener Geläufigkeit bringen, sondern auch gefallen, und besser als alles andere wird es Dir dort am Hof helfen. *À propos* Sprachen. Hast Du, während Du in Paris warst, Dein Italienisch verbessert oder vergessen? Hattest Du dort einen Lehrer, und welche italienischen Bücher hast Du mit ihm gelesen? Wenn Du das Italienische beherrschst, sähe ich Dich danach gern bei der ersten sich bietenden Gelegenheit Spanisch lernen, was Du ganz leicht und binnen kürzester Zeit tun könntest; Du brauchtest dann bei Deinen auswärtigen Tätigkeiten nie einen

Übersetzer für irgendeine europäische Sprache zu beschäftigen, zu bezahlen oder ihm zu vertrauen.

Da ich gern Vorkehrungen für alles treffe, was sich nur ereignen könnte, will ich das Schlimmste voraussetzen, was Dir in Hannover zustoßen könnte. In diesem Fall möchte ich, dass Du Dich sogleich zum Duke of Newcastle begibst und um den Rat oder besser die Befehle Seiner Gnaden hinsichtlich dessen bittest, was Du tun solltest, und hinzufügst, dass sein Rat Dir immer Befehl sein wird. Du wirst ihm sagen, Du seiest zwar über alle Maßen zerknirscht, jedoch weniger, als Du es andernfalls wärest, aufgrund der Überlegung, dass Du Seiner Majestät ja völlig unbekannt bist und seine Ablehnung Dir gegenüber daher nicht persönlich sein, sondern nur aus Umständen entstehen könne, die zu verhindern oder zu beheben nicht in Deiner Macht stand; dass Du Seine Gnaden bittest, es Dir zu sagen, wenn er meine, Dein fortdauernder Aufenthalt dort wäre unerwünscht, und dass Du Dich insgesamt vollkommen seinem Urteil unterwürfest und seinen Befehlen überaus getreulich gehorchen würdest. Ich glaube jedoch, dass diese Vorkehrung *ex abundantia*[1] ist und sich als überflüssig erweisen wird.

1 Lat. «aus Überfluss», überflüssig.

Allerdings ist es immer gut, auf alle Eventualitäten vorbereitet zu sein, die schlimmsten wie die besten; so lassen sich Übereilung und Überraschung vermeiden, zwei gefährliche Situationen im Arbeitsleben; denn ich kenne in allen Bereichen nichts so Nützliches und Notwendiges wie große Gelassenheit, Stetigkeit und *sang froid*[1]: Sie geben einem einen unglaublichen Vorteil gegenüber jedem, mit dem man zu tun hat.

Ich habe Deinen Brief vom 15. N.K. aus Mainz erhalten, wo Du Dich, wie ich finde, weit besser unterhalten hast, als ich erwartet hätte. Ich bin sehr wohl mit Graf Cobenzls[2] Charakter vertraut, privat wie geschäftlich. Er hätte Dir Briefe nach Bonn mitgeben können, da er früher selbst dort residiert hat. Dort, wo dieser Brief Dich findet, wirst Du nicht so angenehm *elektrisiert* sein, wie Du dies sowohl in Mannheim als auch Mainz warst; ich hoffe aber, dass Du einer zweiten deutschen Mrs. Fitzgerald[3] begegnest, bei der Du die beiden früheren vergessen und Dein Deutsch üben kannst. Solche flüchtigen Leidenschaften

---

1 Frz. «kaltes Blut», Kaltblütigkeit.

2 Johann Karl Philipp Cobenzl (1712–1770), österr. Politiker, später Staatsminister in den österr. Niederlanden.

3 Tochter von Lady Hervey, vgl. Anm. S. 191.

werden Dir nicht schaden, sondern im Gegenteil sehr viel nützen. Sie werden Deine Manieren verfeinern und Deine Aufmerksamkeit schärfen; sie geben einem jungen Burschen *du brillant* und verhelfen ihm zu Eleganz; Letzteres ist ein großer Vorzug beim Aufbruch in die Welt.

Ich habe vor über einem Monat an Lord Albemarle geschrieben, um ihm für all seine Freundlichkeiten Dir gegenüber zu danken; hast Du dies aber auch getan? Das gehört zu den unerlässlichen Aufmerksamkeiten, die man nie versäumen sollte, vor allem zu Beginn des Lebens, wenn man einen Ruf erringen will.

Jene Schlagfertigkeit, die Du teilweise mir und so zutreffend Sir Charles Williams[1] zusprichst, kann einem zu vielen Bewunderern verhelfen; verlasse Dich jedoch auf mein Wort: Sie macht einem nicht viele Freunde. Sie gleißt und blendet wie die Mittagssonne, kann aber auch wie diese sehr leicht versengen und ist daher immer zu fürchten. Licht und Hitze dieses Gestirns sind morgens und abends sanfter, beschwichtigen und beruhigen unser Gemüt. Vernunft, Gefälligkeit, freundliche Umgangsformen, Aufmerksamkeiten und Grazien sind die einzigen Dinge, die das

1 Vgl. Anm. S. 144.

Herz wirklich einnehmen und lange Zeit dauerhaft halten. Bemühe Dich nie um Schlagfertigkeit; wenn sie sich von selbst einstellt, umso besser, aber selbst in diesem Fall solltest Du sie Deinem Urteil unterwerfen und Sorge tragen, dass sie nicht auf jemandes Kosten geht. Pope sagt gar zutreffend:

> Manche hat der Himmel mit einer großen Menge Witz gesegnet,
> doch fehlt ihnen ebenso viel davon, ihn zu beherrschen.

Und an anderer Stelle, wohl nur allzu wahr:

> Denn Witz und Urteilskraft liegen immer im Streit,
> dabei sollten sie einander helfen, wie Mann und Frau.[1]

Die Deutschen werden selten von außerordentlichen Aufwallungen überschäumenden Witzes

---

1 Aus: *An Essay on Criticism*, 80 f., von Alexander Pope (vgl. auch Anm. S. 25): *«There are whom Heaven has blest with store of wit, / Yet want as much again to govern it.»* – *«For wit and judgment ever are at strife, / Though meant each other's aid, like man and wife.»*

geplagt, und es ist nicht klug, ihn an ihnen zu erproben; wer dies tut, *offendet solido*[1].

Denke daran, mir sehr eingehende Berichte über all Deine Tätigkeiten in Hannover zu schreiben, denn sie erregen sowohl meine Neugier als auch meine Besorgnis. Adieu.

London, 12. Februar 1754

Mein lieber Freund:

Ich ziele genau und lasse diesen Brief auf Dich in Berlin los; ich wäre traurig, wenn er Dich verfehlte, denn Du wirst ihn mit so viel Vergnügen lesen, wie ich ihn schreibe. Er soll Dich darüber informieren, dass nach einigen Schwierigkeiten und Gefahren Dein Sitz im neuen Parlament endlich vollkommen gesichert ist, und dies ohne Opposition oder die geringste Notwendigkeit, Dich persönlich zu bemühen oder zu erscheinen. Ferner muss ich Dich davon in Kenntnis setzen, dass dieser Erfolg sich in hohem Maße der Freundschaft von Mr. Eliot[2] zu uns beiden verdankt; denn er nimmt Dich in seinem sichersten Wahlkreis mit. Da es unmöglich wäre, mit mehr Eifer

1 Lat. «stößt gegen etwas Festes».
2 Vgl. Anm. S. 80.

und Freundschaft zu handeln, als Mr. Eliot es in dieser ganzen Angelegenheit getan hat, möchte ich, dass Du ihm mit der allernächsten Post einen Dankesbrief schreibst, und zwar voll von warmem und jungem, nicht altem kalten Dank. Du kannst ihn Deinem nächsten Brief an mich beifügen, und ich werde ihn an ihn weiterschicken, denn er ist jetzt in Cornwall.

Da Du nun sicher bist, Senator zu werden, wage ich zu behaupten, Du wirst nicht einer der *pedarii senatores* sein *et pedibus ire in sententiam*[1]. Denn da das Unterhaus das Theater ist, wo Du Dein Glück und Deine Figur in der Welt zu machen hast, musst Du Dich entschließen, ein Schauspieler zu sein, nicht eine *persona muta*[2], die lediglich dem Kerzenschnäuzer in anderen Theatern entspricht. Wer dort nicht glänzt, ist obskur, unbedeutend und verächtlich; und Du kannst Dir nicht vorstellen, wie einfach es für einen Mann mit nur der Hälfte Deines Verstandes und Wissens ist, dort zu glänzen, wenn er dies will. Das Rezept dafür, dort ein mit Beifall bedachter Red-

---

1 Lat. «am Fuß stehende [untere, zweitrangige] Senatoren», die «mit den Füßen in die Abstimmung gehen», d.h. nicht mitdiskutieren durften.

2 Lat. «stumme Person», Statist, Schauspieler ohne Sprechrolle.

ner zu werden, ist kurz und einfach – nimm vom gewöhnlichen Verstand *quantum sufficit*[1], addiere ein wenig Hinwendung zu den Regeln und Gepflogenheiten des Hauses, rücke offensichtliche Gedanken in neues Licht und verbinde das Ganze mit einer großen Menge lauteren, korrekten und eleganten Stils – Verlasse Dich darauf, dass der weit überwiegende Teil der Menschheit die Dinge weder analysiert noch ihnen auf den Grund geht; sie sind unfähig, tiefer einzudringen als bis zur Oberfläche. Alle haben Sinne, die zu befriedigen sind, sehr wenige haben Verstand, an den man sich wenden kann. Anmutiges Sprechen und Handeln gefällt ihren Augen, elegante Diktion kitzelt ihre Ohren; kraftvoller Verstand wäre jedoch an sie verschwendet. Ich bin nicht nur durch die Theorie überredet, sondern durch meine Erfahrung überzeugt, dass (ein gewisses Maß an gewöhnlicher Vernunft vorausgesetzt) ein sogenannter guter Redner ebenso ein Handwerker ist wie ein guter Schuhmacher, und dass sich beide Gewerbe durch das gleiche Maß an Beflissenheit erlernen lassen. Mache also dieses Gewerbe um Gottes willen zum hauptsächlichen Ziel Deiner Gedanken; verliere es nie aus dem Blick. Be-

1 Lat. «so viel wie nötig».

schäftige Dich eingehend mit Deinem Stil, gleich in welcher Sprache Du sprichst oder schreibst; suche nach den besten Wörtern und erwäge die besten Wendungen. Sooft Du an der Trefflichkeit oder Eleganz eines Wortes zweifelst, konsultiere hierfür das Wörterbuch oder einen guten Autor oder erkundige Dich bei jemandem, der ein Meister dieser Sprache ist, und in kurzer Zeit werden Treffsicherheit und Eleganz der Diktion Dir so vertraut sein, dass sie Dich keine weitere Mühe kosten. Da ich befunden habe, dass dies ein Handwerk und für jeden erreichbar ist, der sich die nötige Mühe gibt, steckt keine große Eitelkeit in meiner Feststellung, ich hätte die Bedeutung des Themas so früh erkannt und mich ihm so jung gewidmet, dass es mich jetzt mehr Mühe kosten würde, ungrammatikalisch, vulgär und unelegant zu sprechen oder zu schreiben, als es mich je gekostet hat, dies zu vermeiden. Der verstorbene Lord Bolingbroke[1] sprach ohne die geringste Mühe den ganzen Tag lang ebenso elegant, wie er schrieb. Warum? Nicht durch eine besondere Gabe des Himmels, sondern, wie er mir oft selbst sagte, durch frühe und beständige Aufmerksamkeit für seinen Stil. Der derzeitige Solicitor-Gene-

1 Vgl. Anm. S. 187.

ral[1], Murray[2], verfügt über weniger Jurisprudenz als viele Anwälte, hat aber mehr Praxis als jeder andere, allein dank seiner Eloquenz, die bei ihm ein nimmer versiegender Strom ist. Ich erinnere mich, dass ich schon vor langer Zeit, als ich in Cambridge war, sooft ich Texte von hoher Eloquenz las (und dies war wohl der wichtigste Teil meines Studiums), die glänzenden Passagen herauszuschreiben pflegte und sie dann übersetzte, so gut und elegant ich nur konnte; wenn es Latein oder Französisch war, dann ins Englische; wenn Englisch, dann ins Französische. Dies tat ich einige Jahre, und es hat nicht nur meinen Stil verbessert und geformt, sondern meinem Geist und Gedächtnis die besten Gedanken der besten Autoren eingeprägt. Die Mühe war gering, aber die Vorteile, die ich daraus zog, waren groß. Solange Du in der Fremde bist, kannst Du weder Zeit noch Gelegenheit haben, Texte von englischer oder parlamentarischer Eloquenz zu lesen, was Du, wie ich hoffe, sorgfältig tun wirst, wenn Du heimkehrst. Bis dahin jedoch solltest Du, sooft Du auf

---

1 Kronanwalt, Stellvertreter des Attorney General, berät Krone und Kabinett in Rechtsfragen.

2 William Murray, 1. Earl of Mansfield (1705–1793), brit. Jurist und Politiker, Justizreformer.

Beispiele französischer Eloquenz triffst – etwa die Reden von Personen, die in die Akademie aufgenommen wurden, *oraisons funèbres*[1], Eingaben der verschiedenen Parlamente an den König etc. –, sie unter diesem Aspekt und in diesem Geiste lesen; beobachte die Harmonie, die Gefälligkeit und Eleganz des Stils; untersuche, was sich Deiner Meinung nach hätte verbessern lassen, und erwäge, was Du hättest schlechter machen können, wenn Du es selbst geschrieben hättest. Vergleiche die unterschiedlichen Arten verschiedener Autoren, die gleichen Gedanken auszudrücken, und beobachte, wie unterschiedlich die gleichen Gegenstände in verschiedenen Gewändern erscheinen. Vulgäre, grobe und schlecht gewählte Wörter werden die besten Gedanken ebenso entstellen und erniedrigen wie Lumpen und Schmutz die beste Gestalt. Kurz gesagt kennst Du nun Dein Ziel; verfolge es stetig und meide Abschweifungen, die nicht mit der Hauptsache verbunden und auf sie bezogen sind. Dein Erfolg im Parlament wird alle *anderen Hindernisse* erfolgreich beseitigen; kein ausländischer oder hiesiger Posten wird Dir noch verweigert werden, wenn Du Deinen Weg dahin durch Westminster nimmst.

1 Frz. «Trauerreden».

Ich glaube, ich kann jetzt sagen, dass ich mich von meiner Krankheit recht gut erholt habe, abgesehen von Kraft und Stimmung, die noch nicht wiederhergestellt sind. Aachen und Spa werden mir, glaube ich, in jeder Hinsicht dienlich sein.

Ich sehne mich danach, einen Bericht über Deinen Empfang in Berlin zu hören, der, wie ich annehme, überaus ersprießlich sein wird. Adieu.

London, 5. April 1754

Mein lieber Freund:

Gestern habe ich Deinen Brief vom 20. März aus Mannheim erhalten, samt dem beigefügten für Mr. Eliot; er war durchaus angemessen, und ich habe ihn Mr. Harte, der morgen früh nach Cornwall aufbricht, für ihn mitgegeben.

Ich bin sehr froh, dass Du Dich ans Übersetzen gewöhnst, und es kümmert mich nicht, was es ist, solange Du die Korrektheit und Eleganz Deines Stils studierst. *Das Leben des Sextus Quintus* ist das beste der unzähligen Bücher, die Gregorio Leti geschrieben hat, den die Italiener ganz zu Recht *Leti caca libri*[1] nennen. Es wäre mir jedoch lieber,

---

1 Ital. Historiker und Satiriker (1630–1701), genannt «Bücherkacker»; seine Werke standen auf dem Index.

Du wähltest einige rhetorische Texte für Deine Übersetzungen, gleich ob antik oder modern, Latein oder Französisch; dies verliehe Dir eher die Gedankengänge und die Ausdrucksweise eines Redners. In Deinem Brief an mich verwendest Du zwei Wörter, die zwar richtiges und korrektes Englisch, aber längst außer Gebrauch geraten und dadurch unelegant geworden sind und nun steif, förmlich und in gewisser Weise biblisch wirken. Das erste ist das Wort *namely*[1], das Du so einfügst: *You inform me of a very agreeable piece of news,* namely, *that my election is secured.*[2] Statt *namely* würde ich immer *which is* oder *that is, that my election is secured* verwenden. Das zweite ist *Mine own inclinations*[3]; *mine* ist zweifellos korrekt vor einem Wort, das mit einem Vokal beginnt, es ist jedoch zu korrekt und als zu förmlich außer Gebrauch geraten, ungeachtet des Hiatus in *my own.* Jede Sprache hat ihre Eigentümlichkeiten; sie sind durch Gebrauch etabliert und müssen befolgt werden, gleich ob richtig oder falsch. Ich könnte viele absurde Beispiele in verschiedenen

---

1 Engl. «nämlich».
2 Engl. «Du teilst mir eine sehr angenehme Neuigkeit mit, nämlich dass meine Wahl gesichert ist.»
3 Engl. «Meine eigenen Neigungen».

Sprachen anführen, die aber durch *ius et norma loquendi*[1] so autorisiert sind, dass man sich ihnen zu beugen hat. *Namely* und *to wit* sind an sich sehr gute Wörter und tragen zur Klarheit bei, mehr als die Relativpronomina, durch die wir sie jetzt ersetzen; dennoch kann man sie nicht verwenden, außer in einer Predigt oder einem besonders ernsten und förmlichen Text. Es ist mit der Sprache wie mit Manieren; beide sind etabliert durch den Gebrauch, den Leute von Welt von ihnen machen; dies ist zu imitieren, dem ist zu gehorchen. Originalität ist nur verzeihlich in hohem Alter und nachdem man sich aus den Geschäften zurückgezogen hat; ich darf jetzt so originell sein, wie ich möchte, aber Du darfst es nicht. Wir werden, wenn wir uns treffen, diese und viele andere Punkte diskutieren, falls Du mir Aufmerksamkeit und Vertrauen widmest; ohne diese beiden hat es keinen Sinn, Dich oder sonst jemanden zu beraten.

Ich wüsste gern, ob Du beschlossen hast, wo Du beabsichtigt, Deine Zeit zu (wenn ich diesen Ausdruck verwenden darf) *vertun*, bis wir uns in der letzten Juniwoche in Spa treffen; ich bin immer noch der Meinung, die ich Dir früher mit-

---

1 Lat. «Recht und Norm des Sprechens».

geteilt habe, dass es Den Haag sein sollte, habe jedoch nicht den geringsten Einwand gegen Dresden oder irgendeinen anderen Ort, der Dir vielleicht besser gefällt. Wenn Du den Holland-Plan vorziehst, solltest Du über Trier und Koblenz wie auch Düsseldorf reisen, lauter Orte, die Du wohl noch nicht gesehen hast. In Mannheim kannst Du sicherlich gute Empfehlungsschreiben an die Höfe der beiden Kurfürsten von Trier und Köln bekommen, mit denen Du noch nicht vertraut bist; und ich würde mir wünschen, dass Du sie alle kennst. Denn wie ich Dir oft gesagt habe: *olim haec meminisse juvabit*[1]. Es ist nützlich, das zu sehen, was andere kennen, und man darf mit Recht stolz darauf sein, etwas zu kennen, was andere nicht gesehen haben. Im ersteren Fall bist Du anderen gleich, im letzteren überlegen. Da Du nun nicht mehr besonders lang im Ausland bleiben wirst, solltest Du, solange es geht, möglichst alle und alles betrachten, und Du solltest gut hinschauen, sorgfältig und aufmerksam. Man kann sich nicht vorstellen, welchen Vorteil es einem beschert, mehr Dinge, Leute und Länder gesehen zu haben, als dies allgemein bei anderen Leuten der

1 Lat. «sich [daran] zu erinnern, wird einst helfen», aus: Vergil, *Aeneis*, 1, 1203.

Fall ist. Es verschafft einem einen guten Ruf, man bezieht sich auf sie und man wird Ziel der Aufmerksamkeit der Gesellschaft. Jene, auf die dies zutrifft, werden nirgendwo aus der höflichen Konversation ausgeschlossen; sie sind mit allen Orten, Sitten, Höfen und Familien vertraut, die erwähnt werden könnten; sie sind, wie Monsieur de Maupertuis treffend bemerkt, *de tous les pais comme les sçavans sont de tous les tems*[1]. Du hast glücklicherweise beide Vorzüge; es bleibt lediglich, *de sçavoir les faire valoir*[2]; denn ohne das könnte man sie ebenso gut nicht haben. Bedenke jene überaus wahre Maxime von La Bruyère, *Qu'on ne vaut dans ce monde que ce qu'on veut valoir*[3]. Weltläufigkeit wird Dich lehren, bis zu welchem Grad Du zeigen solltest, *ce que vous valez*[4]. Einerseits darf man hierin keineswegs gleichgültig sein, andererseits

---

1 Frz. «aus [= gehören] allen Ländern, wie die Wissenschaftler allen Zeiten»; Pierre Louis Moreau de Maupertuis (1698–1759), frz. Naturwissenschaftler und Philosoph.
2 Frz. «wissen, wie man sie zur Geltung bringt».
3 Frz. «Dass man auf dieser Welt nur gilt, was man gelten will»; allerdings wohl nicht von Jean de La Bruyère (1645–1696), sondern aus *Die lächerlichen Preziösen* von Molière (Jean-Baptiste Poquelin, 1622–1673), wo es (IX, 278) heißt: «Die Dinge haben nur den Wert, den man ihnen gibt».
4 Frz. «was Sie wert sind/gelten».

darf man es nicht affektiert und in aufdringlicher Weise zur Schau stellen; von den beiden Möglichkeiten ist es jedoch besser, zu viel zu zeigen als zu wenig. Adieu.

Blackheath, 17. November 1755

Mein lieber Freund:

Ich gratuliere Dir herzlich zum Verlust Deiner politischen Jungfräulichkeit, worüber ich von anderen einen trefflichen Bericht erhalten habe. Ich höre, dass Du in Deinem Lauf einige Zeit aufgehalten wurdest, aber wieder zu Atem gekommen bist und alles sehr gut beendet hast. Ich bin nicht überrascht, ja nicht einmal besorgt ob Deines Unfalls, denn ich erinnere mich an meine eigenen scheußlichen Empfindungen in dieser Situation; und da es einer ganz ungewöhnlichen Menge an Dreistigkeit bedarf, bei solch einer Gelegenheit unbesorgt zu sein, bin ich vielleicht sogar ganz froh, dass Du innegehalten hast. Du musst deshalb jetzt daran denken, Dich nach und nach abzuhärten, indem Du Dich unmerklich an den Klang Deiner eigenen Stimme und an den Vorgang (so unwichtig er scheinen mag) gewöhnst, Dich zu erheben und wieder zu setzen. Nichts kann dazu so viel beitragen wie die Arbeit in einem Ausschuss, nächtliche Wahlen und private Gesetzesanträge am Morgen. Dort kurze Fragen stellen, den Aufruf von Zeugen beantragen, und all diese Kleinigkeiten werden Dich bald befähigen, selbstständig zu arbeiten. Man sagt mir, Du seiest wegen Deines Unfalls arg zerknirscht, aber dafür gibt es keinen Grund; bitte lasse Dich davon eher anspornen denn zügeln. Sei beharrlich, und verlasse Dich darauf, dass es schließlich gelingen wird. Wenn ich beharrlich sage, meine ich damit nicht, dass Du jeden Tag und in jeder Debatte reden solltest[1].

Ferner würde ich Dir raten, einige Zeit lang, vielleicht einen Monat oder zwei, nicht mehr in öffentlichen Angelegenheiten zu reden, aber niemals dieses große Ziel aus den Augen zu verlieren; verfolge es umsichtig, aber verfolge es immer. *Pelotez en attendant partie*[2]. Du weißt, ich habe Dir immer gesagt, öffentliches Reden sei nur eine Fertigkeit, wobei jene, die sich dem am meisten widmen, den größten Erfolg haben werden. Zwei

---

1 Stanhopes «Jungfernrede» war angeblich eher ein Fiasko – er habe den Faden verloren und seine Notizen hilflos konsultiert; seine erste war zugleich seine letzte Parlamentsrede.

2 Frz. etwa: «Vertreiben Sie sich die Zeit, bis es wieder um etwas geht».

alte Abgeordnete, mit vorzüglicher Urteilskraft, haben mir zu dieser Gelegenheit Komplimente geschickt und mir versichert, dass sie einfach finden, *es wird ausreichen*, wenn sie auch aus der natürlichen Verwirrung, in der Du Dich befandest, wahrgenommen haben, dass Du nicht alles gesagt hast und vielleicht nicht das, was Du sagen wolltest. Insgesamt hast Du einen guten Anfang gemacht und genug Ermutigung erhalten, weiterzumachen. Beobachte deshalb beflissen und sorgsam alles, was im Parlament geschieht; denn allein Kenntnis und Erfahrung können einen Debattenredner formen. Falls Du aber weiteren Trost brauchst, so wird hoffentlich Mrs ---- ihn Dir erteilen, denn meiner Meinung nach kann sie, wenn sie will, überaus tröstlich sein; und bei Frauen, wie bei Parlamentsreden, wird sich früher oder später Beharrlichkeit gewiss durchsetzen.

Das Wenige, um das ich hier gespielt habe, habe ich gewonnen, aber das ist weit entfernt von der beträchtlichen Summe, von der Du gehört hast. Ich spiele jeden Abend von sieben bis zehn in einer Runde Crown Whist, lediglich um meine Augen zu schonen und nicht drei Stunden bei Kerzenlicht zu lesen oder zu schreiben. Ich beabsichtige, übernächste Woche in London zu sein und hoffe, bei der Rückkehr über viel bessere Gesundheit zu verfügen als beim Aufbruch. Gute Nacht. Der Deinige.

Blackheath, 17. September 1757

Mein lieber Freund:

Lord Holderness[1] war so freundlich, mir alle Briefe verfügbar zu machen, die er bis jetzt von Dir erhalten hat, datiert vom 15., 19., 23. und 26. August, und auch einen Entwurf des Briefs, den er Dir am 9. geschrieben hat. Ich bin durchaus zufrieden mit all Deinen Briefen, und was noch besser ist: Ich kann Dir sagen, dass auch der König dies ist, und er sagte erst vor drei Tagen zu Monsieur Münchhausen[2], *Er* (Du bist gemeint) *hat sehr gut angefangen, und ich mag seine Briefe, vorausgesetzt, dass er nicht wie die meisten meiner englischen Gesandten im Ausland später träge wird*. Damit hast Du hier sowohl ein schmeichelhaftes Lob als auch einen warnenden Hinweis. Was Lord Holderness Dir

1 Robert Darcy, 4. Earl of Holderness (1718–1778), brit. Diplomat, zeitweilig nach Newcastle (vgl. Anm. S. 241) wichtigster Außenpolitiker.

2 Wahrscheinlich Philipp Adolph von Münchhausen (1694–1762), hannoverscher Staatsminister und Gesandter in London.

empfiehlt, und zwar auf Anweisung des Königs, verrät ebenfalls ein gewisses Maß an Billigung, denn der Hinweis auf *schwärzere Tinte und größere Buchstaben* zeigt, dass Seine Majestät, dessen Augen schwächer geworden sind, all Deine Briefe selbst zu lesen beabsichtigt. Bitte versäume es daher nicht, die schwärzeste Tinte zu nehmen, die Du bekommen kannst, und Deinen Sekretär größer schreiben zu lassen, wiewohl *d'ailleurs* seine Handschrift sehr gut ist.

Hätte ich mir für Dich eine vorteilhafte Stellung und darin ein gutes *début* wünschen dürfen, so hätte ich es nicht besser wünschen können, als beides bisher gewesen ist. Der Rest wird ganz von Dir abhängen, und ich gestehe, ich beginne, viel größere Hoffnungen zu haben als zuvor, denn ich weiß aus eigener Erfahrung, je mehr man arbeitet, um so bereitwilliger ist man zu arbeiten. Wir alle sind mehr oder minder *des animaux d'habitude*[1]. Ich erinnere mich sehr gut, dass ich, als ich noch im Geschäft war, jeden Tag vier oder fünf Stunden lang bereitwilliger geschrieben habe als heute eine halbe Stunde; und ganz sicher verbringt ein Mann, der sich den halben Tag der Arbeit gewidmet hat, die andere Hälfte viel fröhlicher

1 Frz. «Gewohnheitstiere».

und angenehmer. Als ich in Den Haag war, habe ich zwangsläufig erfahren, dass ich Gesellschaft nie so sehr geschätzt hatte und auch selbst nie ein so guter Gesellschafter war wie bei den Abendessen während meiner Dienstzeit. Ich nehme an, dass Hamburg jetzt *le centre du refuge Allemand*[1] ist. Wenn Du *refugiés*[2] aus Hannover unter ihnen hast, achte bitte sorgfältig darauf, ihnen gegenüber besonders aufmerksam zu sein. Wie gefällt Dir Dein Haus? Konveniert es? Sind darin die *Casserolles* bereits verwendet worden? Du wirst *les petits soupers fins*[3] weniger kostspielig und weit nützlicher finden als große Essen für große Gesellschaften.

Ich hoffe, Du hast an den Duke of Newcastle geschrieben; ich setze voraus, dass Du all Deinen Kollegen der Abteilung für den Norden geschrieben hast. Sei um Gottes willen eifrig, wachsam, aktiv und unermüdlich in Deiner Arbeit. Um eines Tages auf Deine eigene Weise alles zu werden, was Du möchtest, brauchst Du nichts als Mühe und Fleiß.

---

1 Frz. «Zentrum der deutschen Flucht»; Hamburg war nicht in den Siebenjährigen Krieg verwickelt.

2 Frz. «Flüchtlinge».

3 Frz. «kleine feine Abendessen».

Wir denken und reden hier über nichts anderes als Brest, was allgemein als das Ziel unserer großen Expedition[1] angesehen wird. Es ist ein großes und wichtiges Ziel. Ich nehme an, die Affäre muss *brusqué*[2] stattfinden oder gar nicht. Wenn wir Erfolg haben, wird es Frankreich dazu bringen, einiges Wasser in seinen Wein zu gießen. Was meine private Meinung angeht, gestehe ich, dass ich den Erfolg eher wünsche denn erwarte. Sollte jedoch unsere Expedition fehlschlagen, *Magnis tamen excidit ausis*[3], und das wird besser sein als unsere zuletzt matte Form der Kriegsführung.

Um Dir gegenüber eine Person zu erwähnen, die mir höchst gleichgültig ist, ich meine mich, so vegetiere ich immer noch wie zum Zeitpunkt unseres Abschieds; ich glaube jedoch, ich beginne den Herbst des Jahres ebenso wie den Herbst

---

1 Die brit. Expedition unter Admiral Hawke und General Mordaunt richtete sich tatsächlich nicht gegen den wichtigen Kriegshafen, sondern gegen das Arsenal von Rochefort; sie endete mit einer Niederlage.

2 Frz. «schroff».

3 Lat. aus Ovids Grabspruch für Phaethon (*Metamorphosen*, II, 2327 f.): «*Hic situs est Phaëthon, currus auriga paterni, / quem si non tenuit, magnis tamen excidit ausis.*» In der Übersetzung von Johann Heinrich Voß: «Phaethon ruhet allhier, der des Vaters Wagen gelenket; / Zwar nicht ganz ihn behauptend, erlag er doch großem Bestreben.»

meines eigenen Lebens zu spüren. Ich empfinde ein inneres Unbehagen, das ich in etwa drei Wochen mit mir nach Bath tragen werde, wo ich es loszuwerden hoffe wie im vorigen Jahr. Es wäre das beste Tonikum, das ich einnehmen könnte, von Zeit zu Zeit über Deinen Fleiß und Deine Sorgfalt zu hören, denn folglich würde ich in diesem Fall von Deinem Erfolg hören. Bedenke Dein eigenes Motto, *Nullum numen abest, si sit prudentia*[1]. Nichts ist wahrer als dies. Der Deinige.

Bath, 20. November 1757

Mein lieber Freund:

Ich schreibe Dir jetzt, weil ich Dir gern schreibe und hoffe, dass meine Briefe Dir willkommen sind, denn ansonsten habe ich sehr wenige Nachrichten für Dich. Über den jüngsten Sieg des Königs von Preußen[2] bist Du besser informiert als wir hier. Dem gedankenlosen Publikum, das nicht weiß, dass er zu spät im Jahr und zu spät im Krieg erfolgt, um große Folgen nach sich zu ziehen, hat er unendliche Freude beschert. Es gibt sechs- oder siebentausend Menschen weniger als

1 Vgl. Anm. S. 213.
2 Schlacht bei Rossbach, 5. Nov. 1757.

vor einem Monat, und das scheint mir alles zu sein. Trotzdem bin ich froh darüber, wegen der Freude und des Ruhms, den er dem König von Preußen schenkt, dem ich als Menschen mehr denn als König alles Gute wünsche. Und er ist ohne Zweifel ein so großer Mann, dass wir, hätte er vor siebzehn- oder achtzehnhundert Jahren gelebt und wäre sein Leben uns in einer Sprache überliefert worden, die wir nicht sehr gut verstehen – ich meine Griechisch oder Latein –, über ihn gesprochen hätten, wie wir heute über Alexander, Caesar und andere reden, mit denen wir, glaube ich, nur ganz flüchtig bekannt sind. *Au reste* sehe ich nicht, dass seine Lage sich durch diesen Sieg entscheidend verbessert hat. Die gleichen europäischen Großmächte sind immer noch gegen ihn verbündet und müssen schließlich die Oberhand behalten. Ich glaube, die französische Armee wird in Deutschland wie üblich dahinschmelzen, aber sein Heer ist durch Schlachten, Anstrengungen und Desertion äußerst vermindert, und er wird es ungemein schwierig finden, in seinem längst erschöpften Herrschaftsbereich neu zu rekrutieren. Daher muss und wird er sicherlich insgeheim mit den Franzosen verhandeln und so bessere Bedingungen erreichen, als er dies auf anderem Wege könnte.

Der Bericht der drei hohen Offiziere – des Duke of Marlborough, von Lord George Sackville und General Waldegrave – wurde dem König am vorigen Samstag vorgelegt, nachdem sie vier Tage über die Affäre Mordaunt[1] beraten hatten. Noch kennt niemand das Ergebnis, allgemein glaubt man aber, dass Mordaunt vor ein Kriegsgericht gestellt werden wird. Damit Du diese Angelegenheit nicht so missverstehst wie die meisten hier, muss ich Dir erklären, dass diese Untersuchung vor den drei oben erwähnten Offizieren keineswegs ein Gerichtsverfahren war, sondern nur eine vorläufige Untersuchung seines Verhaltens, um festzustellen, ob es einen Grund gibt oder nicht, Mordaunt einen regulären Prozess vor einem Kriegsgericht zu machen. Das Verfahren ist genau wie das vor einer Grand Jury[2], die nach einer vorläufigen, allgemeinen Untersuchung be-

---

1 Vgl. Anm. S. 266; wegen der brit. Niederlage bei Rochefort wurde General Mordaunt später vor ein Kriegsgericht gestellt, aber freigesprochen.

2 Die «Große Jury» war in England ab 1166 zuständig für eine Voruntersuchung, die feststellte, ob ausreichend Indizien bzw. Beweise für ein reguläres Verfahren vor einem Geschworenengericht (mit zahlenmäßig begrenzter «kleiner Jury») existierten; in England 1933 abgeschafft.

findet (oder nicht), ob die Sache einem Schwurgericht vorzulegen ist, wo der Fall schließlich verhandelt wird. Was mich angeht, steht meine Meinung in dieser Sache fest: Ich bin überzeugt, dass die Expedition zum Scheitern verurteilt war, und nichts, was vor einem Kriegsgericht zutage treten mag, kann mich dazu bringen, diese Meinung zu ändern. Ich bin zu lange mit der Natur des Menschen vertraut, um großes Vertrauen auf menschliche Zeugnisse zu setzen; und ein hohes Maß an Wahrscheinlichkeit, gestützt von den verschiedenen einzubeziehenden Umständen, die in einem Punkt zusammenfallen, wird bei mir viel größeres Gewicht haben als menschliche Zeugenaussagen unter Eid oder sogar auf Ehre. Beide habe ich oft durch persönliche Ansichten erheblich verzerrt gesehen.

Das Parlament, das nun bis zum Ersten des nächsten Monats vertagt ist, wird sich wohl noch länger vertragen, bis wir wissen, unter welchen Aspekten wir ihm den Status unseres Bündnisses mit Preußen vorlegen sollen nach dem Neutralitätsbeschluss von Hannover[1], der, wenn er das

1 Nach dem frz. Sieg bei Hastenbeck (Juli 1757) wurde im September die Konvention von Kloster Zeven geschlossen: Hannover und das verbündete England verpflichteten sich zu Neutralität, die «Observationsarmee» unter

Bündnis nicht völlig gebrochen, ihm aber doch großen Schaden zugefügt hat.

Der Geburtstag war weder prächtig noch überfüllt; und das ist kein Wunder, da der König an diesem Tag fünfundsiebzig wurde. Der alte Hof und der junge sind viel besser beisammen, seit dem Rücktritt des Duke, und der König hat dem Prince of Wales ein Silberservice geschenkt.

Ich bin immer noch *unwohl*, obwohl ich regelmäßig dieses Wasser trinke. Ich werde mindestens weitere sechs Wochen hierbleiben, wo ich viel mehr Ruhe habe, als mir dies in der Stadt erlaubt wäre. Wenn die Dinge in solch einer erbärmlichen Lage sind wie zur Zeit, möchte ich weder befasst noch konsultiert und erst recht nicht zitiert werden. Adieu!

Prince William Augustus, Duke of Cumberland (1721–1765, dritter Sohn des engl. Königs George II.), die Preußen vor einem frz. Angriff schützen sollte, wurde hinter die Elbe verlegt und lieferte damit das Kurfürstentum Hannover den Franzosen aus. Dies führte zum Bruch mit seinem Vater, der in Personalunion König von England und Kurfürst von Braunschweig-Lüneburg/Hannover war; die Konvention wurde in England als Schande empfunden und widerrufen; die brit. Truppen in Norddeutschland wurden verstärkt.

Blackheath, 30. Mai 1758

Mein lieber Freund:

Ich habe von Dir keinen Brief zu beantworten, deshalb geht dies unprovoziert an Dich ab. Aber *à propos* Briefe: Dir wurde eine große Ehre erwiesen in einem Brief von schöner und königlicher Hand, von niemand Geringerem als Ihrer Königlichen Hoheit der Prinzessin von Kassel; sie hat Dein Loblied an ihre Schwester, Prinzessin Amelia[1], geschrieben, die mir dazu ein Kompliment geschickt hat. Dies hat Dir auch beim König nicht geschadet, der zu dieser Gelegenheit liebenswürdige Dinge sagte. Ich nehme an, Du hast Ihrer Königlichen Hoheit jene Aufmerksamkeit entgegengebracht, von der ich bei Gott wünsche, Du brächtest sie in angemessenen Proportionen für jeden auf. Ihre Wirkung siehst Du an diesem Beispiel; sie wird immer mit Interesse vergolten. Hierdurch bin ich noch mehr der Meinung, Du

1 Maria (Mary, 1723–1772), vierte Tochter von George II., war verheiratet mit Landgraf Friedrich II. von Hessen-Kassel (1720–1785), der seinem Schwiegervater Soldaten zum Kampf gegen die aufständischen Kolonisten in Amerika vermietete; Marias ältere Schwester Amelia Sophie (1711–1786) lebte unverheiratet in London.

solltest, wenn es konveniert, um Erlaubnis ersuchen, für eine Woche nach Kassel zu reisen, um dort Dank für alle empfangene Gunst abzustatten.

Ich kann mir das Verhalten der Russen nicht erklären. Sie müssen Hintergedanken hegen, dass sie nicht schneller marschieren. Entweder haben sie ein Zückerchen vom preußischen König erhalten, oder sie brauchen eine aufmunternde Arznei von Frankreich und Österreich.[1] Das Verhalten des Königs von Preußen erklärt sich immer unmittelbar durch die Ereignisse, und innerhalb weniger Tage werden wir sicherlich aus dieser Richtung von einem sehr großen Schlag hören. Ich glaube, in meinem ganzen Leben kann ich mich nicht an eine Periode erinnern, so voll mit großen Ereignissen wie die gegenwärtige: Binnen zweier Monate wird sich vermutlich das Schicksal des Hauses Österreich entscheiden; im gleichen Zeitraum werden wir sicherlich hören, dass Kap Breton eingenommen ist und unsere Armee weiter nach Quebec marschiert; innerhalb weniger Tage werden wir vom Erfolg oder Misserfolg unserer großen Expedition erfahren, denn sie ist

1 1758 nahmen russ. Truppen Königsberg ein, zogen sich aber wieder zurück.

ausgelaufen; und es kann nicht lange dauern, bis wir etwas über die Operationen des Fürsten von Braunschweig hören, von dem ich ebenfalls Gutes erwarte. Wenn all diese Dinge wohl geraten, und es gibt gute Gründe zu dieser Annahme, können wir für einmal unsererseits Frankreich einen vernünftigen Frieden diktieren, das jetzt siebzig Prozent Versicherung auf seinen Handel und sieben Prozent auf alles Geld zahlt, das für die Dienste dieses Jahres aufgenommen wurde.[1]

Graf Bothmar hat die Blattern, und zwar schlimm. Kniphausen amüsiert sich hier sehr; er besucht alle Orte und alle Leute und ist die Allgegenwart persönlich. Michel[2], der sehr bedroht war, bleibt endlich in Berlin, aufgrund der dringenden Aufforderung des Königs von Preußen.

---

1 Zur Finanzierung der Kriege in Europa, Indien und Nordamerika hatte Frankreich Geld bei den *fermiers généraux* (Steuerpächter) aufgenommen; ferner unterstützte es Österreich finanziell und musste für die wegen des nahezu weltweiten Kriegs riskante Handelsschifffahrt hohe Versicherungsprämien bezahlen.

2 Bothmar, Kniphausen, Michel: Hans Caspar Graf von Bothmer (1727–1787) war dän. Gesandter, Dodo Heinrich Freiherr von Knyphausen (1729–1789) preuß. Botschafter in London, Abraham Louis Michell (1712–1782) dessen Stellvertreter, den man allzu inniger Kontakte zur Opposition verdächtigte.

Lady Coventry wurde eines Sohns entbunden, zur großen Freude dieser edlen Familie. Die Formulierung, eine Frau habe ihrem Gatten einen Sohn «gebracht», erscheint mir angemessen umsichtig, denn es wird nie gesagt woher.

Ich wollte eigentlich fragen, wie Du nun Deine Zeit in Hamburg verbringst, da es nicht länger der Sitz von Fremden und Geschäften ist; ich werde es aber nicht tun, weil ich weiß, dass es zwecklos ist. Du hast geschworen, es mir nicht zu sagen.

Sir William Stanhope[1] erzählte mir, Du habest versprochen, ihm aus Hamburg einige alte Weißweine zu schicken, und Du tatest dies – nicht. Wenn Du einen überragend guten Weißwein findest, sonst nicht, schicke bitte ein Fuder davon herüber und schreibe ihm. Ich werde daran Anteil haben. Aber wenn Du entweder in Hamburg oder in Bremen nicht einen ungewöhnlich und fast wundersam guten Wein findest, schicke keinen. *Dixi.*[2] Der Deinige.

1 Chesterfields jüngerer Bruder (1702–1772), Abgeordneter.

2 Lat. «Ich habe es gesagt/ich habe gesprochen».

London, 27. April 1759

Mein lieber Freund:

Ich habe Deine Briefe vom 10. und 13. mit der letzten Post erhalten und will meine Antwort auf sie damit beginnen, indem ich Dir gegenüber bemerke, dass ein kluger Mann, ohne Stoiker zu sein, bei allem Missgeschick, das ihm zustößt, den besten ebenso wie den schlimmsten Aspekt erwägt; und alles hat eine bessere und eine schlechtere Seite. Ich habe diese Regel viele Jahre lang strikt befolgt und durch Erfahrung festgestellt, dass man den meisten geistigen Übeln einen gewissen Trost abgewinnen kann, indem man sie von allen Seiten betrachtet, statt sich, wozu die Leute allzu sehr neigen, der düsteren Seite des Objekts zu widmen. Gott sei Dank ist die Enttäuschung, unter der Du so mitleiderregend ächzt, kein Unheil, für das es keinerlei Trost gäbe. Lass es uns vereinfachen und sehen, was dabei herauskommt. Du warst erfreut über die Aussicht, nächsten Monat herzukommen und jene zu treffen, die sich gefreut hätten, Dich zu sehen. Das ist aus ganz naheliegenden Gründen nicht möglich, und Du musst diesen Sommer in Hamburg und den nächsten Winter in England verbringen, statt diesen Sommer in England und den nächsten Winter in Hamburg. Wenn man die Dinge nun recht abwägt, ist dann nicht dieser Wechsel eher zu Deinen Gunsten? Ist nicht der Sommer sowohl für die Gesundheit als auch für das Vergnügen dem Winter in dieser nördlichen, frostigen Zone vorzuziehen? – Und wird nicht der Winter in England Dir mehr Vergnügungen bieten, als dies der Sommer in einer leeren Hauptstadt hätte tun können? Soweit erscheint es mir doch, dass Du durch Dein Missgeschick eher gewinnst.

Auch die *tour*, die Du nach Lübeck, Altona etc. zu unternehmen gedenkst, wird Dich amüsieren und klüger machen, denn in Deinem Alter kann man gar nicht zu viele verschiedene Orte und Menschen sehen; in dem Alter, in dem Du jetzt bist, halte ich es für selbstverständlich, dass Du sie nicht so oberflächlich sehen wirst wie damals, als Du zum ersten Mal ins Ausland gereist bist.

Insgesamt ergibt sich aus dieser ganzen Angelegenheit also nicht mehr als dies – dass Du im nächsten Winter statt in diesem Sommer hier sein wirst. Denke nicht, alles, was ich gesagt habe, sei lediglich der Trost, den ein alter Philosophenknabe, beinahe unempfänglich für Wonne oder Schmerz, einem jungen Burschen angedeihen lässt, der beides lebhaft empfindet. Nein, es ist die rationale Philosophie, die Erfahrung und Weltkenntnis mich gelehrt haben und die ich seit über dreißig Jahren praktiziere. Ich habe immer aus dem Besten das Beste gemacht und nie das Schlechte durch Grämen verschlimmert. Dadurch war es mir möglich, die verschiedenen Szenerien des Lebens, in denen ich Darsteller war, mit mehr Freude und weniger Schmerz zu durchschreiten als die meisten Leute. Du wirst vielleicht sagen, man könne sein eigenes Wesen nicht ändern; und jemand, der mit empfindsamer Betrübnis geboren wurde und dazu neigt, die Dinge im schlechtesten Licht zu betrachten, könne weder etwas dagegen tun noch sich selbst neu erschaffen. Bis zu einem gewissen Grad will ich dies einräumen, aber nur bis zu einem gewissen Grad; denn wir können unser Wesen zwar nicht vollkommen ändern, es aber in hohem Maße durch Überlegung und Philosophie korrigieren; und ein wenig Philosophie ist eine gar notwendige Gefährtin in dieser Welt, wo selbst für den am meisten vom Glück Begünstigten die Chancen, glücklich zu sein, überaus gering sind.

Ich bin weder alt noch hartnäckig genug, um so zu tun, als ob ich das wichtigste Anliegen Deines letzten Briefs nicht verstünde, und um Dir zu zeigen, dass ich es verstehe, erhältst Du von mir eine

Anweisung über zweihundert Pfund, was Dir, so hoffe ich, mehr als nur aushelfen wird.

Gute Nacht! *aequam memento rebus in arduis servare mentem*;[1] lasse Dich von den Wechselfällen des Lebens weder entrücken noch niederdrücken.

Blackheath, 16. Mai 1759

Mein lieber Freund:

Der letzte Brief Deines Sekretärs vom 4., den ich gestern erhalten habe, hat meine Befürchtungen durchaus beschwichtigt, aber nicht vollkommen zerstreut. *Dein Fieber dauert an*, sagt er, *allerdings ist es gefallen*. Hast Du dieses Fieber dauernd oder nur gelegentlich? Im ersteren Fall ist es kein Wunder, dass Du schwach bist und Dein Kopf schmerzt. Wenn Letzteres der Fall ist, warum wurde dann nicht die Rinde[2] substanziell und in großen Dosen verabreicht? Denn sonst hätte sie es inzwischen beenden müssen. Ich hoffe, die nächste Post wird mich restlos beruhigen. Sicher warst Du bei Deinen Arzneien wie auch in Deinem allgemeinen *régime* nicht so regelmäßig zugange wie

---

1 Lat. «Denke daran, in schwierigen Lagen Gelassenheit zu bewahren», aus: Horaz, *Oden*, II, 3, 1.

2 Chinin.

Du solltest, sonst wäre dieses Fieber nicht zurückgekehrt; denn der Doktor nennt es *Dein zurückgekehrtes Fieber*, als hättest Du ein exklusives Patent darauf. Du hattest nun genug Krankheiten, um den Wert der Gesundheit zu kennen und die Vorschriften Deines Arztes bei Arzneien und die Regeln Deiner eigenen Vernunft bei der Ernährung implizit zu befolgen. Was Letzteres angeht, kann ich Dir aus eigener Erfahrung versichern, dass Quantität oft schlimmer ist als Qualität, und ich äße lieber ein halbes Pfund Schinkenspeck bei einer Mahlzeit als zwei Pfund von der gesündesten Nahrung.

Ich bin hier schon fast eine Woche, zu meiner großen Befriedigung; *c'est ma place* und ich kenne ihn, was nicht jedem gegeben ist. Da ich durch meine Taubheit wie durch andere körperliche Gebrechen vom gesellschaftlichen Leben abgeschnitten und bestenfalls das Gespenst meines früheren Ichs bin, wandle ich hier in Stille und Einsamkeit, wie es einem Geist zukommt, mit dem einzigen Unterschied, dass ich bei Tag wandle, wogegen, wie Du natürlich weißt, andere Geister nur nachts erscheinen. Meine Gesundheit ist jedoch besser, als sie voriges Jahr war, dank meiner nahezu vollständigen Milchdiät. Das erlaubt es mir, meine einsamen Vergnügungen zu variieren und abwechselnd zu schreiben und zu lesen, was ich voriges Jahr nicht konnte. So verbummle ich den Rest, sei dieser größer oder kleiner, eines bewegten und aktiven Lebens, das nun (und ich bin nicht sicher, durch diesen Wechsel etwas verloren zu haben) auf solche Ruhe und Heiterkeit reduziert ist, dass man es füglich Stillleben nennen kann.

Die Franzosen flüstern vertraulich, damit es weiter bekannt und mehr geglaubt werde, dass sie dieses Jahr an nicht weniger als drei Orten Invasionen bei uns beabsichtigen, und zwar in England, Schottland und Irland[1]. Einige unserer großen Männer, wie die Teufel, glauben es und zittern[2]; andere, darunter ein Kleiner, den ich kenne, lachen darüber; und allgemein scheint es nur ein ärmliches, keineswegs beeindruckendes Schreckgespenst zu sein. Als jemand an der Spitze eines bescheidenen Heeres stand und (ich weiß

---

1 Geplant waren Angriffe von Ostende aus gegen England und von Brest aus gegen Schottland sowie kleinere Landungen in Irland; im November 1759 verlor Frankreich in der Seeschlacht vor Quiberon einen Teil der Brest-Flotte und gab die Pläne auf.

2 Vgl. Jakobus 2, 19: «Du glaubst, dass ein einiger Gott ist? Du tust wohl daran; die Teufel glauben's auch und zittern.»

warum) an der Spitze eines großen stehen wollte, wurden geplante Invasionen zu einem politischen Glaubensartikel gemacht[1], und der Glaube an sie war vorgeschrieben, wie in der Kirche der Glaube an einige Absurditäten und sogar Unmöglichkeiten bei Strafandrohung von Häresie, Exkommunikation und folglich Verdammnis vorgeschrieben ist, wenn sie sich auf die Macht und Anliegen der Kirchenhäupter beziehen. Aber jetzt herrscht allgemeine Tolerierung, und die besten Untertanen, wie die besten Christen, dürfen glauben, was ihnen ihr Verstand und ihr Gewissen nahelegen. Es wird allgemein vernünftigerweise angenommen, dass die Franzosen drohen, aber nicht angreifen werden, da wir sowohl mit Heeren als auch mit Flotten so gut darauf vorbereitet sind, sie zu empfangen und, darf ich hinzufügen, zu vernichten. Adieu! Gott segne Dich.

---

1 Bezieht sich wahrscheinlich auf William Augustus, Duke of Cumberland (1721–1765), Kommandeur im Österreichischen Erbfolgekrieg, bei der Niederschlagung des Jakobiten-Aufstands in Schottland (Schlacht von Culloden, 1746) und im Siebenjährigen Krieg; auf welche seiner angeblich zahlreichen militärisch-politischen Intrigen sich Chesterfield bezieht, ist unklar. Vgl. auch Anm. S. 270.

Blackheath, 9. Juli 1767

Mein lieber Freund:

Ich habe Deinen Brief vom 21. des letzten Monats erhalten, samt dem beigefügten Vorschlag der französischen *réfugiés* für eine Subskription, um ihnen *un Temple*[1] zu bauen. Ich habe es den sehr wenigen Leuten gezeigt, die ich treffe, aber ohne den geringsten Erfolg. Sie haben mir gesagt (und es ist nur allzu wahr), während hier die Armen in so großer Zahl buchstäblich verhungern, weil alle Lebensmittel so teuer sind, dächten sie nicht daran, ihr Geld für ein Bauwerk, das sie für sinnlos halten, in ein anderes Land zu schicken. Wahrlich habe ich nie solches Elend gesehen, wie es jetzt hier herrscht, und es berührt die Herzen und die Börsen aller, die über beides verfügen. Was mich angeht, habe ich in meinem Leben nie für ein Gebäude gespendet; nach meiner Einschätzung hieße dies nur, für Maurer und Zimmerleute und den Schatzmeister des Unterfangens zu spenden.

Ganz gegen die Erwartungen aller hier verweilt immer noch alles *in statu quo*. General Con-

---

1 Frz. «einen Tempel» – in Frankreich übliches Wort für protestantische Kirchen.

way wurde vom König gebeten, die Siegel zu bewahren, bis er einen Nachfolger für ihn gefunden hat, und der Lord President desgleichen. Lord Chatham[1] hat einen Rückfall erlitten, schlimmer als je zuvor: Er empfängt niemanden, und niemand besucht ihn; man sagt, ein unfähiger Arzt habe seine Gicht so behandelt, dass sie nun seine Nerven angreift, was das schlimmste Siechtum ist, das einen Minister oder einen Liebhaber befallen kann, da es den Geist des Ersteren und den Leib des Letzteren schwächt. Wir haben zurzeit ein Interregnum. Wir müssen bald sehen, welche Ordnung aus diesem Chaos entstehen wird. Es wird geschehen, was Lord Bute[2] gefällt.

---

1 Henry Seymour Conway (1719–1795), brit. General und Politiker, zuständig für Auswärtiges unter Chatham, dessen Politik er zunehmend unerträglich fand, bat im Mai um Entlassung, musste aber bis Januar 1768 im Amt bleiben. Robert Henley, 1. Earl of Northington (um 1708–1772), seit 1761 Lordkanzler, durfte erst im Dezember zurücktreten. William Pitt («Pitt der Ältere»), 1. Earl of Chatham (1708–1778), mehrmals Regierungschef, litt unter Gicht und 1767/68 unter «geistiger Verwirrung», trat im Oktober 1768 zurück, war ab 1770 nach seiner Genesung Mitglied des Oberhauses und weiter politisch einflussreich.

2 John Stuart, 3. Earl of Bute (1713–1792), brit. Politiker, Premierminister 1761–1763, lebte danach zurückgezogen und interessierte sich nur noch für Botanik; die Annah-

Das Kurfürstentum wird, glaube ich, Graf Flemming[1] vermissen; denn zweifellos hatte er Fähigkeiten und war so beharrlich und unerbittlich, wie es ein für die Finanzen zuständiger Minister immer sein sollte. Wenn Du die Gräfin Flemming siehst, was, wie ich annehme, wohl bald der Fall sein wird, richte ihr bitte Lady Chesterfields und meine Komplimente und Kondolenz aus.

Du sagst, Dresden sei sehr ungesund; ich bin sicher, London ist jetzt mindestens ebenso ungesund, denn dort herrscht ein epidemisches Siechtum unter dem vornehmen Namen *l'influenza*[2]. Es ist ein kleines Fieber, an dem kaum jemand stirbt, und es endet gemeinhin mit einer kleinen Schwäche. Ich glaube, ich bin ihm dadurch entgangen, dass ich hier bin. Gott schütze Dich vor allem Siechtum und segne Dich!

me, er habe durch Intrigen weiter Einfluss auf die Politik gehabt, gilt als Fiktion.

1 Karl Georg Friedrich Graf von Flemming (1705–1767), sächsischer Gesandter (u.a. in London), 1763 bis zu seinem Tod Minister (Auswärtiges und Militär) im Kabinett des Kurfürstentums Sachsen.

2 Ital. «Grippe».

London, 12. März 1768

Mein lieber Freund:

Am Tag, nachdem ich Deinen Brief vom 21. des vorigen Monats erhielt, habe ich an Lord Weymouth[1] geschrieben, wie von Dir gewünscht; und beigefügt schicke ich Dir seine Antwort, der ich (auch wenn ich seither nichts mehr von ihm gehört habe) zuversichtlich entnehme, und Du magst dies auch tun, sein Schweigen bedeute, dass Seine Majestät Deiner Bitte entspricht. Deine komplizierten Beschwerden beunruhigen mich arg, und umso mehr, als ich überzeugt bin, dass die Ärzte in Montpellier sich in einem wichtigen Teil Deines Falles irren, wie überhaupt alle Ärzte hier, außer Dr. Maty[2]. Meiner Meinung nach hast Du keine Gicht, sondern Dein Körper neigt sehr zu Skorbut und Rheuma, was ganz anders behandelt werden sollte als Gicht; und da ich mich zumindest für einen recht guten Quacksalber halte,

---

1 Thomas Thynne, 2. Viscount Weymouth, später 1. Marquis von Bath (1734–1796), brit. Politiker, zwischen 1768 und 1779 zweimal (insgesamt sieben Jahre) «Außenminister» (Secretary of State).

2 Matthew Maty (Mathijs Mathy, 1718–1776), niederländ. Mediziner, Biograf und Bibliothekar.

würde ich Dir eine strikte Milchdiät mit Körnern wie Reis, Sago, Gerste, Hirse etc. verordnen, wenigstens für die drei Sommermonate und unter völligem Verzicht auf Weingenuss. Wenn das Klima irgendetwas bewirkt (was ich nebenbei kaum glaube), bist Du meiner Ansicht nach im besten Klima der Welt, weder zu heiß noch zu kalt und immer klar; Du bist bei den lebhaftesten Leuten, die es gibt; sei mit ihnen lebhaft und erschöpfe nicht Deine Augen, indem Du zu Hause liest. *L'ennui*[1] ist das englische Siechtum; und es ist ein recht arges, wie ich durch alltägliche Erfahrung feststelle, denn meine Taubheit beraubt mich des einzigen rationalen Vergnügens, das ich in meinem Alter haben kann, nämlich Gesellschaft; sodass ich jeden Tag meine Augen zerlese, um mich nicht zu erhängen.

Du wirst nicht in diesem Parlament sein, jedenfalls nicht zu Beginn. Ich habe mich zu sehr auf Lord Chathams Versprechen von vor über einem Jahr in Bath verlassen. Er hatte mich gebeten, dies ihm zu überlassen; er werde es zu seiner eigenen Angelegenheit machen und es dem Duke of Grafton[2] übertragen, dessen Zuständig-

1 Frz. «Langeweile», «Melancholie».
2 Augustus Henry FitzRoy, 3. Duke of Grafton (1735–

keit es sei, die parlamentarischen Vorkehrungen zu treffen. Darauf habe ich mich verlassen, und ich glaube, mit gutem Grund; aber seitdem hat Lord Chatham niemanden getroffen oder gesprochen und sich überaus seltsam verhalten. Ich habe an den Duke of Grafton geschrieben, um zu erfahren, ob Lord Chatham in dieser Sache mit ihm gesprochen oder ihm geschrieben habe, aber er versichert mir, keines von beidem sei geschehen und alles sei zur Zeit voll oder sogar übervoll; sollte sich jedoch ein freier Sitz ergeben, werde er Dich mit großem Vergnügen dort einfügen. Ich bin außerordentlich betrübt ob dieses Missgeschicks; denn ich bin ganz anderer Meinung als Du hinsichtlich der Mitgliedschaft im Parlament, da in diesem Land niemand von Wichtigkeit sein kann, der ihm nicht angehört; und wenn man auch vielleicht nicht redet wie ein Lord Mansfield[1] oder ein Lord Chatham, kann man doch auch im zweiten Rang eine sehr gute Figur abgeben. *Locus est et pluribus umbris.*[2] Ich will nicht versuchen, Dir einen Bericht über die der-

1811), brit. Politiker, übernahm nach Chathams Rücktritt die Leitung der Regierung.

1 Vgl. Anm. S. 253.

2 Lat. «Es gibt Platz für weitere Gäste.» Aus: Horaz, *Briefe*, I, 5, 28.

zeitige Lage dieses Landes oder des Ministeriums zu erstatten, da ich sie selbst weder kennen noch erraten kann.

Gott segne Dich und schenke Dir Gesundheit, was die erste und größte aller Segnungen ist!

Gentleman statt Superman

Wer soll dieses Buch lesen? Es sieht so aus, als stünde die Antwort im Titel: wer seinen Sohn zu einem Gentleman machen will. Leider hat dieses Buch genau darin versagt. Nachweisbar nur in einem einzigen Fall, aber eben in genau dem, auf den es dem Verfasser ankam. Dennoch war es ein Sensationserfolg und kann erneut zu einem werden. Warum, das ist eine eigene Geschichte und die beginnt heute.

Der Mann von heute weiß, was er zu tun hat, um von der Jury des Magazins *GQ, Gentlemen's Quarterly*, das 1957 gegründet wurde, zum Gentleman des Jahres gekürt zu werden. Kaum hat der Bewerber erfahren, dass er sich unter den letzten zehn Kandidaten befindet, twittert er, «mega happy» zu sein; und weil er sich seiner Verantwortung als Erwählter bewusst ist, wird er sofort ins Studio zum Muskel-Training aufbrechen und mit Hilfe teuerster Styling-Produkte alles für die Vollendung seines Styles tun, der heutzutage den antiquierten Stil ersetzt hat. Sonstige Vorbereitung ist unnötig. Den Test über Allgemeinwissen, den der Bewerber dann live absolvieren muss, hat noch jeder bestanden, der die Führerscheinprüfung bewältigte. Währenddessen lässt seine Freundin die Welt wissen, er sei wirklich ein Gentleman, und die samt Kind abgelegte Ehefrau, er sei keiner.

Möchte jemand seinen Sohn zu einem solchen Typus des Gentleman heranbilden, braucht er oder sie dieses Buch mit Sicherheit nicht. Sein Verfasser, Philip Dormer Stanhope, 4. Earl of Chesterfield (1694–1773), hatte einen ganz anderen Gentleman vor Augen, einen, der damals in Paris und Den Haag, Dresden und Berlin, Irland, England und Schottland als Musterbeispiel dafür galt: sich selbst. Oder das, was er in verbesserter Neuauflage gewesen wäre.

Bei *GQ* hätte es Lord Stanhope, der noch immer als britischer Gentleman-Experte gilt, nicht einmal in die Vorrunde geschafft, selbst in jungen Jahren nicht. Äußerlich war er, bezeugten Zeitgenossen, bestenfalls als unattraktiv zu bezeichnen, klein, schwächlich und etwas dicklich. Für seinen Body tat er nichts, außer auszureiten, gelegentlich zu tanzen und sich daran zu erinnern, dass er mit siebzehn einmal ganz gut im Fechten war. Zu posieren, bei *GQ* die entscheidende Qualifikation, hatte er nie gelernt; obwohl er vermögend war, gibt es nur wenige Bilder von ihm, und auf denen ist sein einziges markantes Merkmal die Perücke. Markenbotschafter, das Heilsversprechen des *GQ*-Gentleman-Wettbewerbs, wäre er also niemals geworden, britischer Botschafter war er mit Erfolg.

Geboren 1694 in London als Mitglied einer der angesehensten Familien Englands, erzog ihn, weil seine Mutter früh starb, deren Mutter, eine Lady Halifax. Mit achtzehn von der Universität von Cambridge angenommen, studierte er alte Sprachen, Französisch, Geschichte und Philosophie. Allerdings nicht allzu ausgiebig, denn mit neunzehn brach er 1713 auf zur *Grand Tour*, der Bildungsreise auf den Kontinent, die für jeden jungen Mann aus besseren Kreisen unverzichtbar war. Wichtigstes Ziel war Paris. Wiederum absolvierte Stanhope nur eine Kurzfassung des großen Paris-Abenteuers; als 1714 Queen Anne starb, kehrte Stanhope bereits nach London zurück und wurde Kammerherr des Prince of Wales, ließ sich, noch keine einundzwanzig, als Abgeordneter ins Unterhaus wählen und hielt seine erste Parlamentsrede; einer der Parlamentarier riet ihm dringend, vor der ersten Abstimmung das Land zu verlassen, da er minderjährig und eine Teilnahme daran in diesem Alter strafbar war.

Was er mit den Gentlemen, die sich bei *GQ* um den Titel bewerben, teilte, war eine von ihm selbst erfreut diagnostizierte Sucht: «Zum Glück besaß ich ein starkes Verlangen, zu gefallen.»

Um zu gefallen, machte Stanhope sich sehr viel Arbeit, schon weil er nicht nur den Engländern auf Englisch, sondern auch den Deutschen auf Deutsch und den Franzosen auf Französisch Eindruck machen wollte durch geschliffene Rhetorik, Kenntnis der landeseigenen Kultur, Geschichte und Gebräuche.

Für den Gentleman, der bei *GQ* siegen will, ist das so verzichtbar wie lateinische Grammatik. Ein *GQ*-Gentleman sollte in einigen Sportarten zu Hause sein, eine Disziplin jedoch sorgsam vermeiden: gegen den Mainstream zu schwimmen. Stanhope trainierte hingegen gerade das, obwohl es mit seinem Bedürfnis, zu gefallen, kaum vereinbar schien.

Dass er aus Paris eine Duftprobe von der Finesse des Rokoko in die stinkende Luft von London importierte, stach dort den meisten unangenehm in die Nase. Der Lebensstil in England war im Allgemeinen, trotz Aufklärung, eher von rustikal-mittelalterlichem Charme, keine Anleitung für Gentlemen jedenfalls. Nach missliebigen Ministern wurde mit Steinen und Verfaultem geworfen, auf oppositionelle Schriftsteller, die im Käfig an den Pranger gestellt wurden, mit allem, je nach Sympathien mit Kieseln, Rossbollen, im Falle von *Robinson*-Autor Daniel Defoe auch Bonbons oder Rosen, und wenn der Wahltrubel die Massen erregte, zogen sie tagelang brandschatzend und plündernd durch die Städte.

Stanhope kehrte eiligst nach Paris zurück, lernte Voltaire und Montesquieu kennen und baute, als er im Jahr darauf wieder heimkehrte, seine Position im Parlament aus. Im Jahr nach seiner Rückkehr heiratete er 1733 Melusina von der Schulenburg, eine illegitime Tochter von King George I. und seiner Mätresse Countess Ehrengard von der Schulenburg. Mitte zwanzig war er bekannt, mit dreißig berühmt für seine Erfolge als Politiker und Diplomat und für seine Essays über politische, moralische und literarische Themen. Als Berufsredner im Oberhaus war er scharf und böse, als Privatmann *gentle*, sanft und liebenswürdig. Sein Sohn war fünf, als er die ersten der fast vierhundert Briefe von seinem Vater bekam, die aus ihm einen Gentleman machen sollten; von Anfang an ging es darin vor allem über den Umgang mit Menschen. Das Heikle daran: Der Adressat war ein uneheliches Kind. Stanhope hatte in Den Haag als britischer Diplomat praktische

Übungen zur Wirksamkeit der Redekunst absolviert, und die waren in jeder Hinsicht fruchtbar gewesen. Dort hatte sich die junge Gouvernante Elisabeth du Bouchet über Stanhopes Diplomatie und Galanterie, aus ihrer Sicht Schleimerei, moralisch entrüstet, sie so abstoßend gefunden wie den Mann selbst. Bis er schließlich das Wort an sie richtete. 1732 hatte sie ihm einen Sohn geboren, seinen einzigen. Elisabeth stimmte kein Skandalgeschrei an, als er eine andere ehelichte; Melusina verstieß, als sie es erfuhr, den Gatten nicht und schwieg sich aus, obwohl er nur durch die Heirat mit ihr über ausreichende Mittel verfügte, ein standesgemäßes Leben für Elisabeth und seinen Sohn, nebenbei auch seine Spielleidenschaft, finanzieren zu können.

Warum regten sich in den beiden Frauen keine Rachegelüste? Warum fielen sie dem windigen Kavalier und Gatten nicht in den Rücken? Möglicherweise zeigten sich eben darin die Qualitäten eines Gentleman.

In Stanhopes zentralem Interesse lag es, Kriege zu vermeiden, auch Rosenkriege. Diese Fähigkeiten wären auch heute noch durchaus zu gebrauchen. Doch öffentlich schwamm der Gentleman weiterhin gegen den Strom.

1737 triumphierte er mit einer Parlamentsrede

gegen die von der Regierung empfohlene Zensur; sie machte ihn zum Wortführer des literarischen England und zum Feind der Regierung Walpole, er verlor sein Amt als Großhofmeister von England und trug als Führer der oppositionellen Whig-Party entscheidend dazu bei, dass Robert Walpole 1742 gestürzt wurde. Nimmermüde gelang es ihm in Den Haag, die Niederländer im Österreichischen Erbfolgekrieg für die Partei der Österreicher zu gewinnen und sich in London durch seine mit Witz und Sarkasmus gepfefferten Zeitungsartikel den König zum Feind zu machen. Als 1744 die bisherige Opposition die Regierungsgeschäfte übernahm, konnte George II. nur mühsam dazu gebracht werden, den Earl of Chesterfield zum irischen Vizekönig zu ernennen. Nur acht Monate blieb Stanhope in diesem Amt, danach kämpfte er als Minister gegen Korruption, mit gutem Ergebnis, trat aber 1748 zurück, weil er seine politischen Vorstellungen nicht durchsetzen konnte. Nein, kein Wechsel aus der Politik in die Wirtschaft: Stanhope entsagte der Weltbühne gänzlich. Mit vierundfünfzig Jahren entschied er sich dafür, zu privatisieren. In der Nähe des Hydeparks hatte er sich ein großes Haus bauen lassen, züchtete Ananas, Melonen und Weintrauben. Dort oder auf Kur in Bath schrieb er an Biografien von Zeitgenossen, an pädagogisch motivierten Artikeln, vor allem aber weiterhin unablässig Briefe an seinen Sohn.

Den hatte er schon auf dessen *Grand Tour* Etappe für Etappe, Schritt für Schritt mit Ratschlägen begleitet und dem Wiedersehen mit seinem Junior so aufgeregt entgegengefiebert «wie eine junge Frau ihrer Brautnacht». Nicht nur die Erwartungen der Bräute, auch die der Väter werden oft enttäuscht; die Erziehungsversuche aus der Ferne hatten keine Wirkung gezeitigt. Äußerlich war der Sohn Philip Stanhope junior dem Vater nachgeschlagen, klein und zur Dickleibigkeit neigend, aber anders als jener frei von Charme, gesellschaftlichem Schliff und Ehrgeiz.

Trotzdem gab der Vater nicht auf. 1754 kaufte er dem Sohn zu dessen Volljährigkeit, einen Wahlkreis und eröffnete ihm so die politische Karriere, auf die er ihn vorbereitet hatte, die Parlamentslaufbahn. Philip juniors erste Rede fiel nicht auf, sie fiel durch.

Bemühungen, dem Sohn eine Stelle als Botschafter in Wien zu verschaffen, scheiterten am Einspruch von George II. Ein unehelich Geborener sei nicht würdig, sein Land zu vertreten; dass der Vater betonte, das sei schließlich seine Schuld, nicht die des Sohns, half nichts. 1757 schaffte Stanhope es dann endlich, den Sohn bei der englischen Gesandtschaft in Hamburg unterzubringen, leider keine Langzeitbeschäftigung. Versuche, den Junior in London zu vermitteln, verliefen ergebnislos. Stanhope gab noch immer nicht auf; mit dem Einsatz von 2000 Pfund sicherte er die Wiederwahl des Sohns ins Unterhaus. Doch noch bevor die Arbeit dort losging, reiste der an Schwindsucht Leidende zur Erholung nach Baden-Baden und Frankreich. Zurück aus der Kur, wartete er in Regensburg darauf, zum Gesandten für den Deutschen Reichstag ernannt zu werden; er wartete vergebens. Im Juli 1764 erreichte es der Vater, dass der Sohn zum Gesandten in Dresden ernannt wurde. Philip junior überzeugte dort niemanden von sich, nicht einmal sich selbst. 1766, mit vierunddreißig Jahren, bekam er den letzten erhaltenen Brief seines Vaters. Im Herbst 1768 fuhr der Sohn in der Hoffnung, das Klima dort lindere seine Schwindsucht, nochmals nach Avignon, wo er am 16. November starb.

Er hinterließ eine Witwe und zwei unmündige Kinder. Stanhope, Earl of Chesterfield, nahm die Nachricht vom Ableben seines Sohns stoisch auf und kümmerte sich fortan um die Enkel.

Sechs Jahre später, eineinhalb Jahre nach seinem eigenen Tod, erschienen in zwei dicken Bänden die *Letters to his Son* über die anstrengende Kunst, ein Gentleman zu werden. Gegen das testamentarische Verbot des Verfassers hatte die Schwiegertochter Eugenia Stanhope sie veröffentlicht. Ihre Freunde sagten, sie habe den kulturhistorischen Wert dieser Briefe erkannt, ihre Kritiker, sie habe nur deren finanziellen Wert erkannt. Der Verlag Dodsley zahlte ihr für die Herausgabe 1575 Pfund, eine Summe, für die man sich ein geräumiges Haus kaufen konnte. Die Veröffentlichung machte sich für den Verlag bezahlt: Der Erfolg war sensationell. Bereits im Erscheinungsjahr 1774 musste Dodsley drei weitere Auflagen drucken. Spannend wurde es erst jetzt.

In der Heimat wussten viele, dass dieses Stück Erziehungsliteratur sich für eins als untauglich erwiesen hatte: für die Erziehung eines jungen Mannes zum Gentleman. Dass sich das noch weiter herumsprach, eine Antiwerbung für das Buch, war einem deutschen Immigranten namens Georg Friedrich August Wendeborn zu verdanken, von 1769 bis 1790 Pfarrer der deutschen Gemeinde in London: «Im Hause des berühmten Lord Chesterfield war ich bekannt und wohl aufgenommen», verkündete er, später auch schriftlich in seinen Lebenserinnerungen. «Der

Graf war einer der feinsten und gewandtesten Menschen, dem der Witz fast immer zu Gebote stand und der an guter Lebensart wohl nur von wenigen übertroffen ward», rühmt er den ohnehin berühmten Vater. «Das Alter und besonders die Taubheit machten den Grafen in den letzten Jahren seines Lebens zur Gesellschaft und zum Genusse derselben unfähig; doch wachte zu Zeiten seine ehemalige Lebhaftigkeit wieder auf, und sein fertiger und ungesuchter Witz blitzte glänzend im Abenddunkel hervor.» Wendeborn wusste offenbar auch, dass Stanhope seinen Sohn «nach seinem Charakter zu bilden wünschte».

Kronzeugin von Wendeborn war die Witwe Stanhopes, die in dem sogenannten *music room* seines Hauses am Hydepark auf dem Flügel spielte, während der Hausherr an einem kleinen Tisch in der Ecke die Briefe an seinen Sohn verfasste. Auf Schwiegertochter Eugenia war die alte Witwe «nicht wohl zu sprechen», weil sie der Ansicht war, Eugenia habe die Briefe nicht nur aus Geldgier publiziert, sondern auch, um den alten Lord, der seine Schwiegertochter in seinem Testament nicht gerade «großmütig» bedacht habe, posthum «noch zu entehren». Melusina Stanhope hatte nie Kinder gehabt, jedenfalls nicht von Stanhope, und schien sich, so Wendeborn, «den Mangel derselben durch ein halbes Dutzend kleiner Hunde ersetzen zu wollen, die ständig um sie herum waren und auf das Sorgfältigste gepflegt wurden. Sie glaubte auch nicht, dass Stanhope, an den der Lord so vieles wandte und dessen Erziehung und Ausbildung zu einem großen Manne für die Welt ihm sehr am Herzen lag, sein wirklicher Sohn gewesen war. Wie ich einstens von ihm sprach, äußerte sie sich dahin, dass sie glaube, der Schiffskapitän, der die Mutter von Holland auf Verlangen Lord Chesterfields herüberbringen musste, sei sein rechter Vater». Melusina Stanhope habe den Kapitän kennengelernt, und noch ehe sie ihn sah, seine Stimme im Vestibül gehört und gemeint, es sei Philip junior, der dem Kapitän zudem im Aussehen und im Gang geähnelt habe.

Durchaus eine Möglichkeit, den didaktischen Misserfolg der Briefe zu erklären: Der Sohn habe, so Melusina Stanhopes Theorie, kein Gentleman werden können, weil er nicht über die Erbanlagen eines Gentlemans verfügte.

Das blieb nicht unwidersprochen. Sich auf diese Weise der Verantwortung zu entziehen, fand kaum einer glaubwürdig, und die meisten fanden es unsympathisch. Besonders lautstark widersprach ein deutscher Experimentalphysiker, für seinen Buckel so bekannt wie für seine scharfe

Zunge: Georg Christoph Lichtenberg. 1774 reiste der Zweiunddreißigjährige trotz seiner Kyphoskoliose nach England, kaufte sich umgehend die Briefe von Stanhope, hielt in seinen sogenannten Sudelbüchern die Lektüreeindrücke fest, aber auch, was über Stanhope Vater und Sohn an Klatsch kursierte. Lichtenberg war Gast «auf Lord Bostons Landhause, wo sich damals eine gewisse schottische Dame Mrs. Wilkingsham ebenfalls zu Besuch aufhielt, die nicht nur den jungen Stanhope gut gekannt hat, sondern auch noch jetzt vielen Umgang mit seiner Mutter hat». Die Schottin erklärte, der Sohn sei «ein fetter bequemer Junge» gewesen, «der viel gelernt hatte, aber wenig von dem Stolz und brennenden Ehrgeiz besaß, den ihm sein Vater, zwanzig Jahre, nachdem er ihn gezeugt hatte, noch einflößen wollte». Er sei «unreinlich wie viele Büchermänner» gewesen und habe die Angewohnheit gehabt, «in Gesellschaft [...] mit dem linken Fuß auf dem rechten zu stehen». Lichtenberg erfuhr von einem großen Galadinner, das Vater Stanhope veranstaltet hatte, «zu dem alle auswärtigen Gesandten eingeladen waren, um seinen Sohn in Verbindung zu bringen. Der junge Stanhope kümmerte sich aber mehr um seinen Teller als um die ganze Versammlung, forderte, nicht auf die anständigste Art, dreimal von einer Tarte, die ihm schmeckte, welches den Vater schon sehr aufbrachte. Als endlich die Bedienten diese Schüssel wegnehmen wollten, rief er ihnen zu und nahm das noch übrige große Stück gerade mit den Fingern aus der Schüssel, und ohne es erst auf den Teller zu legen, biss er hinein und bebutterte sich das Gesicht bis an die Ohren. Dieses tat er, ob ihm gleich der Vater so oft zurief: ‹die Grazien, die Grazien›; endlich heiratete er doch noch, wider des Vaters Willen, allein ein vortreffliches Frauenzimmer [die Herausgeberin der Briefe], mit der er gewiss glücklicher gelebt hat, als wenn ihm sein Vater, wie gewiss am Ende geschehen sein würde, seine Ehe im politischen Himmel geschlossen hätte». Aus Sicht Lichtenbergs war die vermeintliche Fehlentwicklung von Stanhope junior gar keine, sondern Indiz dafür, dass er sich vom Vater emanzipierte. Der Sohn wandte sich offenbar bewusst vom Lebensstil des Vaters ab, setzte sich mit seiner unehelichen Geburt auseinander und mit seiner eigenen Generation, tat also eigentlich das, was moderne Pädagogen bei jungen Menschen erreichen wollen.

Das aber war wohl kaum den Briefen seines Vaters zuzuschreiben. Dennoch erklärte in demselben Jahr 1774 Voltaire jene Briefe «zum besten Buch, das je über Erziehungsfragen geschrieben wurde». Das teilte er in seinem Brief vom 12. August 1774 der Marquise de Deffant mit, und die verteilte Voltaires Urteile gießkannengleich in aristokratischen Kreisen, wo man fortan an die Stanhope-Bibel glaubte. Doch das hilft heute engagierten Eltern, die keinen Rüpel, sondern einen Gentleman zum Sohn haben wollen, nicht viel weiter.

Sicher ist nur eins: Die Verfeinerung der Manieren der Schule zu überlassen, geht schief. Das wissen sogar Kinderlose wie ich. Am Ende der Nachmittagsvorführung in einem Münchner Kino sah ich aus den Reihen vor mir eine Schulklasse von Sechzehnjährigen abziehen; was blieb, war eine Müllhalde. Die Lehrerin an der Tür zuckte hilflos die Schultern. Welche Schule?, fragte ich. Es war eines der besten und ältesten Gymnasien Bayerns, Latein sowie Altgriechisch Pflichtfächer und humanistische Bildung junger Menschen offizielles Ziel. Doch etwas Entscheidendes fehlte ihnen.

Falls Eltern dem Nachwuchs das Fehlende auf die Schnelle verpassen wollen, rechtzeitig zur Stipendienbewerbung, zum Vorstellungsgespräch oder zum Auslandsjahr in Cambridge, ist von Stanhopes Buch abzuraten. Als Notfallkoffer ist es ungeeignet. Der Earl of Chesterfield hat seine messerscharfen Beobachtungen in reichlich verbale Holzwolle verpackt. Schnell kommt man an sie nicht heran, und das soll man auch nicht: Sich Zeit zu lassen, ist das Erste, was Eltern dem angehenden Gentleman beibringen sollten. Menschenkenntnis, Umgangsformen und Diplomatie lassen sich nicht im Crash-Kurs erlernen, echte Freundschaften wachsen nicht so schnell wie Löwenzahn auf sauren Wiesen. Alles, was der Gentleman braucht, gedeiht langsam.

Dass Stanhope eine große Anpassungsfähigkeit, sogar eine chamäleonhafte Angleichung an die Umgebung als diplomatische Grundausstattung empfiehlt, war der Grund dafür, dass Kritiker ihm als Pädagogen Hurenhaftigkeit vorwarfen; doch der Vorwurf trifft daneben. Mit Opportunismus hat das nichts zu tun, fordert Stanhope doch, was er selbst lebte: Haltung. Haltung im körperlichen wie im geistigen und ethischen Sinn. Die hierfür notwendigen Muskeln werden nicht beim Bodybuilding gestärkt, sondern bei jenem heute unbeliebten Sport, gegen den Strom zu schwimmen. Ein Mann ohne Zivilcourage ist kein Gentleman.

Vor allem aber geht es dem Earl of Chesterfield um eine Fähigkeit, die ebenfalls ein Leben lang trainiert werden muss, die Kernkompetenz des Gentleman: Aufmerksamkeit. «Ein Mann, dem es daran mangelt, ist für das Leben in der Welt untauglich», erklärt er. Eine Frau ebenso, wenngleich er als englischer Macho nicht an sie dachte. «Was wert ist, überhaupt getan zu werden, verdient gut getan zu werden, und nichts kann gut getan werden ohne Aufmerksamkeit.»

Aufmerksamkeit ist aus seiner Sicht zugleich eine Alarmanlage, die vor jenen Fehlern warnt, zu denen heute die sozial genannten Medien verführen. «Wenn Dir ein Mann, mit dem Du kaum bekannt bist, dem Du Deine Freundschaft weder angeboten noch auch nur angedeutet hast, plötzlich starke Bekundungen der seinen macht, so solltest Du sie höflich entgegennehmen, aber nicht mit Vertrauen vergelten».

Aufmerksamkeit dient auch als Sicherung, Kindersicherung, Jugendlichensicherung, Erwachsenensicherung; sie verhindert, andere leichtfertig zu beleidigen. Beleidigungen zeitigen heute mehr denn je irreversible Langzeitfolgen. «Individuen vergeben zuweilen, aber Gruppen und Gesellschaften niemals», warnt unser Autor. Die aktuellen Nachrichten über die Eskalation von Sanktionen und Gewaltaktionen geben ihm recht. Die Begriffe «Rache» und «Vergeltung» feiern Hochkonjunktur. Und genau davor ist ein Gentleman gefeit.

Aufmerksamkeit bewahrt vor vorschnellen

Urteilen. «Du solltest Individuen nach Deinem Wissen über sie beurteilen, nicht nach ihrem Geschlecht, ihrem Beruf oder ihrer Konfession.» Wer genau hinsieht und hinhört, kommt bald ab von der Schwarz-Weiß-Sortierung und erspart sich so, später eingestehen zu müssen, da habe er sich wohl getäuscht.

Aufmerksamkeit bewahrt auch davor, von weit gereisten, sich kosmopolitisch gebärdenden Menschen Welterfahrung zu erwarten. «Ich bin zu dieser Zeit mit vielen älteren Leuten bekannt, die ihr ganzes Leben in der großen weiten Welt zugebracht haben, jedoch so gedankenlos und unaufmerksam, dass sie heute nicht mehr darüber wissen als mit fünfzehn.» Nur ihr Smartphone weiß mehr.

Aufmerksam soll sich jeder auch seine Gesellschaft aussuchen, empfiehlt Stanhope, weil die selbst gewählte soziale Umgebung einen hinaufziehen oder hinabziehen kann. Angesichts von Speeddating und virtuellen Freundschaftskreisen ein sinnvoller Hinweis. «Bemühe Dich, so gut Du kannst, Umgang mit Leuten über Dir zu haben: Dort wirst Du steigen, ebenso wie Du mit Leuten unter Dir sinkst; [...] Wenn ich Gesellschaft über Dir sage, darfst Du mich nicht missverstehen und annehmen, ich meinte dies hinsichtlich ihrer Geburt [...], sondern ich meine im Hinblick auf ihre Verdienste und auf das Licht, in dem die Welt sie betrachtet.»

Wer aufmerksam beobachtet, stellt wie Stanhope fest, das Exzellenz ohne Manieren wenig wert ist. «Ohne gute Erziehung ist der Gelehrte ein Pedant, der Philosoph ein Zyniker, der Soldat ein Grobian und jeder Mann unangenehm.»

Als Marlene Dietrich mit Ende sechzig vom Star-Fotografen Richard Avedon für ihre schönen Beine gepriesen wurde, sagte sie: *«Darling, the legs aren't so beautiful, I just know what to do with them.»* Wissen, Körperkraft, Intelligenz, strategisches Können oder Bildung sind nur dann gesellschaftlich wirksam, wenn man damit etwas anzufangen weiß.

Aufmerksame haben laut Stanhope besonders auf eines zu achten: sich selbst nicht zum Thema zu machen. «Vor allem und bei jedem Anlass vermeide es, über Dich selbst zu sprechen, wenn es möglich ist.» Und: «Meine niemals, Du müsstest die Leute mit Deinen persönlichen Anliegen oder privaten Befindlichkeiten unterhalten». Das Kreisen um die eigenen Befindlichkeiten mag heute als Rezept für Erfolgsromane funktionieren, für Gentlemen nicht.

Aufmerksamkeit hat vorrangig den anderen zu

gelten, und zwar dem, wofür sie gelten wollen, befindet Stanhope. «Du wirst jedes Menschen wichtigste Eitelkeit leicht entdecken, indem Du sein liebstes Gesprächsthema ausmachst; denn alle reden am meisten von dem, worin sie am liebsten als vortrefflich gelten möchten. Berührst Du jemanden dort, berührst Du seine empfindlichste Stelle.» Es klingt zwar zuweilen ein Unterton der Geringschätzung durch, wenn Stanhope über Frauen redet; «Dein Plaudern oder *entregent* mit ihnen kann und darf auch nicht besonders tiefgründig sein». Doch selbst dort beweist er höchste Aufmerksamkeit. Schöne Frauen seien nicht empfänglich für Komplimente, ihr Äußeres betreffend, weiß er; es sei klüger, ihren Verstand zu loben, «denn auch wenn sie selbst nicht daran zweifelt, so argwöhnt sie doch, dass Männer derlei nicht glauben». Oder: «Frauen lassen sich nicht so sehr von Schönheit einnehmen wie Männer, sondern ziehen jene Männer vor, die ihnen die meiste Aufmerksamkeit erweisen.» Schließlich heißt es noch: «Unter Frauen gibt es, wie unter Männern, gute wie schlechte, und möglicherweise ebenso viele oder sogar mehr gute als unter Männern.» Dieser eine Satz rückt den Earl of Chesterfield deutlich genug vom Haufen der misogynen Sprücheklopfer der Weltliteratur ab.

Die Aufmerksamkeit habe sich auf das vermeintlich Unwesentliche zu richten, auf «die kleinen Gewohnheiten, Vorlieben, Antipathien und den Geschmack» der anderen; «ich fürchte, Du neigst dazu, allen zu wenig Aufmerksamkeit zu bezeugen und vielen zu viel Geringschätzung», kritisiert er seinen Sohn. «Sei gewiss, es gibt keine so geringfügigen und unbedeutenden Personen, dass sie Dir nicht doch irgendwann nützlich zu sein vermöchten; was sie sicher nicht tun werden, wenn Du ihnen einmal Verachtung bezeigt hast (sic). Unrecht wird oft vergeben, aber Verachtung nie. Unser Stolz erinnert sich auf immer daran. Sie bedeutet eine Enthüllung von Schwächen, die wir viel sorgsamer verhehlen als Verbrechen.»

Es macht Spaß, nach den aktuellen Entsprechungen für das zu suchen, was bei Stanhope eine Rolle spielt, in unserem Alltagsleben nicht. Der Hof, zum Beispiel. «Du musst Höfe meiden, wenn Du nicht mit Schurken konspirieren und Narren ertragen magst.» Oder: «Was auch immer Du bei Hofe sagst oder tust, wird bekannt werden; darauf kannst Du Dich verlassen.» Ersetzen wir Höfe durch *Social Media*, Szene-Partys oder Politik, sind diese Erkenntnisse eins zu eins anwendbar.

Wer den Muskel der Aufmerksamkeit trainiert, der bleibt beweglich, dazu rät Stanhope dringend.

Wenn man den anderen nicht überzeugen kann und der einen selbst auch nicht, heißt es: Thema wechseln, und zwar sofort.

Philip Dormer Stanhope, 4. Earl of Chesterfield, selbst hat bewiesen, dass jene mentale Beweglichkeit einen Menschen, einen Gentleman auch dann noch zu einem begehrten Gesprächspartner macht, wenn die körperliche Beweglichkeit nachlässt. Und sein Buch beweist seine Qualitäten darin, dass es Beweglichkeit verlangt. Nur wer es aufmerksam weiterdenkt, kann etwas damit anfangen und wird in Gesellschaft oft an Stanhope denken.

«Ich meinerseits wollte lieber in Gesellschaft eines toten Menschen als eines zerstreuten sein», schrieb er seinem Sohn am 22. September 1749. «Denn wenn mir auch der Tote kein Vergnügen macht, so bezeigt er mir doch wenigstens keine Verachtung. Der Zerstreute hingegen sagt mir, zwar wortlos, aber doch deutlich genug, dass er mich seiner Aufmerksamkeit nicht für wert befindet.»

Eva Gesine Baur

Lichtenberg, Georg Christoph: Schriften und Briefe, hrsg. von Wolfgang Promies, München 1982, Bd. I., Sudelbuch D 554.
Voltaire: Œuvres complètes, XLIX, Paris, Garnier 1882, S. 56/57, deutsch zitiert nach Kurt Schumann: Die pädagogischen Ansichten des Lord Chesterfield. Pädagogisches Magazin, Heft 653, Langensalza 1917. Voltaires Brief an die Marquise de Deffant wird zitiert auf S. 1.
Wendeborn, Gebhard Friedrich August: D. Geb. Fr. Aug. Wendeborn's Erinnerungen aus seinem Leben, hrsg. in zwei Teilen von C. D. Ebeling, 1. Teil, Hamburg 1813.

Editorische Notiz

Als editorische Grundlage dieser Neuausgabe diente der Sammelband mit *Lord Chesterfield's Letters* in der Oxford World's Classics-Reihe – stattliche 480 engbedruckte Seiten. Dessen Lektüre sei all jenen anempfohlen, die das vorliegende Kompendium auf den Geschmack gebracht hat. Denn genau das, möglichst viele Leserinnen und Leser auf den Geschmack zu bringen, ist die Absicht der vorliegenden Ausgabe. «Rede oft, aber nie viel», heißt es bei Chesterfield, und: «Halte nie jemanden am Knopf oder an der Hand fest, damit er Dich zu Ende anhört.» (S. 59) Bedauerlicherweise hat sich der schreibselige Earl selbst nicht an seine Empfehlung gehalten. Sein briefliches Belehrungs-Stakkato, am Stück genossen, ist wohl nur etwas für die *happy few* unter passionierten Gentleman-Aspiranten. Um einen größeren Leserkreis vor dem Gefühl zu bewahren, am Knopf oder an der Hand festgehalten zu werden, musste von einer vollumfänglichen Neuübertragung der Chesterfield-Briefe Abstand genommen werden, so wünschenswert eine solche vom philologischen Standpunkt aus fraglos gewesen wäre.

Auf die kluge Auswahl kommt es an, auch hier folgen wir einer zentralen Maxime des Autors. Wer aus der Fülle der sich bietenden Eventualitäten die richtigen Exempel zu wählen versteht, ist stets im Vorteil. Dies gilt für alltägliche Vergnügungen ebenso wie für Lebensziele, die man sich steckt, Vorbilder, denen man nacheifert, und Menschen, mit denen man sich umgibt. «Fast so wichtig wie die Wahl Deiner Freunde», so schreibt der Vater an den Sohn, «ist die Wahl Deiner Gesellschaft.» (S. 38f.) Darüber, ob das vorliegende Assortiment den gestrengen Earl zufriedengestellt, ja ob er es überhaupt goutiert hätte, mit einer Readers-Digest-Ausgabe gewürdigt zu werden, lässt sich nur spekulieren. Immerhin ist es heutzutage keine Selbstverständlichkeit, als Schriftsteller knapp zweihundertfünfzig Jahre nach dem Ableben noch einmal neu übersetzt zu werden und – gebunden und fadengeheftet – im Bewusstsein der lesenden Öffentlichkeit fortzuleben.

Der erste hier abgedruckte Brief stammt aus dem Jahr 1739, der letzte von 1768, somit umspannt der vorliegende Band einen Zeitraum von fast drei Jahrzehnten. Das Hauptkriterium, das über

Aufnahme eines Briefes entschied, ist zugegebenermaßen jenes, über das sich am trefflichsten streiten lässt: das der überzeitlichen Relevanz. Und schließlich ging es darum, durch gezielte Auswahl die inhaltlichen Redundanzen Chesterfields zu minimieren. Einzelne Briefe zu kürzen oder sie gar nach Art eines Sentenzenbreviers auszuschlachten, verbot sich im Hinblick auf den Korrespondenz-Charakter des Werks.

Beherzigt hat der Herausgeber schließlich noch eine dritte Empfehlung Chesterfields, nämlich die, vor Pedanterie und Affektiertheit seines Geschäfts auf der Hut zu sein (S. 225). Mögen die Gentleman's Essentials viele empfänglicher Leser finden.

Horst Lauinger

Inhalt

Titel der englischen Ausgabe:
Letters to His Son on the Art
of Becoming a Man of the World
and a Gentleman (1774)

Diese Buchausgabe der *Manesse Bibliothek*
wurde von Greiner & Reichel in Köln
aus der Berthold Bembo gesetzt,
von der Druckerei Friedrich Pustet in Regensburg
auf FSC-zertifiziertem Papier
gedruckt und in Fadenheftung gebunden.
Umschlag und Vorsatz gestaltete das Münchner Favoritbüro
unter Verwendung von Motiven
von © Oleksii Tim / Shutterstock
Printed in Germany 2019
ISBN 978-3-7175-2484-7

www.manesse-verlag.de